Imelda Arran

Schnee über Devon

Eine Romanze aus dem alten England

Schnee über Devon

Frauenzimmer Verlag
Ringweg 19, 35321 Laubach
www.Frauenzimmer-Verlag.de
Satz: Frauenzimmer Verlag
Covergestaltung:
Juliane Schneeweiss
www.juliane-schneeweiss.de
© Fotonachweis: depositphotos.com

ISBN 978 - 3 - 937013 - 32 - 9

Auch als eBook erhältlich.

WWW.FRAUENZIMMER-VERLAG.DE

IMELDA ARRAN

Schnee über Devon

Kapitel 1

In den wirbelnden Flocken versuchte der Kutscher, die Pferde zu zügeln, doch sie wieherten auf und scheuten, als die Frau direkt vor ihnen auf die Straße stürzte. Offensichtlich war sie vor etwas - oder vor jemandem - geflüchtet. Den Pferden schoss der Atem aus den Nüstern, für eine Weile tänzelten sie auf der verschneiten Strasse, dann standen sie still.
„Um Himmels Willen, Paul, wenn nur den Gäulen nichts passiert ist“, jammerte die alte Mrs. Elridge, während sie behäbig aus der Kutsche stieg. Paul sprang vom Kutschbock und kniete sich zu der verunglückten Frau. Für einen Moment erstarb das vorweihnachtliche Leben. Die Carol-Singers, die von Tür zu Tür zogen, um sich Naschwerk zu verdienen, hielten inne und schauten hinüber zur Straße, wo sich rasch eine Menschentraube versammelt hatte. Nachkommende Kutscher und Reiter schimpften laut über das Hindernis auf der ohnehin schwer passierbaren Straße.
„Ist ein Doctor hier, der sich um die Frau kümmern kann?“ rief Paul und schaute in die Runde. „Nicht? Dann habt Ihr sicher alle noch jede Menge Weihnachtseinkäufe zu erledigen!“ Nun hatte auch Mrs. Elridge den Grund der Aufregung erkannt und schlug lamentierend die Hände vor ihre Brust. Paul hatte den wollenen Umhang, in den sich die Frau eingehüllt hatte, zur Seite geschlagen.
„Schau nur, Paul, es ist eine junge Frau und ach - sie hat ein kleines Kind bei sich. Sie sind beide bewusstlos.“ Martha Elridge bückte sich und schlug der Frau sanft auf die Wange.
„He, aufwachen, hören Sie mich?“ Doch die Frau gab keinen Laut von sich. Als ihr Kopf zur Seite fiel, sah Mrs. Elridge eine Blutlache, die sich im Schnee ausbreitete. Vorsichtig nahm sie der Frau das kleine Mädchen aus den Armen. Die beiden waren sehr einfach, aber ordentlich gekleidet. An ihren blauen Lippen konnte man erkennen, dass sie entweder schon lange draußen unterwegs waren oder in ihrem Heim kein Feuerholz hatten.

„Hilft denn keiner? Ist kein Arzt hier?“ Als sich keiner meldete, schob Paul seinen Kautabak in die andere Backe und hob die Frau vom Boden auf. Mrs. Elridge stakste zur Kutsche, um die Tür aufzuhalten. Während Paul die Frau in die Kutsche legte, sah Mrs. Elridge zu ihrer Erleichterung, dass das kleine Mädchen die Augen aufschlug.
„Bitte, helfen Sie uns, da ist jemand, der…“ flüsterte sie, dann fiel ihr Blick auf ihre Mutter, die bleich in der Kutsche lag.
„Mama?“
„Wir bringen dich und deine Mama jetzt zum Doctor. Der wird euch beide ganz schnell wieder gesund machen.“
Unter den Menschen, die sich wieder zerstreuten, war auch ein Gentleman, der seinen Zorn schluckte und ebenfalls seiner Wege ging. Er war sicher, dass seine Stunde noch kommen würde.

Kapitel 2

Auf halbem Wege zwischen den Städtchen Devon und Friarswell duckte sich Dr. Jefferson Worselys Haus zwischen hohe Erlen und Hecken. Das Schneetreiben ließ die Konturen des kleinen Landhauses kaum erahnen, doch aus den Fenstern drang Lichtschein und wies den Ankömmlingen den Weg.
Dr. Worsely, ein Gentleman in seinen besten Jahren, stand schon in der Tür, als Paul und Mrs. Elridge mit den beiden Patienten auf ihren Armen zu ihm kamen.
„Ich habe Ihre Kutsche gehört. Kommen Sie herein, schnell! - Mr. Hamilton, Mrs. Woodrow!“ rief er in den dämmrigen Flur hinein, woraufhin sein Butler und seine Haushälterin erschienen.
„Mr. Hamilton, sorgen Sie für Decken, Wärmflaschen und ernsthaften Tee.“
„Sehrwohl, Sir! Decken, Wärmflaschen und ernsthafter Tee.“
„Mrs. Woodrow, helfen Sie mir. Wir bringen die beiden ins Wohnzimmer, dort ist es warm.“

Sophie Woodrow hielt die Tür auf und rückte gemeinsam mit dem Doctor eine Chaiselongue näher ans Feuer.

Als Paul und Mrs. Elridge ihre Bündel darauf betteten, erkannte Dr. Worsely die beiden.

„Emily! Mrs. Summerset!“ rief er überrascht aus.

Die Kleine schaute ihn mit einer Mischung aus Angst und Hoffnung an; ihre Mutter war noch sehr benommen und hatte nur kurz die Augen aufgeschlagen.

„Sie kennen die beiden?“ wunderte sich Mrs. Elridge. Der Doctor bestätigte es mit einem kurzen Nicken und ergänzte: „Mrs. Angela Summerset und ihre Tochter Emily.“ Mr. Hamilton brachte die Decken und die Wärmflaschen. Dr. Worsely überließ es seiner alten Haushälterin Mrs. Woodrow, das Kind zu versorgen; er tastete behutsam den Kopf der jungen Frau ab und brummte zufrieden, als er keinerlei Brüche feststellen konnte. Das Blut an ihrer Schläfe hatte er schnell abgetupft und einen leichten Verband angebracht. Auch die Kleine war bis auf einen Kratzer an ihrer Hand unversehrt. Da erwachte die Mutter und wollt sich schon erheben, doch der Doctor drückte sie mit sanfter Gewalt zurück auf das Sofa.

„Dr. Worsely, bitte nicht. Sie wissen doch genau, dass ich Sie nicht bezahlen kann. Wenn Sie sich bitte nur um Emily kümmern…“

„Ich weiß, dass Sie mich nicht bezahlen können, aber glauben Sie, ich hätte Lust, mit meinem Gewissen zu bezahlen? Ich schenke Ihnen die Behandlung zu Weihnachten, und den Tee gibt es ohnehin gratis“, fügte er mit einem Zwinkern hinzu, denn soeben war Mr. Hamilton mit einem großen Tablett erschienen.

„Für das Kind habe ich eine heiße Schokolade gemacht, Sir.“

„Danke, Mr. Hamilton. Eine heiße Schokolade ist die beste Medizin. Ist vielleicht auch noch etwas Hühnerbrühe da?“

„Ja, Sir“, sagte Mrs. Woodrow. „In der Speisekammer in der roten Schüssel“, rief sie Mr. Hamilton noch hinterher, der schon auf dem Weg war, dann wandte sie sich wieder Emily zu und hielt ihr den Becher an die Lippen.

„Vorsicht, heiß, Kleines. Aber das wird dir gut tun."
Mrs. Summerset schaute dankbar hinüber zu ihrer Tochter, die auf Mrs. Woodrows Schoß saß und gerade mit einem Schokoladenbart aus der Tasse auftauchte
„Mrs. Summerset, können Sie Ihre Hände und Füße bewegen?"
Die Stimme des Doctors ließ sie zusammenzucken, dann prüfte sie die Beweglichkeit ihrer Glieder und nickte.
„Ich werde Sie jetzt abtasten, um sicher zu sein, dass Sie sich nichts gebrochen haben. Keine Angst, ich werde ganz vorsichtig sein."
Angela Summerset wagte kaum zu atmen, als sie die großen Hände des Doctors auf ihrem Körper fühlte. Ihr Blick lag auf seinem bärtigen Gesicht, das sich über ihren Leib neigte. Noch nie hatte sie sein Gesicht, die Narbe auf seiner Wange, seine grauen Schläfen, so nahe gesehen. Wenn sie unter seinen Berührungen zuckte, entschuldigte er sich. Schließlich war er fertig und stellte zufrieden fest, dass nichts gebrochen war.
„Ein paar Prellungen, aber die sind nur schmerzhaft und heilen von alleine. Sie hatten Glück, dass die beiden dort Sie zu mir gebracht haben", sagte er und nickte zu Mrs. Elridge und Paul hinüber, die das Geschehen beobachtet und dabei in ihren Teetassen gerührt hatten. Paul nahm einen kräftigen Schluck, setzte dann die Tasse ab und rief: „Potzblitz! Das ist also ernsthafter Tee!"
Mrs. Elridge roch an ihrem Tee und schaute den Doctor mit unverhohlener Missbilligung an. „Das haben Sie wohl bei der Navy gelernt?"
„Tee mit Rum oder Rum mit Tee, je nachdem, was die Situation erforderte", erklärte er. „Aber Sie sollten nicht mehr allzu lange verweilen, sonst wird der Reverend sich Sorgen machen, wo Sie mit seiner Kutsche bleiben."
„Und der Schnee wird auch nicht weniger", warf Paul ein.
„Ja, da haben Sie recht. Der Reverend ist zu freundlich, dass er uns die Kutsche für die Einkäufe leiht. Er ist immer so besorgt um meine Gesundheit. Und wenn ich ihm danke, behauptet er, es sei der reine Eigennutz, weil ihm mein Sonntagsbraten immer so gut schmeckt. - Aber wie soll es denn jetzt

weitergehen, mit den beiden armen Würmchen?" Sie schaute Mrs. Summerset an, die sich in der Wärme zusehends erholte. Auch die Hühnerbrühe, die Mr. Hamilton im feinsten Porzellan und mit eleganter Geste serviert hatte, weckte die Lebensgeister der jungen Frau.

„Mrs. Summerset, was ist passiert?" fragte der Doctor so leise, als ahne er bereits, dass diese Wunde noch schmerzhafter war als die Prellungen.

„Wir wissen nicht wohin", begann sie leise, dann nahm sie all ihre Kraft zusammen und erklärte sehr bestimmt: „Aber ich gehe nicht ins Arbeitshaus. Dort nehmen sie mir mein Mädchen weg. Nein, dorthin gehe ich auf keinen Fall. Auch wenn Sie dort die Zustände sicher erträglicher gemacht haben, Dr. Worsely, aber so tief möchte ich niemals sinken."

Das Arbeitshaus war die unterste Stufe der Gesellschaft. Nur Huren, Bettler und Verbrecher standen noch tiefer. Das Arbeitshaus von Devon hatte Dr. Worsely gründlich reformiert, eine neue Vorsteherin gefunden und die katastrophalen Zustände, die unter dem alten Vorsteher geherrscht hatten, beseitigt. Die Eltern sahen ihre Kinder mindestens einmal in der Woche, wurden gut unterrichtet und ernährt; niemand wurde mehr schikaniert oder geschlagen, wie es in vielen anderen Arbeitshäusern gang und gäbe war.

„Sie könnten vielleicht bei...", begann der Doctor und schöpfte Hoffnung, dass sie bei ihm bleiben würde, doch da fiel ihm Mrs. Elridge ins Wort: „Ich habe eine gute Idee." Sie richtete sich in ihrem Sessel auf und hätte vor lauter Begeisterung über ihren Einfall fast den Tee verschüttet. Mrs. Woodrow kniff die Augen zusammen, denn derart hohe Oktaven war sie in diesem Hause nicht gewöhnt. „Die beiden könnten doch bei uns bleiben", zwitscherte Mrs. Elridge. „Ich werde den Reverend fragen. Jetzt, da er so kurz vor seiner Verlobung mit Miss Patricia Arlington steht, brauchen wir jede Hand im Haus."

„Moment, Moment!" Der Doctor hob die Hände. „Mrs. Summerset braucht Ruhe. Sie darf in den kommenden Monaten auf keinen Fall schwer arbeiten." Und zu Mrs. Summerset gewandt fuhr er fort: „Sie müssen erst wieder zu Kräften kommen. Sie sind vollkommen ausgezehrt. Sie müssen ru-

hen, viel schlafen und vor allem essen.“
„Sie haben doch sicher etwas gelernt, Kindchen?“ fragte Mrs. Elridge.
„Ich bin Näherin.“
„Ach, das wird ja immer besser!“ Mrs. Woodrow konnte nur hoffen, dass es nicht noch besser würde, denn ein noch höheres Gepiepe würde sie nicht ertragen.
„Nähen ist doch nicht anstrengend. Es gibt noch so vieles zu nähen. Was meinen Sie? Könnten Sie uns dabei helfen? - Wir wären Ihnen so dankbar!“
„Ja, sicher, gerne“, erwiderte Mrs. Summerset.
„Aber erst erholen Sie sich hier bei mir“, bestimmte der Doctor. „Zu seiner Verlobung an Weihnachten hat mich der Reverend ohnehin eingeladen, da werde ich Sie hinüberbringen. So lange sind Sie mein Gast.“
„Aber wäre das nicht unschicklich?“ wagte Angela einen letzten Einwand.
„Keine Sorge, Mrs. Summerset. Bei dem geringsten Anzeichen von Unschicklichkeit würde Mrs. Woodrow mich augenblicklich in Häppchen schneiden, nicht wahr, Mrs. Woodrow?“
„Und medium anbraten!“ bestätigte die Frau mit unbewegter Miene.
„Dann soll es so sein. Emily? Bist du auch einverstanden?“ fragte Angela ihre Tochter.
Emily, die nicht nur die heiße Schokolade, sondern auch die Hühnerbrühe genossen hatte und jetzt einen Keks aß, nickte strahlend.
„Es wird an Weihnachten eine Verlobungsfeier im kleinen Kreis geben. Im Sommer wird dann richtig groß geheiratet. Eine Hochzeit, wie Friarswell sie noch nicht gesehen hat.“ Die Vorfreude lag strahlend auf Mrs. Elridges Gesicht. „Sie kennen doch sicher auch den Spruch, der besagt, wenn man auf eine Hochzeit geht, gibt es bald eine nächste. Wie wäre es mit Ihnen, Dr. Worsely? Miss Arlington hat noch eine Schwester, die genauso hübsch ist wie sie selbst. Wird es nicht langsam Zeit für Sie? Die Dreißig haben Sie schon überschritten!“
„Ach, Mrs. Elridge, hören Sie auf. Die Dreißig habe ich vor sechs Jahren überschritten. Und wem soll ich denn schon gefallen? Ich bin ein alter, häss-

licher Griesgram." Dabei machte er eine vage Handbewegung hin zu seiner Wange, die von einer in der Tat hässlichen Narbe entstellt und von dem dunklen Bart nur unzureichend verdeckt wurde. Aber Mrs. Elridge hörte gar nicht hin. „Ich werde sehen, was ich für Sie tun kann! Ein so hübsches Haus, ein so gemütliches Wohnzimmer. Die dunkelgrünen Samtvorhänge sind sehr elegant, aber die vielen Bücherregale… Da könnte man doch schöne Porzellanfigurinen aufstellen. Jede Frau sollte sich glücklich schätzen, die Herrin dieses Hauses zu werden." Mrs. Elridges Blick verriet, dass sie im Geiste das ganze Zimmer umräumte. „Der Schreibtisch ist aber etwas zu wuchtig für die Ecke dort. Die Schnitzereien sind ja ganz hübsch, aber dafür sollten Sie doch einen anderen Ort finden, Doctor Worsely."
Der Doctor wechselte einen kurzen Blick mit Mrs. Woodrow.
„Kommen Sie, ich bringe Sie zur Tür!" knurrte Mrs. Woodrow und erhob sich, nachdem sie Emily abgesetzt hatte.
„Vielen Dank, das ist sehr freundlich von Ihnen. Paul, trinken Sie aus, wir sollten jetzt fahren. Auf Wiedersehen, Doctor; Mrs. Summerset." Angela nickte schwach. „Auf Wiedersehen, Mrs. Elridge und vielen Dank!"
„Auf Wiedersehen, meine Kleine!"
Nach wenigen Augenblicken erschien Mrs. Woodrow wieder und setzte sich seufzend zu Emily. Die Stille im Raum tat ihr wohl nach dem Geschnatter. Nur das Knistern des Feuers war zu hören, Funken stoben auf, als Mr. Hamilton Holz nachlegte.
„Übrigens Doctor, nur für alle Fälle möchte ich Ihnen mitteilen, wenn Sie wirklich eine Schwester dieser Miss Patricia Arlington heiraten sollten, die ebenso fabelhaft ist wie Patricia Arlington selbst, kündige ich. Und das gilt für jede Frau, die diese Mrs. Elridge für Sie anschleppen sollte."

*

Das Feuer war heruntergebrannt, bis nur noch die Glut schimmerte, dann war alles erloschen. Nur der Mond goss sein bleiches Licht ins Zimmer. Dr. Worsely öffnete die Tür und schlich sich zu dem Sofa am Kamin, wo Angela

und Emily scheinbar schlafend lagen, eng aneinandergeschmiegt. In seiner Hand hielt er eine Schere. Ganz leise näherte er sich den beiden, die friedlich atmeten. Seine Augen hatten sich schnell an die Finsternis gewöhnt, so dass er ihre Umrisse erkennen konnte. Angela war mit einem Schlag hellwach, als er sich über sie neigte, aber er konnte ihr Gesicht und ihre weit aufgerissenen Augen nicht sehen. In den letzten Monaten hatte sie zu viel Schlimmes erlebt, um sich nicht zu fürchten, wenn ein Mann ihr nahe kam. Krampfhaft kniff sie nun die Augen zusammen, doch die schrecklichen Bilder kamen wieder hoch. Musste sie nun wieder flüchten? Aber ausgerechnet vor Dr. Worsely, der immer gut zu ihr gewesen war? Den sie insgeheim verehrte? Konnte sich dieser Mann so weit gehen lassen, ihre Schutzlosigkeit auszunutzen? Was hatte er vor? Sollte sie schreien? Was würde dann passieren? Sie spürte, dass er ihr Haar berührte. Angela war so verwirrt, dass sie sich nicht regen konnte. Da hörte sie das Geräusch einer Schere. Er schnitt ein Stück von ihrem Haar ab! Und genau so leise wie er gekommen war, ging er wieder hinaus.
Angelas Innerstes war in hellem Aufruhr. Nie wieder würde sie in diesem Haus auch nur ein Auge zutun! Sie war heilfroh, dass Mrs. Elridge dafür gesorgt hatte, dass sie bald im Haus des Reverends arbeiten konnte.

Kapitel 3

Es war schon später Vormittag, als Angela erwachte, also war sie doch irgendwann eingeschlafen, trotz ihrer Angst. Sie schaute sich erschrocken um, denn in einem so feinen Zimmer war sie noch nie gewesen, geschweige denn, dass sie in einer solchen Umgebung auf einem Sofa geschlafen hätte; dann kam ihr wieder die Erinnerung. Ihr Kopf schmerzte noch immer etwas. Als sie sich an die Stirn fasste, fühlte sie den Verband, den Dr. Worsely ihr angelegt hatte. Sie musste sehr tief und fest geschlafen haben, denn sie hatte nicht bemerkt, dass jemand das Feuer im Kamin wieder entzündet hatte. Emily war verschwunden, doch sie hörte sie lachen. Wie lange hatte das Kind nicht mehr so fröhlich gelacht? Genüsslich streckte Angela ihre Hände nach den Flammen aus, dann erhob sie sich, um Emily und den Grund für ihr Lachen zu suchen. Sie fand ihre Schuhe nirgends und stellte fest, dass jemand dicke Wollsocken über ihre Füße gestreift hatte. Glücklicherweise lag ihr Schultertuch über der Lehne eines Sessels. Vergeblich versuchte sie, ihre Frisur in Ordnung zu bringen, daher stand sie bleich und zerzaust in Mrs. Woodrows Küche.

„Mama!“ rief Emily. „Stell dir vor, Mrs. Woodrow kocht den Porridge mit richtiger Milch! Und sie hat Honig reingetan. Und sie hat eine große Kiste, die ist voll mit Mehl. Und sie hat noch eine Kiste, da ist richtiger Zucker drin! Kannst du dir das vorstellen?“

„Guten Morgen, Mrs. Woodrow!“ sagte Angela leise und nahm ihre Tochter auf ihre Arme. Sie wagte kaum, die Frau anzuschauen, denn Emilys Begeisterungsstürme zeigten nur zu deutlich, wie arm sie war.

„Guten Morgen, Mrs. Summerset“, erwiderte Mrs. Woodrow freundlich und ignorierte völlig, dass Angela sich in Grund und Boden schämte. „Emily hat mir schon beim Backen geholfen. Wir haben den Weihnachtskuchen vorbereitet.“

„Ja, ich musste die Rosinen probieren.“

„Das hat sie ganz hervorragend gemacht, sehr gewissenhaft“, lobte Mrs. Woodrow.

Angela wischte ihrer Tochter ein wenig Mehl von der Wange und setzte sie wieder ab.

„Sicher möchten Sie sich vor dem Frühstück etwas herrichten. Kommen Sie mit, ich zeige ihnen alles.“

Sie nahm einen Krug mit warmem Wasser vom Herd und ging voraus die Treppe hinauf. Noch niemals zuvor hatte Angela diesen Bereich des Hauses betreten. Sie war immer nur als Patientin hier gewesen, hatte im Wartezimmer gesessen und Doctor Worsely im Behandlungszimmer gesprochen. Dies hier - die Treppe, das dunkle Geländer, die Gemälde - gehörte zum pri-

vaten Bereich des Hauses, in dem Angela sich wie ein Eindringling vorkam. „Kommen Sie, hier ist das Gästezimmer. Hier werden Sie es in den letzten Wochen vor Weihnachten sehr gemütlich haben."
Beim Anblick des Zimmers verstummte Angela. Ein Feuer brannte im Kamin, daneben lagen mehr Holzscheite als sie selbst üblicherweise für einen ganzen Monat gehabt hätte. Das Zimmer war hell und freundlich, weiße Vorhänge schmückten die Fenster, weiß waren die beiden Betten überzogen. Ein kleines Sofa mit einem Tisch stand vor dem Fenster. Neben der Tür gab es eine Kommode mit einer großen Waschschüssel aus Porzellan, zu der Mrs. Woodrow nun den Krug stellte.
„Hier habe ich Ihnen noch ein paar Sachen zurechtgelegt", sagte Mrs. Woodrow und zeigte auf einen Stuhl, auf dem mehrere Kleidungsstücke lagen. „Es ist ein altes Kleid von mir; ich hoffe, das macht Ihnen nichts aus. Es ist schon sehr alt - kaum zu glauben, dass ich da mal reingepaßt habe. Natürlich ist es nicht mehr modern, aber es ist schön warm. Ein warmes Unterkleid liegt auch dabei. Wenn Sie Hilfe brauchen, melden Sie sich."
„Danke, Mrs. Woodrow, vielen Dank!"
Als Mrs. Woodrow gegangen und Angela allein war, lehnte sie sich gegen die Wand und seufzte. Träumte sie? Konnte das wahr sein? Gestern noch hatte sie nicht gewusst, woher sie die nächste Scheibe Brot nehmen sollte und heute aß Emily Porridge, der mit richtiger Milch gekocht war. Mit Honig! Mr. Crawford, die winzige, eisig kalte Stube, ihre Schulden, all das schien plötzlich so unwirklich, wie aus einer anderen Welt... Da fiel ihr Blick auf eine ihrer Haarsträhnen, an der ein deutliches Stück fehlte. Sie hatte also nicht geträumt. Sie spürte Angst in ihrem Magen flattern. Sie hatte Dr. Worsely immer als einen so überaus ehrenhaften Mann erlebt, dass diese Sache sie nun verwirrte. Warum schnitt er ihr eine Locke ab? Er konnte doch unmöglich von ihr erwarten, dass sie ihn für seine Dienste auf eine Art und Weise entlohnte, für die Mrs. Woodrow ihn medium anbraten würde. Und Liebe war ausgeschlossen. Er stand gesellschaftlich so weit über ihr, dass sie niemals die Augen zu ihm erheben dürfte. Niemals! Auch

wenn er immer freundlich war, so musste sie doch wachsam sein. Wenn sie sich auf ihn einließe - nicht auszudenken, was geschehen konnte. Wenn sie von ihm schwanger würde! Dann wäre sie sicher nicht mehr interessant für ihn. Frauen, die uneheliche Kinder unter ihrem Herzen trugen, kamen ins Arbeitshaus. Und das war schlimmer als der Tod. Zuerst würde man ihr Emily wegnehmen und natürlich auch das Baby. Gefallene Frauen trugen spezielle Kleidung, die sie als Ehebrecherinnen brandmarkte. Die Scham, die Schande, die Demütigung war grenzenlos. Vor allem diese Frauen waren den Launen und Lüsten der Wächter ausgeliefert. Nein, niemals wollte sie das erleben. Niemals!

Da knurrte ihr Magen sehr vernehmlich, und sie wollte so sauber wie möglich in Mrs. Woodrows Küche sitzen. Das Wasser war richtig warm, und auf der Kommode fand Angela alles, was sie brauchte. Es gab duftende Seife, ein großes, weiches Handtuch; außerdem Kreide und kleine Salbeihölzchen für die Zähne. Ein Kamm, Bänder und Haarnadeln sorgten für eine hübsche Frisur, dann stand Angela wie neu in der Küche.

„Mama, du bist so schön!“

„Frühstück gibt es im Salon. Mr. Hamilton kommt gleich und bringt Ihnen alles“, erklärte Mrs. Woodrow.

„Im Salon? Ich soll im Salon essen? Nicht hier in der Küche?“

„Normalerweise essen wir immer gemeinsam in der Küche. Das haben wir heute früh um acht schon getan. Da haben Sie noch tief und fest geschlafen und nicht einmal bemerkt, dass ich bei Ihnen drin war, um Ihnen ein Feuer anzumachen, nicht wahr? Der Doctor hat schon die ersten Patienten behandelt und braucht eine kleine Stärkung. Emily und ich haben hier so schrecklich viel zu tun und brauchen gleich den ganzen Tisch, da würden Sie uns nur stören. Also müssen Sie drüben im Salon essen. Zum Mittagessen versammeln wir uns wieder hier in der Küche.“

Angela öffnete die angewiesene Tür und erschrak. Dr. Worsely, der dort Zeitung lesend am Tisch saß, erhob sich bei ihrem Eintreten und verneigte sich. Angela schaute zur Tür, in der Erwartung, dass dort sicher eine Dame ein-

getreten war, die sie selbst nicht bemerkt hatte, doch da war niemand außer ihr.
„Dr. Worsely, was tun Sie?“
„Ein Gentleman verneigt sich, wenn eine Dame den Raum betritt.“
Angela war sprachlos. Es dauerte eine Weile, bis sie ihre Sinne wieder so weit beisammen hatte, dass sie unsicher knicksen und ihren Kopf neigen konnte, wie es sich gehörte. „Dr. Worsely, ich bin keine Dame.“
„Ach, wissen Sie, Mrs. Summerset, das liegt ganz im Auge des Betrachters. Ich habe schon äußerlich sehr feine Damen erlebt, deren Inneres einiges zu wünschen übrig ließ. Bitte kommen Sie, setzen Sie sich. Das Gedeck hier ist für Sie. Hier sitzen Sie mit dem Rücken am Feuer.“
Sie trat an den Tisch, er schob ihr den Stuhl zurecht, dann setzte er sich wieder hin. Während sie vor lauter Befangenheit die Hände in ihrem Schoß ineinander krampfte, starrte sie auf den Tisch. Er war mit Silber und Porzellan gedeckt, es gab helles Brot, Butter, Marmelade. Als er ihren Blick bemerkte, wurde ihm klar, dass es ihr schon sehr lange schlecht gehen musste. Wahrscheinlich hatte sie noch niemals so viel Butter auf einem Teller gesehen. Überforderte er sie? Sicher, sie hatte viel Schlimmes erlebt, aber konnte es auch zu viel des Guten geben, wenn es so plötzlich kam?
„Mrs. Summerset, die schlimme Zeit ist jetzt vorbei. Sie hätten sich schon früher an mich wenden sollen. Ich wusste nicht, wie schlecht es Ihnen ging. Ich bin sicher, dass es Ihnen im Haus des Reverends auch sehr gut gehen wird. Und wenn es dort etwas gibt, was Ihnen Kummer bereitet, dann lassen Sie es mich bitte wissen. Versprechen Sie mir das?“ Sie nickte. Da erschien Mr. Hamilton und brachte Tee und Porridge.
„Guten Morgen, Mr. Hamilton.“
„Guten Morgen, Mrs. Summerset. Ich hoffe, Sie haben gut geschlafen.“
„Danke. Haben Sie auch gut geschlafen?“
„Ja, das habe ich.“ Dr. Worsely war überrascht, wie freundlich Mr. Hamilton lächeln konnte.
„Mrs. Woodrow hat heute einen besonders guten Porridge gekocht. Mit Äp-

feln und Zimt. Ich hoffe, Sie mögen es."
„Danke, Mr. Hamilton. Ich bin sicher, es ist köstlich."
„Danke, Mr. Hamilton. Ich denke, wir haben jetzt alles, was wir brauchen", sagte Dr. Worsely; mit einer Verbeugung zog der Butler sich zurück.
„Nun greifen Sie zu", sagte er und schenkte ihr Tee ein. „Und ich sage Ihnen gleich, Mrs. Woodrow wird sehr ärgerlich sein, wenn Sie ihr Essen verschmähen."
„Danke, Doctor Worsely. Sie sind sehr freundlich."
Das war er in der Tat - aber was hatte er mit ihrer Locke vor? Dieser Gedanke ließ sie nicht los. Sie nahm den großen Silberlöffel so vorsichtig in die Hand als sei er zerbrechlich. Dann kaute sie mit geschlossenen Augen und einem so seligen Lächeln auf dem Gesicht, dass er sich fragte, wie lange sie wohl nicht mehr regelmäßig gegessen hatte. Als Angela ihren ersten Hunger und Durst gestillt zu haben schien, fragte er leise: „Mrs. Summerset, würden Sie mir bitte erklären, was vorgefallen ist? Paul sagte, Sie seien offensichtlich vor jemandem geflüchtet, so kopflos seien Sie auf die Straße gerannt. Bitte, erzählen Sie mir davon. Vielleicht kann ich Ihnen helfen?"
Sie schaute angestrengt auf ihren Teller. Konnte sie ihm wirklich vertrauen? Würde er ihre Notlage nicht ausnutzen, wenn sie ihm ausführlich davon erzählte? Könnte er etwas davon gegen sie verwenden? Fieberhaft dachte sie nach, kam aber zu keinem Ergebnis.
„Mrs. Summerset, ich bitte Sie, mir zu glauben, dass es mich noch immer quält, dass ich Ihrem Mann nicht helfen konnte. Lassen Sie mich wenigstens jetzt ein wenig von meiner Schuld abtragen."
„Dr. Worsely, Sie sollten nicht von Schuld sprechen. Sie haben Ihr Bestes getan." Und dann in einem Anflug von Vertrauen begann sie leise: „Sie wissen ja, dass ich kein Geld habe. Als mein Tom vor drei Jahren gestorben ist, habe ich noch lange versucht, uns mit Näharbeiten über Wasser zu halten, aber als ich dann auch krank wurde, konnte ich nicht mehr arbeiten."
„Ich hatte gehört, dass es einen neuen Mann in Ihrem Leben gebe und mich für Sie und Emily gefreut. War dem nicht so?"

Wenn Dr. Jefferson Worsely ehrlich zu sich selbst war, musste er zugeben, dass er sich keineswegs gefreut hatte, als ihm dieses Gerücht zu Ohren gekommen war. Er hatte nicht weiter nachgefragt, auch um sich selbst dem Schmerz nicht auszusetzen, Angela mit einem neuen Mann sehen zu müssen.

„Ja, es gab da ganz kurz jemanden", erwiderte sie ausweichend. „Aber er hat sich nur für mich interessiert und war zu Emily nicht besonders freundlich. Außerdem war Toms Tod noch nicht lange her."

Dr. Worsely versuchte, die Erleichterung zu verbergen, die er darüber empfand, dass Angela ihre Hand keinem anderen Mann gereicht hatte.

„Sie trauern noch immer sehr um Ihren Mann, nicht wahr?"

Sie nickte. „Tom war ein guter Mann. Immer freundlich und fürsorglich. Nicht einen Penny hat er ins Wirtshaus getragen. Einmal hat er mir sogar eine Halskette geschenkt." Ihre Hand griff unwillkürlich danach, aber der Platz, wo sie hätte sein sollen, war leer.

„Sie mussten sie zum Pfandleiher bringen, als sie kein Geld mehr hatten?" fragte der Doctor behutsam.

„Ich habe sie versetzt, um Toms Beerdigung bezahlen zu können, aber der Bestatter sagte mir, es reiche nicht aus, obwohl es vier Schillinge waren, die der Pfandleiher mir dafür gegeben hat. Ihr Kollege, Doctor Glenshaw, half mir aber aus."

„Tatsächlich? Er hat Ihnen den Rest gegeben?" Dr. Worsely war überrascht, denn er kannte Dr. Glenshaw nicht unbedingt als einen Mann mit einem weiten Herzen. Schon gar nicht, wenn es um Menschen ging, von denen er keinerlei Nutzen hatte.

„Nein, er hat mir kein Geld gegeben, sondern das Wenige das ich hatte, als kleine Spende akzeptiert, damit er Tom nach London bringen konnte. Dort gibt es einen Friedhof für Arme, der von der Kirche gepflegt wird, wie er mir sagte. Es sei sehr schön dort, und Tom könne ein würdiges Begräbnis haben. Es tut mir zwar sehr leid, dass ich sein Grab nicht besuchen kann, aber Dr. Glenshaw hat versprochen, Emily und mich einmal mitzunehmen nach London, damit wir es uns anschauen können. Dafür müsste Emily aber etwas älter sein, sagte er. Zur Beerdigung konnte er uns leider nicht mitnehmen. Das wäre zu teuer geworden."

Dr. Worsely runzelte die Stirn. „Ein Friedhof für Arme in London, sagen Sie? Und Emily müsste etwas älter sein, wenn er Sie beide mitnehmen will nach London?" Mühsam versuchte er, sein Entsetzen zu verbergen. Er ahnte, was Glenshaw, den er nicht als Kollegen bezeichnen wollte, mit Toms Leichnam gemacht hatte, aber seinen Verdacht konnte er Angela unmöglich mitteilen. Es gab in London keinen Friedhof für Arme, der von der Kirche gepflegt wurde, aber sehr viel näher lag Oxford mit seiner Universität. Menschen, die im Arbeitshaus gestorben waren oder deren Angehörige zu arm waren, um sich eine Beerdigung zu leisten, landeten oft auf den Seziertischen der Universität. Die Überreste der Menschen wurden verscharrt wie Schlachtabfälle. Nicht nur, dass man diese Menschen zu ihren Lebzeiten ausbeutete, man nahm ihnen dadurch auch die Möglichkeit auf ein Leben im Jenseits. Angela durfte davon nichts erfahren. Diesen grauenhaften Schlag wollte er ihr ersparen.

Glenshaw hatte also Angelas Geld genommen und sicher auch noch Geld von der medizinischen Fakultät kassiert. Aber wenn Glenshaw von London gesprochen hatte und warten wollte, bis Emily ein wenig älter war, konnte das nur bedeuten, dass er sehr unlautere Absichten hatte... Konnte Glenshaw so teuflisch sein? Ihm wurde übel. Um Fassung ringend sagte er: „Es tut mir so leid, dass ich Ihrem Tom damals nicht helfen konnte. Seine Verletzungen, die er von dem Unfall im Bergwerk davongetragen hatte, waren zu schlimm, doch bin ich froh, dass Dr. Glenshaw für ein würdiges Begräbnis gesorgt hat."

Er biss die Zähne aufeinander und schaute nun seinerseits angestrengt auf seinen Teller, was Angela als Verzweiflung deutete und sanft sagte: „Doctor Worsely, ich weiß, dass Sie Ihr Möglichstes getan haben. Ich bin Ihnen sehr dankbar, auch wenn Sie sein Leben nicht retten konnten. Aber Sie haben es versucht." Sie schluckte mühsam, dann fuhr sie fort: „Mrs. Redcliff, die Inhaberin der Schneiderei am Henry Square, wollte mich nicht mehr beschäftigen, auch nicht für kleine Arbeiten, die ich noch bewältigt hätte. Meine Ersparnisse waren schnell aufgebraucht und ich blieb Mr. Crawford die Miete schuldig. Gestern kam er. Ich bot ihm einen Teil der Miete an. Ich schulde ihm für die letzten Monate 5 Schilling, aber ich hatte nur noch einen. Da wollte er mich mitnehmen. Ich weiß nicht, wohin - er sprach von einer Madame - aber ich glaube nicht, dass ich an einem Ort sein möchte, an den Mr. Crawford mich bringt. Deshalb bin ich mit Emily vor ihm weggelaufen."

Der Doctor, dem nichts Menschliches fremd war, vermutete, dass Mr. Crawford eine gewisse Madame Lulu gemeint hatte, die Besitzerin des einzigen Bordells in Devon, das sich seit Jahren hielt, obwohl alle es am liebsten schließen lassen würden, über das vor allem die Honoratioren der Stadt schimpften und das niemals auch nur von einer einzigen Menschenseele betreten worden war. Jedoch florierte Madames Geschäft auf wundersame Weise. Das konnte sich natürlich auch niemand erklären. Es wurde allgemein vermutet, dass Leute von außerhalb dort verkehrten.

Natürlich war es strikt gegen das Gesetz, Frauen ins Bordell zu verkaufen, aber Dr. Worsely hegte den Verdacht, dass das Gesetz ein Auge zudrückte, wenn die Frauen nur jung und hübsch genug waren. So war das im altehrwürdigen England. Dr. Worsely unterdrückte einen Fluch.

„Mr. Crawford, sagten Sie? Ich denke, ich kenne diesen Mann. Ich habe ihn schon gesehen." Er zögerte, dann fuhr er fort: „Wenn Sie erlauben, kümmere ich mich darum."

„Oh, bitte nicht, Doctor. Sie haben schon genug Scherereien mit mir", sie war so erschrocken, dass sie ihre Teetasse etwas zu heftig absetzte. Das feine Porzellan klirrte leise und Angela sah den Doctor ängstlich an.

„Keine Sorge, die Tassen halten schon was aus", wischte er ihre Befürchtungen fort. „Mrs. Summerset, ich habe ganz und gar keine Scherereien mit Ihnen. Bitte erlauben Sie mir, diese Sache für Sie zu regeln. Ich werde diesen Mr. Crawford bezahlen und er wird Sie fortan in Ruhe lassen."

„Aber nur unter einer Bedingung!" sagte Angela sehr ernst. „Ich darf Ihnen das Geld wieder zurückzahlen."
„Das dürfen Sie. Wenn Sie bei dem Reverend in Friarswell arbeiten, bekommen Sie sicher genug zu essen."
„Danke, Doctor Worsely. Ich weiß gar nicht, wie ich Ihnen danken soll." Da kam Emily herein.
„Mama, wir haben einen Kuchen gebacken. Einen ganz großen." Sie breitete ihre Arme aus. „Und der riecht schon ganz lecker. Und der ist nicht für Weihnachten, sondern für jetzt gleich. Also, zum Tee, heute Nachmittag. Und Mrs. Woodrow hat gesagt, dass wir auch davon essen dürfen. Wir werden Kuchen essen, Mama! - Aber warum weinst du denn?"

Kapitel 4

Am folgenden Morgen erneuerte Dr. Worsely Angelas Kopfverband und verordnete weiterhin strenge Ruhe. Dann suchte er seinen Kutscher Jim Pullings auf. Er fand ihn draußen im Stall beim Holzhacken, denn Mr. Pullings war nicht nur Kutscher, sondern allgemein der Mann fürs Grobe. In den langen Jahren auf See hatte er bereits dem Doctor gedient, und als dieser sich an Land zur Ruhe gesetzt hatte, war es für ihn selbstverständlich gewesen, ihm zu folgen. Er überragte den Doctor um Haupteslänge und hatte ihm in mehr als einer Schlacht auf See das Leben gerettet. Der Doctor wusste, dass er sich auf ihn verlassen konnte.
„Mr. Pullings, kommen Sie bitte mit nach Devon. Ich habe da etwas zu erledigen. Es könnte holprig werden."
Mr. Pullings schlug die Axt in den Hackklotz und grinste den Doctor an. „Aye, Sir! Ich bin dabei, wenn Sie auf große Fahrt gehen." Er legte seinen rechten angewinkelten Zeigefinger an die Schläfe, wie es bei der Royal Navy üblich war, dann sattelte er zwei Pferde.
Es war ein herrlicher Tag, wie gemacht für einen Ausritt. Mildes Winter-

licht lag über den verschneiten Wiesen und Feldern, darüber wölbte sich ein blauer Himmel. Dr. Worsely richtete sich in den Steigbügeln auf und schaute sich um. Dieser Glanz, diese Pracht! Seine Augen waren geblendet, so gleißend hell leuchtete der Schnee. Alles sah so rein, unschuldig und friedlich aus; der Schnee bedeckte den Schmutz und schien damit auch alles Unrecht und Leid zu verbergen, das in diesem Land geschah. Bald war Weihnachten, für wenige Tage hätten ein paar Menschen ein weiches Herz und würden etwas Geld spenden, um ihr Gewissen zu beruhigen. Aber das konnte nicht genug sein, das würde niemals grundlegend etwas daran ändern, dass diese Gesellschaft ein mit Schnee bedeckter Haufen Unrat war.
Je näher sie der Stadt kamen, desto mehr zeigte sich die Realität: Nichts war übrig von der glitzernden Pracht, und der Schnee war nur noch Schmutz, der die Straßen aufweichte, sich an die Hufe, Kutschräder und Schuhe hängte.
Dr. Worsely kannte Angelas Zimmer. Schon einige Male war er dort gewesen, als er Tom versorgt hatte. Als sie in der engen Gasse ankamen, warf gerade jemand Hausrat aus dem Fenster auf die Straße. Dr. Worsely erkannte Angelas Sachen. Alles lag im Dreck; ihre Kleidung, Bettzeug, Geschirr, sogar Emilys Puppe entdeckte der Doctor. Schnell banden sie die Pferde an, dann stürmten sie hinauf.
„Was soll das? Lassen Sie das!“ herrschte er den Mann an, der gerade Geschirr aus dem Fenster warf, das klirrend auf der Straße landete.
„Ich tu nur, was Mr. Crawford mir aufgetragen hat“, erwiderte der Mann lapidar und warf einen Krug aus dem Fenster. „Oder wollen Sie Geld ausgeben für diesen armseligen Plunder? Das Zeug nimmt kein Bettler geschenkt.“
„Aufhören!“ schrie Mr. Pullings und packte den Mann am Kragen, der dann tatsächlich aufhörte.
„Dass ihr immer nur eine einzige Sprache versteht!“ sagte Dr. Worsely resigniert. Er schaute sich in dem Zimmer um. Es war schon so gut wie leer. „Wo ist Mr. Crawford?“
„Er ist wahrscheinlich in seinem Geschäft, Sir. Der Buchmacher in der Milson Street.“

„Kommen Sie, Mr. Pullings. Wir werden den Gentleman aufsuchen."
Unten auf der Straße fischte Dr. Worsely Emilys Puppe aus den Überresten von Angelas altem Leben und verwahrte sie in seiner Satteltasche.

Kurz darauf standen sie in Mr. Crawfords Wettbüro. Ein Angestellter wies ihnen den Weg in den hinteren Teil der Geschäftsräume, wo die gepflegte Erscheinung des Mr. Crawford am Schreibtisch saß.
„Guten Morgen, die Herren. Doctor Worsely, wenn ich mich nicht irre? Und Mr...." fragte er spöttisch und lehnte sich in seinem Ledersessel zurück. Er blies ihnen den Rauch seiner teuren Zigarre entgegen, dabei strich er sich über das Oberlippenbärtchen.
„... und Mr. Pullings. Wir sind hier, um die Unstimmigkeiten zwischen Ihnen und Mrs. Summerset zu klären."
„Die Unstimmigkeiten!" Mr. Crawford war nun wirklich belustigt. „Die Schlampe schuldet mir Geld. Zehn Pfund, wenn Sie's genau wissen wollen."
„Mrs. Summerset", sagte der Doctor mit Nachdruck, „sprach lediglich von fünf Schilling."
„Da haben Sie's, Doctor, die Schlampe lügt, wenn sie ihr dreckiges Maul aufmacht."
Schneller als Mr. Crawford seine Zigarre ablegen konnte, lag er selbst mit dem Kopf auf seinem Schreibtisch, eisern festgehalten von Dr. Worsely. Überaus behutsam nahm Mr. Pulllings ihm die brennende Zigarre aus der Hand und betrachtete die Glut, dann fiel sein Blick auf das Gesicht des Gentlemans.
„Ich gebe Ihnen jetzt fünf Schilling. Und wenn Sie noch einmal - ein einziges Mal - ein schlechtes Wort über Mrs. Summerset verlieren, wenn Sie sich ihr ohne den gebührenden Respekt nähern, werden wir wiederkommen. Und glauben Sie mir eines: Das wollen Sie nicht!" Dr. Worsely stieß Mr. Crawfords Kopf noch einmal auf die Schreibtischplatte, knallte fünf Schilling direkt vor seine Nase, dann ließ er ihn los und ging. Mr. Pullings zog genüsslich an der Zigarre. „Prima Kraut, Mister. Besten Dank und einen

schönen Tag noch!“
„Und jetzt?“ fragte Mr. Pullings, als sie wieder im Sattel saßen.
„Sie können schon nach Hause reiten. Ich komme später nach. Drei Krankenbesuche habe ich noch zu machen und ein paar Kleinigkeiten zu erledigen.“
Nach seinen Besuchen ritt er zuerst zum einzigen Pfandleiher in Devon. Er erinnerte sich gut genug an Angelas Halskette, um sie zu erkennen; ein sehr dünnes, kurzes Kettchen aus Silber mit einem Anhänger aus Blech in Form eines Engels. Es war noch da. Der Pfandleiher hatte es nicht verkauft. Acht Schillinge zahlte er dafür. Die Vorstellung, dass Angela dafür gerade einmal die Hälfte bekommen hatte, schmerzte ihn.
Mit der Halskette in der Brusttasche ritt er hinüber zum Nelson Place, wo ein Geschäft für Damenmode war. Er kannte zwar auch den Laden am Henry Square, für den Angela gearbeitet hatte, aber er wollte nicht ausgerechnet bei einer Frau einkaufen, die Angela im Stich gelassen hatte.
„Guten Tag, Dr. Worsely, ein seltener Gast in meinem Geschäft. Wie kann ich Ihnen helfen?“
Mrs. Collins, die Inhaberin, war überrascht, den Doctor in ihrem Laden zu sehen. Begreiflicherweise interessierte sich der Junggeselle nicht für Damenkleider und Hüte mit Blumenschmuck.
„Vielen Dank, Mrs. Collins“, sagte der Doctor und räusperte sich. Ein leichtes Parfum hing in der Luft, das sich mit dem Duft des Kaminfeuers mischte. Auf hell gestrichenen Regalen waren Handtaschen und Hüte aufgereiht, an langen Stangen hingen Bänder in allen Farben und Breiten; Handschuhe, Schnallen und Dinge, die zwar hübsch anzusehen, aber für den Doctor gänzlich undefinierbar waren, lagen in Kistchen auf der Ladentheke.
„Ich bräuchte ein paar Kleider - für eine Verwandte“, fügte er rasch hinzu. „Ein Geschenk zu Weihnachten, aber bitte nicht nur festlich, sondern auch für den Alltag. Sie verstehen. Sie hat etwa Ihre Größe, nur ist sie deutlich schmaler. - Aber das könnte sich bald ändern.“
„Ja, sicher, ich verstehe!“ erwiderte Mrs. Collins in einem Ton, der Dr. Worsely zeigte, dass Mrs. Collins durchaus nicht verstanden hatte. Ein Jung-

geselle, der Kleider kaufte für eine angebliche Verwandte, die bald zunehmen würde. Da konnte Mrs. Collins nur annehmen, dass der ehrenwerte Doctor wohl eine junge Liebschaft geschwängert hatte und sich nun seiner Verantwortung stellte, indem er sie versorgte. Dr. Worsely trat von einem Bein aufs andere, als ihm klar wurde, welche Schlüsse Mrs. Collins ziehen musste.

„Wissen Sie, die junge Frau ist nur kurz da. Sie wird bald weiterreisen, aber ich will sie wohl versorgt wissen. Sie hat eine schwere Krankheit durchgemacht und soll sich bei mir für eine Weile erholen und wieder zu Kräften kommen. Hätten Sie Kleider da, die schon fertig sind?"

Mrs. Collins warf ihm einen Blick zu, der ihm klarmachte, dass sie ihm nicht glaubte.

„Keine Sorge Doctor. Diskretion gehört zu meinem Geschäft. - Ein paar Kleider habe ich immer da. Wenn Ihnen der Stoff und der Schnitt zusagen, können Sie sie gleich mitnehmen, andernfalls kann ich sie auch nach Ihren Vorstellungen nähen."

Dr. Worselys Gesicht zeigte überdeutlich, dass er nur sehr vage Vorstellungen von Frauenkleidern hatte, also überflog Mrs. Collins die Reihen ihrer fertigen Modelle und zog ein Kleid aus weißem Musselin heraus.

„Dieses hier ist allerliebst, finden Sie nicht auch? Meine Kleider sind alle nach der neusten Mode gearbeitet. Der Rock setzt ein wenig unter der Brust an. Die Ärmelchen sind leicht gebauscht. Die Rüsche hier am Ausschnitt gibt dem Kleid etwas sehr Zartes, das Ihrer Verwandten sicher gut stehen wird."

„Ja, es ist sehr hübsch. Aber hätten Sie auch etwas Warmes für den Winter?"

„Hier ist ein blaues Wollkleid. - Wie sieht ihre Verwandte denn aus?"

„Sie ist blond und hat blaue Augen."

„Dann wird ihr das Blaue hier sehr gut stehen. Schauen Sie, die Weite können Sie über die Schnürung im Rücken regulieren; es muss also nicht ganz und gar auf Maß geschneidert sein. Und nun noch etwas Festliches?"

„Ja, bitte."

„Wie wäre es mit dunkelroter Seide?"
Für einen Moment zögerte Dr. Worsely, doch dann sagte er: „Seide, warum nicht?"
„Da habe ich etwas ganz Besonderes! Diese Seide ist ein Traum! Schauen Sie hier, ist das nicht wunderschön?"
Das konnte er nur bestätigen. „Wenn Sie mir diese drei Kleider einpacken könnten und dazu einen Satz Wäsche, was eine Frau so braucht."
„Hat sie denn auch einen schönen Hut?"
„Nein, den bräuchte sie dann auch noch."
„Welche Farbe hat ihr Mantel?"
„Den braucht sie auch neu."
Und so suchte Dr. Worsely nicht nur Kleider aus, sondern auch einen Mantel, einen Hut, Schuhe und Handschuhe; überließ es aber Mrs. Collins, die übliche Unterwäsche zusammenzustellen.
„Aber sicher, lieber Doctor. Ich packe für Ihre kleine Verwandte auch etwas Hübsches, Nettes ein." Dabei nickte sie zwinkernd, worauf Dr. Worsely sich nur leise räuspern konnte, denn jede Erklärung würde wie eine Ausrede oder Rechtfertigung klingen und Mrs. Collins' Vorstellungskraft nur noch weiter beflügeln.
Als Mrs. Collins mit einer herbeigerufenen Gehilfin alles ordentlich verpackt und verschnürt hatte, sagte der Doctor: „Und das alles brauche ich jetzt noch einmal in klein. Für ein vierjähriges Mädchen."
Offensichtlich heizte er mit diesen Worten Mrs. Collins' Fantasie erneut an, denn sie machte große Augen, und ihr Nicken war die Versicherung vollkommener Diskretion.
„Sicher. Da haben wir auch sehr schöne Kleidchen. Das Kind wird sich freuen."

Kapitel 5

Unterdessen lenkte Mr. Crawford seine Schritte ins Hurenhaus. Cody, eines seiner Lieblingsopfer, versuchte noch aus dem Salon zu flüchten, denn sie kannte die Zornesfalten auf Mr. Crawfords Stirn nur zu gut. Doch Madame Lulu packte sie am Arm. „He, he, Kleines! Du willst dich doch nicht etwa einem unserer besten Kunden verweigern."

Die anderen Frauen, die gerade im Salon auf Kunden warteten, hielten den Atem an und hofften, dass Mr. Crawford nicht noch eine von ihnen dazubestellen würde.

„Er ist kein Kunde, sondern ein Metzger!" zischte sie und hatte auch schon eine Ohrfeige von Madame einzustecken.

„Genau das wollte ich auch gerade tun!" rief Mr. Crawford, den dieser Anblick schon etwas aufgeheitert hatte.

„Bitte, Madame, das letzte Mal mit Mr. Crawford ist keine Woche her. Mir tut noch immer alles weh!" flehte Cody, aber Madame kannte kein Erbarmen. Da war Mr. Crawford schon bei ihnen.

„Stell dich nicht so an. Das hier ist ein Freudenhaus. Da sollen die Männer Spaß haben."

Blitzschnell wollte Cody noch einen Whisky nehmen, doch Mr. Crawford schlug ihr das Glas aus der Hand.

„Ich will dich nüchtern und nicht halb betäubt. Los jetzt!"

Kapitel 6

Nachdem auch Emily mit neuen Kleidern und Wäsche wohlversorgt war, schätzte sich Dr. Worsely glücklich, auch noch ein paar Puppenkleider erstehen zu können, und so kam er mit vollen Satteltaschen erst wieder nach Hause, als es schon dunkel war.

Er kam sich sonderbar vor, als er in seinem eigenen Haus herumschlich wie ein Dieb, um die vielen Pakete so unauffällig wie möglich in sein Schlafzimmer zu bringen. Am Weihnachtsmorgen würde er Angela alles geben. Nur wie? Vor aller Augen? Aber würde er sie alleine sprechen können? Könnte er so lange mit ihr allein sein, um ihr alles zu zeigen, sie alles auspacken lassen? Er stellte sich ihr Gesicht vor, wie sie strahlen würde beim Anblick der schönen Kleider. Bei der Wäsche würde er ihr schnell sagen, dass Mrs. Collins alles zusammengestellt hatte, sonst würde sie die Sachen sicher nicht annehmen.

Und die Kette? Wann und wie würde er die Kette überreichen? Sie musste doch spüren, dass er das alles tat, weil er sehr viel mehr für sie empfand als nur eine Verantwortung als Arzt. Aber würde sie jetzt schon seinen Heiratsantrag annehmen? Sie trauerte noch immer um ihren Ehemann. Konnte er es da überhaupt wagen, um sie zu werben? Sie gar um ihre Hand zu bitten? Diese Fragen beschäftigten ihn, als er oben in seinem Schlafzimmer am Kamin saß und die Locke, die er ihr abgeschnitten hatte, zwischen seinen Fingern hin und her drehte. Lange saß er so da und wälzte seine Gedanken. Er hätte Angela schon längst ansprechen sollen. Er hätte sich um sie kümmern müssen. Kannte er nicht ihren Stolz, mit dem sie jede Hilfe ablehnte, die sie nicht zurückgeben konnte? Das Übermaß an Erleichterung darüber, dass sie nicht gebunden war, machte ihm klar, wie sehr er sie liebte, auch wenn er seine Gefühle in den letzten Jahren zur Seite geschoben hatte. Nun wallten sie mit Macht in ihm auf und verlangten nach Erfüllung. Er musste behutsam vorgehen, wollte er sie nicht erschrecken.

Da hörte er plötzlich ein Geräusch draußen auf dem Korridor. Schnell steckte er die Locke wieder in einen kleinen Lederbeutel, den er an einer Schnur um den Hals trug, und schob ihn zurück unter sein Hemd. Nicht auszudenken, was sie von ihm hielte, wenn sie wüsste, dass er ihr eine Locke gestohlen hatte!

Nach dem Abendessen bat er Angela allein zu sich in den Salon. Er stand am Kamin und starrte in die Flammen; bei ihrem Eintreten wandte er sich ihr

zu und verneigte sich.
Nervös schaute sie sich um. Es war so schrecklich sonderbar, mit diesem Mann alleine in einem seiner privaten Gemächer zu sein.
„Bitte, nehmen Sie Platz.“ Beklommen setzte sie sich auf die vorderste Kante eines Stuhls.
„Ich war heute in Devon“, sagte er und setzte sich ihr gegenüber.
Sie schaute ihn alarmiert an. „Ich hoffe, Sie hatten keine allzu großen Schwierigkeiten.“
„Nein, nein. Keine Sorge. Die Schuld ist beglichen und Mr. Crawford wird Sie für alle Zeiten in Ruhe lassen.“
„Danke, Dr. Worsely. Ich danke Ihnen.“ Es fiel ihr schwer, die Tränen niederzukämpfen. Als Dr. Worsely Emilys Puppe aus der Tasche zog, verlor sie den Kampf endgültig.
„Sie waren in der Wohnung?“
„Sie war schon leer. Alles lag auf der Straße und war verdorben. Die Puppe war das einzige, was ich noch mitnehmen konnte. Wollen Sie sie Emily gleich geben?“
„Emily vermisst sie zwar, aber ich denke, sie bekommt sie zu Weihnachten. Sie wird sich sehr freuen. Dann habe ich schon ein schönes Geschenk für sie. Außerdem bekommt sie ein neues Kleid. Mrs. Woodrow war so freundlich, mir einige ihrer alten Kleider zu geben. Aus einem kann ich Kleidchen nähen für Emily. - Doctor Worsely, ich kann Ihnen nicht sagen, wie dankbar wir beide Ihnen sind. Wir stehen schon jetzt unendlich tief in Ihrer Schuld und werden in den kommenden beiden Wochen noch viel tiefer hineingeraten. Aber ich will sehen, dass ich Mrs. Woodrow etwas zur Hand gehen kann. Ich möchte nicht den ganzen Tag nutzlos herumsitzen.“
Da lachte Dr. Worsely laut auf: „Da kennen Sie Mrs. Woodrow schlecht. Sie wird Sie auf keinen Fall in ihre Küche lassen. Dass Emily ihr helfen darf, ist eine große Ausnahme. Ich glaube, sie hat einen Narren an dem Kind gefressen.“
„Dann will ich morgen gleich mit einem Kleid für Emily anfangen, damit ich ihr das auch zu Weihnachten schenken kann.“

„Ich bin sicher, dass sie sich sehr darüber freuen wird. Würden Sie mir erlauben, ihr auch etwas zu schenken?“
„Wenn es nicht zu viel ist, gerne.“
„Mrs. Summerset, in diesem Jahr darf Weihnachten für Sie beide richtig schön werden. Genießen Sie es.“

Kapitel 7

Die kommenden Tage waren für den Doctor angefüllt mit vielen Patienten, die den Weg zu ihm hinaus noch bewältigen konnten. Außerdem kamen einige Leute, die ihn zu ihren kranken Verwandten baten, also war er oft lange unterwegs und kam erst zum Abendessen wieder nach Hause, wenn alle anderen schon am Küchentisch versammelt waren: Mr. Hamilton, Mrs. Woodrow und Mr. Pullings an ihren gewohnten Plätzen; Angela und Emily waren eine hübsche Ergänzung. Die beiden fügten sich so selbstverständlich ein in die Runde, dass es ihm schwer fallen würde, sie gehen zu lassen. Früher hatte er sich immer auf Weihnachten gefreut; nun hoffte er, die Zeit würde stillstehen. Es waren so friedliche Momente, wenn sie alle beisammen saßen, von ihrem Tagwerk erzählten, lachten und sich Mrs. Woodrows Essen schmecken ließen. Emily blühte auf, hatte schon zu allen Zutrauen gefasst, wobei der Doctor sich einbildete, sie habe es am liebsten mit ihm zu tun. Wenn er aus der Stadt kam, hatte er oft eine Nascherei für sie in der Tasche, die sie zum Nachtisch essen durfte, und er war glücklich, als Emily von ihm zu Bett gebracht werden wollte. Er erzählte ihr lange Geschichten, sprach kurze Gebete und küsste sie auf die Stirn, wie er es bei einer eigenen Tochter tun würde.

Angela verbrachte ihre Tage mit Emily und ihre Abende mit Nähen und Lesen. Sie hatte nur einmal gewagt, Mrs. Woodrow ihre Hilfe anzubieten, also fügte sie sich in ihr Schicksal, das im Moment darin bestand, sich pflegen zu lassen und mehrfach täglich heiße Schokolade zu trinken, was Dr. Worsely als ein gutes Mittel zu Stärkung verordnet hatte. Sie war selig, dass Emily sich endlich satt essen konnte. Die Kleine hatte immer behauptet, satt zu sein; erst jetzt begriff Angela, wie schwer die Armut schon auf die Kinderseele gedrückt hatte. Und sie selbst? Kam sie hier wirklich zur Ruhe? Doctor Worsely war so überaus freundlich, dass es sie beunruhigte. Wenn sie abends in ihrem Bett lag und Emily auf der anderen Seite des Raumes atmen hörte, wälzte sie immer wieder die gleichen Gedanken um und um. Wie sollte sie ihm jemals das Geld zurückzahlen, das er für sie bei Mr. Crawford bezahlt hatte und jetzt täglich für sie ausgab? Wieso war er so freundlich? Hatten die Jahre auf See, in denen er über viele Monate keine Frau zu Gesicht bekommen hatte, sein Herz so weich gemacht, dass er nun nicht anders konnte als ihr zu helfen? Aber wie viele Frauen in ihrer Situation gab es in Devon? Hunderte? Er konnte nicht allen helfen, und er tat es auch nicht. Er half nur ihr. Wieso? Quälten ihn Schuldgefühle, weil er Tom nicht hatte retten können? Das wäre doch absurd! Toms Verletzungen waren schrecklich gewesen; es hätte eines Wunders bedurft, um ihn zu heilen.

Das Feuer war fast heruntergebrannt, nur ein Schein lag auf den blank gebohnerten Dielen. Angela schmiegte sich tiefer in ihr Bett, dessen Laken nach Seife dufteten. Alles war hier so rein, so gut und schön. Sie fühlte sich wie in einer anderen Welt. Konnte diese Welt wirklich wahr sein? Gehörte sie überhaupt in diese Welt?

Die Freundlichkeit des Doctors war echt, und er war viel zu höflich, um dafür unschickliche Gefälligkeiten zu erwarten. Niemals hatte er ein zu freies Wort an sie gerichtet. Aber war dies tatsächlich seine Art, um sie zu werben? Angela lachte leise bei diesem Gedanken. Das war völlig abwegig. Er war ein Mann von Stand, ein Gentleman, der bei der Royal Navy gedient hatte! Er konnte unmöglich an eine Verbindung mit ihr denken. Ein solcher Skandal würde nicht nur Devon, sondern wahrscheinlich ganz England in seinen Grundfesten erschüttern. Außerdem würde er ihr ganz sicher nicht zumuten wollen, Teil eines derartigen Skandals zu sein. In drei Tagen war

Weihnachten, dann würde er sie ins Haus des Reverends bringen, und sie würde ihn sicher nicht mehr wiedersehen. Selbst wenn er den Reverend besuchen würde, wäre sie nicht in den Räumen, in denen sich die Herrschaften aufhielten, sondern in den Räumen der Dienerschaft. Für die restliche Zeit wollte sie die Ruhe und das Nichtstun noch genießen, denn auch das würde mit Sicherheit nie wieder kommen. Aber andererseits... hatte sie es auch genossen, als er sie nach dem Unfall so behutsam berührt hatte. Erst jetzt wurde ihr klar, wie sehr sie die Berührungen eines Mannes vermisste.

*

Die Glocken, die Father Christmas willkommen heißen sollten, schickten ihren Klang über die weißen Felder hinaus. Emily hatte sich mit einem Kissen in eine der tiefen Fensternischen gesetzt und versuchte angestrengt, irgendwo dort draußen auf der Straße ein Licht zu erkennen, doch nur die Sterne glänzten vom Himmel. Alle saßen zusammen am Feuer, was Angela sehr merkwürdig vorkam. Der Doctor war zwar ein Mann von Stand, aber er legte keinerlei Wert auf räumliche Distanz zu seiner Dienerschaft, die doch in jedem vornehmen Haus strengstens beachtet wurde.

Mrs. Woodrow und Mr. Hamilton lasen, Mr. Pullings flickte sogar Zaumzeug, was im Salon sehr sonderbar anmutete. Angela, deren Näharbeit auf ihrem Schoß ruhte, fragte sich, wieso Dr. Worsely so völlig anders war als die anderen reichen Leute, die sie nur von Weitem kannte. Was hatte er erlebt, dass er alles, was seinen Zeitgenossen so hoch und heilig war, ohne weiteres über Bord warf? Waren es die Jahre auf See gewesen? Was hatte er in den Schlachten erlebt? Was verband ihn mit Mr. Pullings? War es möglich, dass er sie liebte? Von Herzen, aufrichtig und ehrenhaft? Wie sollte sie ihm begegnen? Ihre Liebe sollte noch immer Tom gelten, und oft hatte sie ein schlechtes Gewissen, dass er in ihren Erinnerungen verblasste. Nach seinem Tod hatte sie keinen einzigen Atemzug tun können, ohne ihn in ihre Arme zu wünschen, doch nun, nach drei Jahren geschah es oft, dass sie manchmal

tagelang gar nicht an ihn dachte und sich auf ihr Leben konzentrierte, das in den letzten Jahren hart genug gewesen war. Was lag nun vor ihr? Würde Dr. Worsely sie aus purer Menschenliebe unterstützen? Oder würde er... Da wurde Angela von Emily aus ihren Gedanken gerissen: „Mama, meinst du, in Devon laufen sie in diesem Jahr auch wieder durch die Straßen mit ihren Laternen, den Trompeten und Trommeln?"
„Ja, sicher tun das die Kinder. Wie in jedem Jahr. Kannst du dich noch daran erinnern, wie wir im letzten Jahr auch ein Stück mitgelaufen sind?"
„Ja, und wir konnten alle Glocken der Stadt ganz laut hören. - Was ist, wenn Father Christmas gar nicht weiß, dass ich jetzt hier bin? Ich kann ja gar nicht mitlaufen. Dann sieht er mich nicht und vergisst mich vielleicht."
„Emily, ich glaube, du kannst ganz unbesorgt sein", sagte Dr. Worsely und schaute von seiner Zeitung auf, mit der er es sich am Feuer gemütlich gemacht hatte. „Ich habe ihm Bescheid gesagt. Und ich habe ihm auch gesagt, dass du ein ganz besonders braves Mädchen bist."
„Ich kann nur hoffen, dass es Father Christmas mit seinen Geschenken nicht übertreibt", flüsterte Angela ihm zu.
„Angemessen, liebe Mrs. Summerset, vollkommen angemessen."
Mrs. Woodrow, Mr. Pullings und Mr. Hamilton wechselten kurze Blicke und grinsten.
„Vielleicht ist Father Christmas ja schon unterwegs?" vermutete Emily.
„Dann solltest du jetzt besser vom Fenster weggehen und schlafen. Komm, ich bring dich ins Bett."
„Nein, Dr. Worsely soll mich ins Bett bringen. Er kann längere Geschichten erzählen als du, Mama."
Angela wollte schon protestieren, aber er lachte. „Keine Sorge, ich mach es gerne."
Es dauerte eine ganze Weile, bis der Doctor wieder erschien. Mrs. Woodrow hatte sich bald danach verabschiedet, und Angela war ihr gefolgt. Sie hatte den Eindruck, als wolle der Doctor ihr etwas sagen, was nicht für die Ohren der anderen bestimmt war, daher wollte sie auf keinen Fall mit ihm allein sein.

Kapitel 8

Der von Dr. Worsely so sehr gefürchtete Weihnachtsmorgen dämmerte herauf. Er war früh erwacht und schon halb angekleidet, als Mr. Hamilton mit dem Rasierzeug erschien.
„Guten Morgen, Sir. Wie ich sehe, haben Sie es heute eilig“, stellte Mr. Hamilton fest.
„Ich möchte Emilys Gesicht nicht verpassen, wenn sie in ihren Strumpf schaut.“
„Dann sollten wir uns beeilen, denn die Damen Summerset kleiden sich soeben an.“
Mr. Hamilton sah den Doctor in Schweigen versinken. „Sir, die beiden werden nicht allzu weit entfernt sein. Sie werden sie immer wieder sehen können und vielleicht…“ Mr. Hamilton beendete den Satz nicht.
„Ja, vielleicht…“, erwiderte Dr. Worsely, beendete den Satz aber genauso wenig, und schweigend verrichteten die beiden die allmorgendlichen Rituale.

Bald waren alle unten im Salon um den Kamin versammelt, wo Mr. Pullings zu Angelas großer Überraschung auf einer Flöte Weihnachtslieder spielte. So viel Feingefühl hätte sie dem Hünen gar nicht zugetraut. Emily schaute erwartungsvoll den dicken Strumpf an, der dort für sie am Kamin hing.
„Siehst du, Emily, Father Christmas weiß, dass du hier bist. Möchtest du schauen, was er dir geschenkt hat?“ Sie nickte. Dr. Worsely nahm den Strumpf vom Haken und reichte ihn ihr.
„Mary! Mama, er hat mir meine Mary mitgebracht. Aber sieh nur, wie fein sie angezogen ist! Hast du jemals so ein feines Kleid gesehen? Damit könnte sie ja auf einen Ball gehen! Und da sind noch mehr Sachen für Mary drin. Ein Cape, Schuhe und noch ein Kleid. Mit Spitze dran!“
Angela blickte Dr. Worsely an, der es wohlweislich vermied, ihr in die Au-

gen zu schauen. Er wusste zu genau, dass Angela damit nicht einverstanden war, aber er hatte solche Freude daran, Emily zu beschenken.
„Mama, hier ist noch ein kleines Päckchen mit einem Zettel dran. Da steht was drauf."
„Für Angela", las Angela. Als sie das Band und das Seidenpapier gelöst hatte und ihre alte Kette in Händen hielt, wurde sie sehr still. Sie war froh, dass Emily rief: „Deine Kette! Da hat Papa im Himmel Father Christmas Bescheid gesagt!"
Angela starrte stumm auf die Kette in ihrer Hand. Die Tränen schnürten ihr die Kehle zu. Wie sehr hatte sie dieses Andenken an Tom vermisst! Nun hatte Dr. Worsely es beim Pfandleiher ausgelöst und ihr geschenkt. Sie konnte ihm nur dankbar zunicken. Der stille Ernst, der auf ihrem Gesicht lag, als sie sich die Kette umlegte, zeigte ihm, wie viel ihr dieses Schmuckstück bedeutete.
„So! Jetzt gibt's Frühstück. Ich sterbe vor Hunger!" sagte Mrs. Woodrow und erhob sich. Gemeinsam mit Mr. Hamilton brachte sie die Platten und Schüsseln herein, worauf sich ein köstlicher Duft im Raum ausbreitete.
„Ich denke, ausnahmsweise können wir auf die Prozession verzichten", sagte Dr. Worsely scherzhaft.
„Welche Prozession?"
„Ein absolut lächerlicher Brauch in feinen Häusern, der mir heute Abend wohl nicht erspart bleiben wird. Alle stellen sich paarweise in einer kleinen Prozession auf und marschieren in den Salon, wo der Tisch gedeckt ist. Dabei wird natürlich streng darauf geachtet, dass der Herr und die Dame die Prozession anführen, die über die größte Macht und das meiste Geld verfügen. Dann folgen alle, hübsch geordnet nach Rang und Geld. Lächerlich, sage ich Ihnen, absolut lächerlich. - Darf ich bitten?" Er hatte sich erhoben und ihr seinen Arm gereicht, Emily war schon am Tisch und hatte einen Stuhl erklommen. Mit leuchtenden Augen schaute sie auf das feine Essen, das zur Feier des Tages in Silberschüsseln angerichtet war.
Nach dem Essen wurde es still im Salon. Mrs. Woodrow und Mr. Hamilton

waren mit Emily draußen in der Küche, Mr. Pullings bereitete die Kutsche vor, und endlich war Dr. Worsely mit Angela allein. Schon wollte sie den anderen folgen, da hielt seine leise Stimme sie zurück.

„Mrs. Summerset, bitte gehen Sie nicht. Ich habe noch etwas für Sie und Emily."

Er sah den Schrecken auf ihrem Gesicht als sie sich zu ihm umwandte und für einen Moment erstarrte. Was hatte sie in den letzten Jahren erlebt, dass sie so voller Misstrauen war? Er spürte, dass sie Angst vor ihm hatte. Wie sollte er ihr nun sagen, was er sagen wollte? Immer wieder hatte er sich Worte zurechtgelegt, wieder verworfen, neu überlegt und hoffte nun, dass Angela die Kleider annehmen würde.

„Schauen Sie, diese Kleider habe ich für Emily besorgt, und in diesen Paketen sind ein paar Kleider für Sie."

„Dr. Worsely, das kann ich nicht annehmen. Bitte, das werde ich Ihnen niemals zurückzahlen können."

„Das brauchen Sie auch nicht. Schließlich hat Father Christmas die Päckchen gebracht." Er lachte etwas unbeholfen und hoffte inständig, dass sie nicht die falschen Schlüsse zog. Sie musste ihn doch gut genug kennen! Sie musste doch wissen, dass er ihr diese Kleider nicht schenkte, um sie zu seiner Geliebten zu machen!

„Wollen Sie sie nicht anschauen? Bitte, öffnen Sie die Pakete doch wenigstens."

Zögernd löste Angela die Schnur eines Päckchens und zog das feste Papier auseinander. Darinnen war in raschelndem Seidenpapier ein Kleid, wie sie noch niemals eines besessen hatte. Blaue Wolle, mit einer kleinen Perlenstickerei am Halsausschnitt. Darunter lag eines aus weißem Musselin, und schließlich kam ein Kleid aus dunkelroter Seide zum Vorschein. Angela erstarrte, und er sah an ihrem entsetzten Gesicht, dass sie die falschen Schlüsse zog - wie er befürchtet hatte.

„Bitte, Mrs. Summerset, nehmen Sie diese Kleider an. Tragen Sie sie - als eine Art Schutz. Ich will auf keinen Fall, dass irgendjemand im Hause des

Reverends meint, man könne Sie für schwere Arbeiten heranziehen. Sie sind Näherin, keine Dienstmagd. Sie werden keine Böden schrubben und keine schweren Eimer tragen. Sie werden nicht die Wäsche machen und auch nicht im Garten arbeiten. Sie nähen, sonst nichts! Tun Sie mir also den Gefallen und tragen Sie diese Kleider. Wenn Ihnen die rote Seide zu festlich ist, dann tragen Sie sie nur zu festlichen Anlässen. Aber das blaue Wollkleid wird Sie jetzt wunderbar wärmen und das weiße Kleid wird Ihnen im Sommer sehr gut stehen. Außerdem habe ich Ihnen einen neuen Mantel und einen Hut mitgebracht." Mit diesen Worten hielt er ihr tatsächlich eine Hutschachtel hin, doch während er sprach, schüttelte sie nur den Kopf und schaute ihn schließlich sehr ernst an.

„Dr. Worsely, eine Frau meines Standes darf nur auf einen winzigen Funken Respekt hoffen. Wenn sie sich aber besser kleidet als ihr Stand es zulässt, wenn sie versucht, sich über ihren Stand zu erheben, dann wird auch dieser winzige Funke Respekt ausgetreten. Diese Kleider sind alle viel zu schön, als dass ich sie besitzen, geschweige denn tragen dürfte. Und an ein solches Seidenkleid dürfte ich nicht einmal denken, so kostbar ist es. Ich bitte Sie, ich flehe Sie an, ersparen Sie mir diesen Ärger und erlauben Sie mir, mich so zu kleiden, wie mein geringer Stand es zulässt. Ich kann diese Kleider nicht annehmen."

Als sie sah, wie schwer ihn dies traf, ahnte sie, dass sie ihm Unrecht getan hatte mit ihren finsteren Vermutungen. Er war der ehrenhafte Mann, den sie kannte. Sie hatte sich nicht in ihm getäuscht! Beinahe hätte sie ihn voller Dankbarkeit umarmt, doch gelang es ihr, sich diese ungeheuerliche Unschicklichkeit zu versagen. Trotzdem konnte sie die Kleider nicht annehmen, und so sagte sie mühsam gefasst: „Es tut mir sehr leid, Doctor Worsely. Bitte verzeihen Sie mir. Wenn ich nun ein neues Leben anfange, dann nicht mit einer Lüge." Und mit leiser Stimme fügte sie hinzu: „Für die Halskette danke ich Ihnen von ganzem Herzen. Aber ich glaube, Sie wissen, was sie mir nun bedeutet. Mehr als vorher." Und dann tat sie etwas, worüber der Doctor noch lange nachdachte: Sie legte erst die rechte Hand, dann die lin-

ke über die Halskette und verneigte sich sehr tief. Als sie sich wieder erhob, schaute sie ihn mit einer sonderbaren Mischung aus Freude und Wehmut an.
„Aber die Kleider für Emily?“, wagte er einen letzten Versuch.
„Ich kann auch mein Mädchen nicht anziehen als sei sie die Tochter eines Gentlemans. Mrs. Woodrow hat uns mit allem versorgt, was wir brauchen. Sogar ihr Nähzeug, ihre Schere und ein paar Nadeln darf ich mitnehmen.“
„Hat sie Sie auch mit Schuhen versorgt?“
„Nein, das nicht.“
„Dann nehmen Sie wenigstens die Schuhe. Schauen Sie, hier in dieser Schachtel sind sie.“ Er hielt ihr eine hübsche Schachtel hin, in denen - ebenfalls in Seidenpapier gewickelt - neue Schuhe lagen. Angela hätte sich nicht einmal die Schachtel leisten können, geschweige denn den Inhalt. Sie schluckte.
„Unter dem langen Kleid wird es kaum auffallen, dass sie neu sind. Bitte, probieren Sie sie wenigstens an.“
Angela setzte sich und zog ihre alten, schon reichlich zerschlissenen Schuhe aus. Die Schuhe, die Dr. Worsely ausgesucht hatte, waren aus weichem, blank poliertem Leder. Sie schmiegten sich an Angelas Füße als seien sie für sie gemacht.
„Und?“ fragte er, als sie ein paar Schritte gegangen war. Sie nickte, zaghaft lächelnd.
„Vielen, vielen Dank, Dr. Worsely“, flüsterte sie, ohne ihn anzuschauen. „Für die Schuhe danke ich Ihnen vielmals, aber alles andere muss ich hier lassen. Bitte, seien Sie mir nicht böse.“
„Ich bin Ihnen gewiss nicht böse, Mrs. Summerset. Bitte verzeihen Sie mir, ich war vielleicht etwas zu voreilig. Ich denke, wir sollten uns jetzt fertig machen. Mr. Pullings wartet schon mit der Kutsche.“

*

Gemeinsam fuhren sie in der Kutsche zum Gottesdienst. Je näher sie Friarswell mit seiner uralten, trutzigen Kirche kamen, desto mehr Kutschen, Reiter und Fußgänger bevölkerten die Straße, und Mr. Pullings musste langsam

fahren. Alle Gläubigen waren erfüllt von einer festlichen Vorfreude auf den Gottesdienst, doch auf dem Gesicht des Reverends, der in seinem Talar im Vorraum der Kirche stand, um alle zu begrüßen, lag mehr als die Freude auf Weihnachten - schließlich feierte er heute auch Verlobung. Der Doctor ignorierte die tadelnden Blicke der Herrschaften, die so gar nicht verstehen konnten, dass er am Weihnachtsmorgen im Kreise all seiner Dienstboten in die Kirche ging. Von drinnen drangen die letzten Töne der Chorprobe.
„Guten Morgen, Cumberland“, sagte Dr. Worsely, worauf sich alle vor dem Reverend verneigten, während Dr. Worsely, der Emily auf dem Arm hatte, freundschaftlich nickte.
„Hier diese beiden hübschen Mädchen bringe ich Ihnen. Mrs. Elridge hat Ihnen schon berichtet, nehme ich an.“
„Aber ja! Seien Sie herzlich willkommen, Mrs. Summerset und Emily.“ Er sah die beiden freundlich an, und Emily lächelte.
„Wir sind Ihnen sehr dankbar, Reverend, dass Sie uns aufnehmen“, sagte Angela.
„Mrs. Elridge hat in den höchsten Tönen von Ihnen geschwärmt. Ich hoffe, Sie werden sich bei uns wohlfühlen.“ Mrs. Woodrow atmete kurz durch. Sie konnte sich die höchsten Töne lebhaft vorstellen. Die Stimme von Reverend Cumberland hatte die gleiche Wärme, die seine offenen Gesichtszüge ausstrahlten.
„Wir werden Sie doch gleich auf unserm Fest begrüßen dürfen, nicht wahr!“ sagte er noch zu Dr. Worsely, dann wurden sie alle von dem Menschenstrom ins Innere der Kirche geschoben.
Angela hatte angenommen, dass Dr. Worsely sich einen Platz in einer der Bänke vorn am Altar suchen würde, doch er blieb mit ihnen allen im mittleren Teil der Kirche, wo sie auch Mr. und Mrs. Elridge antrafen. Letztere winkte ihnen aufgeregt und wies ihnen so den Weg zu Plätzen, die neben ihr noch frei waren.
Und gleich darauf legte sich das leise Stimmengewirr, das durch die Kirche geschwebt war, und ließ Raum für das Wunder der Weihnacht, das die Ge-

meinde in Liedern besang und der Reverend in seiner Predigt beschwor. Frieden auf Erden, den Menschen seines Wohlgefallens.
Angela dachte an ihr letztes Weihnachtsfest. Wie anders hatte sie vor einem Jahr in der Kirche gesessen! Ohne Hoffnung, dass etwas von dem Weihnachtsglanz auch in ihrem Leben scheinen könnte. Und nun blickte sie einer sicheren Zukunft entgegen, in der sie nie wieder hungern würde.

*

Wie ein riesiger, schlummernder Drache lag Reverend Cumberlands Haus im Tal von Friarswell. Als sie näher kamen, sahen sie den üppigen Schmuck aus Ilexgirlanden mit roten Samtbändern, die das Eingangsportal schmückten. An der Haustür hing ein Kranz, in dessen Mitte Messingglocken bei jedem Öffnen der Tür läuteten. Als Dr. Worsely Emily auf den linken Arm genommen hatte, bot er Angela seinen rechten, den sie mit einem leichten Zögern ergriff, doch als er mit ihr auf die Haupteingangstür zusteuerte, blieb sie stehen und ließ sogar seinen Arm los.
„Dr. Worsely, bitte, ich kann nicht durch diese Tür gehen. Es gibt mit Sicherheit einen Eingang für Dienstboten. Er muss irgendwo hinter dem Haus sein. Wenn Sie mich ungefähr in die Richtung dieses Eingangs bringen könnten, wäre ich Ihnen sehr dankbar, aber dann muss ich mich verabschieden."
Sie hatte so eindringlich gesprochen, dass er nachgab, doch da öffnete sich schon die Tür und Mr. und Mrs. Elridge erschienen. Sie rief: „Wie schön, dass Sie nun da sind. Kommen Sie, ich nehme Ihnen die Kleine ab. Ihr beiden kommt nun mit mir. Wir haben es heute nämlich auch gemütlich."
Dr. Worsely wollte Emily nur sehr ungern Mrs. Elridge überlassen, und auch Emily schlang ihre Arme fest um seinen Nacken.
„Bitte, Mrs. Elridge, kann ich die beiden noch begleiten? Es wird doch sicher eine Verbindungstür geben, durch die ich dann zum Reverend gelangen kann."
„Aber sicher, lieber Dr. Worsely. Kommen Sie."

Da gewahrte sie in der Kutsche Mrs. Woodrow und Mr. Hamilton. „Ihnen beiden auch fröhliche Weihnachten! Möchten Sie sich kurz aufwärmen? Ich habe für das Personal einen prächtigen Weihnachtspunsch vorbereitet."
„Nein, danke, Mrs. Elridge. Ich habe zu Hause gekocht", erwiderte Mrs. Woodrow, wofür Mrs. Elridge Verständnis hatte.
Und gefolgt von Mr. Pullings, der Angelas Tasche trug, führte Mrs. Elridge die Besucher nun zum Hintereingang des herrschaftlichen Hauses, zu dem man ein paar Stufen hinuntersteigen musste. Zuerst standen Sie in einem dämmrigen Flur, in dem nasse, schmutzige Schuhe und Mäntel ihren Duft verströmten. Der nächste Raum musste schon die Küche sein, denn man roch deutlich gebratenes Fleisch, Gemüse, Gebäck. Als Mrs. Elridge die Tür öffnete, brandete ihnen nicht nur der Duft ungehindert entgegen, sondern auch ein Stimmengewirr, als sei eine ganze Armee dabei, das Essen für die Verlobungsfeier zuzubereiten. Angela konnte nur einen flüchtigen Blick auf all die Köstlichkeiten werfen, die schon fertig oder halbfertig bereitstanden; bunt, duftend und sicher köstlich. Sogar ein Pfau thronte mitsamt Kopf und Schwanzfedern in der Mitte des Tisches, sein Leib war allerdings knusprig braun gebraten. Über all dies regierte ein Mann wie ein Feldherr. Küchenjungen und Mägde funktionierten wie ein Uhrwerk, livrierte Diener mit weißen Perücken und Handschuhen nahmen schon die ersten Schüsseln und Platten mit.
Mrs. Elridge atmete auf, als sie endlich im Treppenhaus standen, das zu den Schlafräumen der Dienerschaft führte.
„Ich bin heilfroh, wenn das hier alles vorbei ist. Ich hatte mich so sehr auf die Verlobung gefreut und mir schon bis ins kleinste Detail überlegt, womit ich dem Reverend und seiner Braut den Tag versüßen könnte, aber Miss Arlington hat darauf bestanden, ihr eigenes Personal mitzubringen. Die kehren mir meine ganze Küche auf links. Und mit einer Selbstverständlichkeit tritt dieser Koch auf, schaut mich an, als hätte ich in dieser Küche nichts zu suchen; ich, die ich schon über dreißig Jahre hier arbeite und koche. An MEINEM Herd macht sich dieser Mann zu schaffen. An MEINEM Herd! Ich weiß gar

nicht, ob er sich mit einem so modernen Gerät überhaupt auskennt. Am Ende kennt er nur eine offene Herdstelle, aber ich habe genau aufgepasst, dass er mir das Feuer nicht im Aschenkasten macht. Miss Arlington hat eben ihre ganz eigenen Vorstellungen. Außerdem hat sie französischen Rotwein mitgebracht. Wie unpatriotisch! Als hätten wir nicht lange genug im Krieg gestanden mit diesem Napoleon! Finden Sie nicht auch, Dr. Worsely? So ist das bei den ganz reichen, feinen Herrschaften. Aber dass es zum Nachtisch auch noch dieses neumodische Zeug geben soll! Eiscreme! Eingeschleppt von Italienern, die vor Napoleon geflüchtet sind!" Ihre Stimme klang, als hätten die Italiener eine neue Pestwelle nach England gebracht. „Aber nun folgen Sie mir, ich will Ihnen Ihr Zimmer zeigen."

„Haben die beiden ein Zimmer für sich allein?" fragte Dr. Worsely.

„Dr. Worsely, bitte, das ist nicht nötig. Wahrscheinlich ist es auch gar nicht üblich, nicht wahr, Mrs. Elridge?" vermutete Angela. Sie wollte sich auf keinen Fall gleich am ersten Tag mit allzu hohen Ansprüchen beim Hauspersonal unbeliebt machen.

„Bitte, Mrs. Summerset, ich muss darauf bestehen. Sie brauchen nach wie vor Ruhe."

Mrs. Elridge schaute den Doctor irritiert an. „Dr. Worsely, das ist in der Tat vollkommen unüblich. Nicht einmal die Herrschaften, die heute hier nächtigen, haben alle ein Zimmer für sich. Sie werden sich das Zimmer mit meiner Nichte Lucy teilen. Sie ist ein reizendes Mädchen. Ich bin sicher, Sie werden sich mit ihr gut verstehen", fügte sie zu Angela gewandt hinzu.

Nachdem sie lange Korridore und enge Treppen hinter sich gelassen hatten, waren sie an dem Zimmer angekommen. Mr. Pullings stellte Angelas Tasche ab, während Dr. Worsely sich davon überzeugte, dass die Fenster einigermaßen dicht waren. Der Ofen war kalt. Trotzdem sagte Angela: „Vielen Dank, Mrs. Elridge. Sie sind wirklich zu gütig. Das hier ist viel, viel schöner als mein altes Zimmer in Devon. Ich denke, wir werden uns hier sehr wohl fühlen, was meinst du Emily?"

„Bei Dr. Worsely war es schöner!" tat Emily kund.

„Still, Emily!“ sagte Angela leise. Emilys Ehrlichkeit war ihr sichtlich peinlich, vielleicht auch, weil sie selbst ebenso dachte, denn dieses Zimmer hielt keinem Vergleich mit Dr. Worselys Gästezimmer stand. „Ich denke, wir werden uns hier wohlfühlen“, wiederholte sie, doch es klang, als müsse sie sich selbst Mut zusprechen.
„Ja, ganz sicher werdet ihr beiden das, nicht wahr, meine Kleine?“ sagte Mrs. Elridge. Und zu Dr. Worsely gewandt fuhr sie fort: „Kommen Sie, Doctor, ich bringe Sie jetzt hinunter zur Feier. Und Ihr Mr. Pullings kann auch mit hinunter kommen und sich ein wenig stärken. Es ist auch für die Dienerschaft und alle Kutscher etwas vorbereitet. Bitte, gesellen Sie sich dann auch zu uns, Mrs. Summerset!“
„Ich muss darauf bestehen, dass im Ofen ein Feuer angemacht wird. Es ist hier viel zu kalt. Mr. Pullings, Sie werden sich darum bitte kümmern.“ Dr. Worsely ließ keine Widerrede zu, und so machte sich Mr. Pullings an die Arbeit.
Dr. Worsely wartete noch, bis das Feuer brannte, dann verneigte er sich vor Angela, die besonders tief knickste.
„Ich hoffe, ich kann Sie jetzt alleine lassen. Erlauben Sie mir, dass ich bald wieder nach Ihnen schaue?“
„Ja, Dr. Worsely.“
„Wir freuen uns auf Sie, Doctor!“ versicherte Emily.
Liebevoll lächelte er Emily an. „Ich freu mich auch auf deine Mama und dich. - Leben Sie nun wohl, Mrs. Summerset und achten Sie auf alles, was ich Ihnen verordnet habe. Nur leichte Arbeiten, viel Ruhe und viel Essen.“
„Da müssen Sie sich keine Sorgen machen, Doctor!“ sagte Mrs. Elridge. „Ich werde die beiden schon füttern. Kommen Sie nun, sonst fängt die Feier ohne Sie an.“
Widerstrebend folgte er Mrs. Elridge.
„Der Doctor ist ein guter Mensch. Der beste, den ich kenne,“ sagte Mr. Pullings, als er die Ofentür schloss. „Sie hätten bei ihm bleiben sollen. Wirklich!“
„Ich danke Ihnen, Mr. Pullings. Aber ich habe jetzt schon so viele Schulden

bei ihm, die ich lange Jahre abbezahlen werde."
„Glauben Sie wirklich, er sei auf das Geld, das Sie ihm schulden, angewiesen?"
„Das mag sein, Mr. Pullings, aber darum geht es nicht. Selbst wenn Dr. Worsely ...", Angela machte eine vage Handbewegung, als suche sie nach einer unermesslich großen Summe, „...zwanzigtausend Pfund im Jahr hätte, würde ich darauf bestehen."
„Ach? Zwanzigtausend im Jahr?" Dies schien Mr. Pullings zu amüsieren. „Er hat über fünfzigtausend Pfund im Jahr, ein Schloss in Yorkshire und ihm gehört die halbe Grafschaft."
„Ein Schloss!" rief Emily. „Dann ist er ja ein richtiger Prinz!"
„Na ja, nicht ganz, aber schon ziemlich nah dran", erklärte Mr. Pullings.
Angela schluckte. „Trotzdem!"
Mr. Pullings grinste sie an. „Sie haben einen fürchterlichen Dickschädel. Ich glaube, das mag er besonders an Ihnen."
„Mr. Pullings, ich danke Ihnen sehr für das Feuer. Bitte, richten Sie dem Doctor, Mrs. Woodrow und Mr. Hamilton meine Grüße und meinen Dank aus", sagte sie etwas zu energisch.
„Aye, Lady!" erwiderte Mr. Pullings, nahm sogar ein wenig Haltung an und grüßte nach Navy-Manier.
Als auch Mr. Pullings gegangen war und Angela endlich mit Emily allein in dem Zimmer war, lehnte sie sich an die geschlossene Tür und seufzte.
„Bei Dr. Worsely war es aber wirklich schöner!" maulte Emily und sprach damit noch einmal aus, was auch Angela im Grunde ihres Herzens empfand.

Kapitel 9

Nach den düsteren Räumen im Dienstbotentrakt fühlte sich Dr. Worsely wie geblendet, als er schließlich in der großen Eingangshalle stand. Der Duft der erlesenen Speisen wehte schon durch die Räume, der kleine Kreis, in dem die Verlobung gefeiert wurde, bestand aus über hundert Gästen, die in der Eingangshalle und den angrenzenden Räumen in kleinen Grüppchen zusammenstanden, einander zuprosteten, sahen und gesehen wurden, sich mehr oder minder tief verneigten, je nachdem, wen sie zu begrüßen hatten. Unter dem Kronleuchter im Salon stand das Verlobungspaar: Reverend Jonathan of Cumberland und Miss Patricia Arlington. Die beiden hätten ungleicher nicht sein können. Der Reverend hatte die Dreißig bereits überschritten, war groß und stattlich, doch hatte seine Erscheinung mit den dunklen Backenbärten auch etwas Düsteres, zumal er nicht einmal an einem Tag wie diesem auf seinen schwarzen Anzug verzichtet hatte. Auf seinem Gesicht lag ein feierlicher Ernst, und immer wieder schaute er die junge Frau an, die ihre Linke grazil auf seinen rechten Arm gelegt hatte und ihm wie ein Wesen aus einer anderen Welt erschien. Sie war groß und schlank, hatte üppiges, rotes Haar, das ihre Dienerin zu einer kunstvollen Frisur geflochten und gelegt hatte, aus der dicke Locken auf ihren bloßen Nacken fielen. Glücklich strahlend nahm sie all die Glückwünsche entgegen und auch das eine oder andere Kompliment über ihre Halskette, den Verlobungsring und ihr prachtvolles Kleid aus grüner Seide, das deutlich mehr zur Schau stellte als dem Reverend lieb war. Er hatte ihr in weiser Voraussicht eine seidenen Stola geschenkt und darauf bestanden, dass sie die liebevoll ausgesuchte Gabe um ihre Schultern legte.
Dr. Worsely fand, dass sich ihr Mund sonderbar verzog, wenn sie zu laut lachte, was sie sehr häufig tat. Hätte man ihr Lachen nicht gehört, hätte man auch meinen können, ihr Gesicht sei vor Entsetzen entstellt. Er schaute den beiden eine Weile zu, wie sie immer neue Gäste begrüßten, sich be-

glückwünschen ließen, hier und da wurde ihr auch etwas ins Ohr geflüstert, was vermutlich ein gut gemeinter Ratschlag sein sollte, über den sie milde lächelte.
Nun war Reverend Dawson, der Geistliche von Devon, mitsamt seiner Gemahlin an der Reihe. Die beiden ältlichen Herrschaften verneigten sich angemessen und wünschten dem glücklichen Paar Gottes Segen.
„Wann darf ich Sie denn in meiner Kirche trauen?“ fragte er dienstbeflissen, worauf seine kurzsichtige Gattin sich vorneigte. „Es wird mir eine ungemein große Ehre sein, Sie beide in Devon zu vermählen.“
„Wir werden zwar in Ihrer Kirche heiraten, aber mein Verlobter steht bereits mit dem Bischof von Oxford in Kontakt. Bitte haben Sie Verständnis, dass wir uns nicht von Ihnen trauen lassen können.“ Das letzte Wort betonte Patricia so deutlich, als sei allein der Gedanke an eine Trauung durch den Reverend eine Absurdität. - Natürlich werden Sie beide anwesend sein dürfen“, fügte sie milde hinzu. Als die beiden sprachlos dastanden und sich gar nicht mehr vom Fleck regen wollten, wedelte Patricia sie mit ihrem Fächer davon. Dr. Worsely schätzte den Reverend von Devon nicht, denn er kümmerte sich kaum um die Belange der Armen und legte einen Drang nach Höherem an den Tag. Dass Reverend Dawson und seine Gattin nun von Miss Arlington derart zurechtgestutzt wurden, grämte den Doctor daher nicht.
Nun war er an der Reihe und fügte sich in das Unvermeidbare. Er verneigte sich, beglückwünschte die beiden und erlaubte sich zu fragen: „Bester Freund, hätten Sie wohl im Laufe des Abends einen kleinen Augenblick Zeit für mich? Falls nicht, kann ich auch morgen wieder kommen.“
„Kommen Sie, Dr. Worsely, was haben Sie auf dem Herzen? Sagen Sie es uns. Es ist sicher nichts, was meine Braut nicht auch hören dürfte.“
„Sprechen Sie, Doctor!“ forderte auch sie ihn lachend auf, hatte dabei aber ein lauerndes Glitzern in den Augen.
„Ja, wieso nicht, schließlich betrifft es ja auch Sie, Miss Arlington. Mrs. Elridge hat Ihnen sicher davon erzählt, dass ich heute eine neue Näherin mitgebracht habe.“

„Ich habe die beiden schon kennen gelernt. Eine ordentliche Frau mit einem süßen kleinen Mädchen. Ich bin sicher, die beiden werden Ihnen gefallen“, versicherte Reverend Cumberland seiner Verlobten.
„Mrs. Summerset hat eine wirklich schlimme Zeit hinter sich und braucht nach wie vor Ruhe. Die beiden müssen gut und reichlich essen, damit sie…“
„Ich wusste nicht, dass wir hier ein Sanatorium und einen Kinderhort haben!“ rief Miss Arlington leicht belustigt, doch schwang schon deutlicher Ärger in ihrer Stimme mit.
„Sie ist eine überaus gute und geschickte Näherin. Sie werden an ihr ganz sicher nichts auszusetzen haben, Miss Arlington“, sagte der Doctor mit einer erneuten Verbeugung. „Wenn Mrs. Summerset Ihnen nicht recht ist, nehme ich sie wieder mit.“
Da horchte Miss Arlington auf. Die Hoffnung auf eine Ablehnung klang zu deutlich aus der Stimme des Doctors. Was hatte es mit einer kleinen Näherin auf sich, die der Doctor so offensichtlich lieber bei sich behalten hätte?
„Miss Arlington, wir sind heute so glücklich. Wieso sollen wir andere nicht teilhaben lassen an unserem Glück?“ schmeichelte der Reverend.
„Aber sicher. Ihre Näherin ist uns herzlich willkommen“, erwiderte Miss Arlington mit einem bittersüßen Lächeln.
„Es ist mir sehr wichtig, dass es den beiden hier gut geht. Mrs. Summerset darf auf keinen Fall schwere Arbeiten verrichten, sondern nur nähen.“
„Machen Sie sich keine Sorgen, lieber Dr. Worsely“, antwortete Miss Arlington überaus freundlich.
„Ich danke Ihnen!“ Dr. Worsely verneigte sich, dann wandte er sich einer Gruppe von Herren zu, in der er seinen Kollegen Dr. Glenshaw entdeckt hatte. Miss Arlington schaute ihm mit einer leicht gehobenen Braue nach.
„Werde ich mich daran gewöhnen müssen, dass mein Reverend alle armen Seelen von der Straße aufsammelt?“ zischte sie dann dem Reverend zu, schenkte aber dem nächsten Besucher schon ihr strahlendstes Lächeln.

„Auf ein kurzes Wort, Glenshaw", sagte Dr. Worsely, als er bei der Gruppe von Honoratioren angekommen war.
„Ärzte unter sich!" rief Richter Forbes und hob sein Glas. „Ich denke, wir sollten die beiden Kollegen ganz ungestört reden lassen, damit sie uns mit ihrem Thema nicht den Appetit verderben. Habe ich recht?"
„So ist es, Euer Ehren", bestätigte Dr. Worsely mit einer leichten Verbeugung, dann ging er ein paar Schritte mit Dr. Glenshaw in ein Nebenzimmer, in dem ein Tisch mit Geschenken aufgebaut war. Im Moment war sonst niemand dort.
„Dr. Worsely, was kann ich für Sie tun?" fragte Dr. Glenshaw und nahm einen kräftigen Schluck aus seinem Glas.
„Erinnern Sie sich an Tom Summerset?"
Etwas zu schnell antwortete er: „Nein, den Namen habe ich nie gehört. Ist er einer Ihrer Patienten?"
„Er war mein Patient. Aber leider konnte ich ihm nicht helfen. Er ist an den Verletzungen gestorben, die er sich bei einem Unfall im Bergwerk zugezogen hatte. Im Januar sind es genau drei Jahre."
„Und was habe ich damit zu tun?" Dr. Glenshaws Gesicht verschloss sich und nahm einen harten Ausdruck an.
„Sie kennen doch den Friedhof in London - der von der Kirche gepflegt wird - wo man die Armen beerdigt, die sich keine Beerdigung leisten können."
„Wovon reden Sie, Mann?"
„Ich rede von Ihren Lügen, die Sie Angela Summerset aufgetischt haben. Ich nehme an, Sie haben Tom Summersets Leichnam mit einigen anderen Leichen an die medizinische Fakultät in Oxford verkauft. Habe ich recht?"
„Und wenn schon? Was geht Sie das an?" Glenshaws Verachtung kannte keine Grenzen.
„Sie sind wirklich ein armseliger Wicht, Glenshaw! Nehmen einer Witwe das letzte Geld, belügen sie und verkaufen den Leichnam ihres Mannes. Pfui Teufel!"
„Jeder sieht, wo er bleibt. Glauben Sie bloß nicht, dass ich jetzt ein schlech-

tes Gewissen hätte, Sie Heiliger!"
„Nein, natürlich nicht. Sie haben gar kein Gewissen, das schlecht werden könnte." Und hier trat Dr. Worsely bedrohlich nah an ihn heran. „Aber wenn es Ihnen einfallen sollte, Angela Summerset und ihre Tochter Emily nach London zu bringen, um ihr das nicht existierende Grab ihres Mannes zu zeigen, werde ich Sie vor Gericht bringen."
Hier lachte Glenshaw laut auf. „Sie drohen mir? Mit dem Richter? Mit dem Richter, mit dem ich mich regelmäßig zum Dinner treffe? Den ich seit Jahren behandle, dessen Frau und Kinder ich behandle? Und wofür? Für eine von Hunderttausenden, die man irgendwann verscharren wird? Sie machen sich lächerlich!"
Glenshaw ging und streifte ihn dabei absichtlich hart an der Schulter. Dr. Worsely schaute ihm nach, wie er sich wieder zu der Gruppe gesellte, die ihn lachend und zuprostend empfing. Auch Reverend Dawson hatte sich dort eingereiht und genoss die Aufmerksamkeit der Honoratioren sichtlich. Richter Forbes machte wohl einen Scherz, denn alle lachten auf. Vor allem die Anwälte, die es sich nicht leisten konnten, Forbes zu verärgern. Was für ein widerlicher Filz! Dr. Worsely verließ den Nebenraum und straffte sich. Als er an Glenshaw vorbeiging, hörte er ihn noch zu Richter Forbes sagen: „Ja, ich konnte ihm helfen. Aber vor den Damen möchte ich nicht darauf eingehen." Die Gattinnen der Herren kicherten und hielten sich die Fächer vor die Gesichter.
Dr. Worsely ließ seinen Blick durch den Saal wandern. Nicht ein einziger Mensch war hier, mit dem er irgendetwas gemeinsam zu haben schien. Es gab niemanden, mit dem er gerne ein Gespräch angefangen hätte. Worüber auch? Über die Situation der Armen in diesem Land? Die himmelschreiende Ungerechtigkeit? Die hier Anwesenden sahen Armut als Verbrechen an, das man am besten mit Gefängnissen und Arbeitshäusern bekämpfte.

Bald war es Zeit für die von Dr. Worsely so gefürchtete Prozession: Sie wurde angeführt von dem Reverend und Miss Arlington. Ihnen folgten ihre

Mutter und ihr Bruder James, dann die Schwester Amanda mit einem weiteren Verwandten, den Dr. Worsely nicht kannte. James Arlington war in Devon bekannt als Lebemann, der aus seinen Besuchen im Hurenhaus keinen Hehl machte. Weder dies, noch seine Spielsucht konnten der Mutter und den Schwestern entgangen sein, doch nachdem der Vater verstorben war, war er das männliche Oberhaupt der Familie - ganz gleich, ob er dieser Aufgabe gewachsen war oder nicht. Es wäre seine Aufgabe gewesen, den Schwestern standesgemäße Ehemänner zu suchen, doch Patricia hatte sich bereits selbst so geschickt versorgt, dass der Reverend glaubte, er habe sie erobert; Amanda brauchte auch nicht auf brüderliche Hilfe zu hoffen. Die Mutter war durch den Tod des Vaters schwermütig geworden und fiel ihren Kindern eher zur Last, als dass sie ihnen hätte helfen können.
Dr. Worsely hielt sich im Hintergrund und führte eine alte Gräfin zu Tisch, die ebenso verarmt war wie der Reverend selbst. Reverend Jonathan, Lord of Cumberland war der Spross einer alten Adelsfamilie, doch sein Vater hatte das Geld versoffen und verspielt. Selbst das Schloss der Familie musste gepfändet werden, um nach seinem Tod die Schulden zu begleichen. Das stattliche Haus in Friarswell, ein Ring und eine goldene Halskette mit einigen Brillianten waren alles, was ihm geblieben war; die beiden Preziosen trug heute Miss Arlington, wie der Doctor bemerkt hatte. Auch wenn sie selbst sich wahrscheinlich noch kostspieligeren Schmuck leisten konnte, trug sie die alten Familienerbstücke der Cumberlands doch mit einigem Stolz. Sie war eine Bürgerliche, deren verstorbener Vater ein Vermögen im Bergbau gemacht hatte. Alles was fehlte, war ein Adelstitel. Ein richtiger, alter Adelstitel. Reverend Jonathan of Cumberland verfügte über einen solchen, aber über so wenig Geld, dass es nicht der Rede wert war. Auch war er kein schneidiger Captain oder General der Royal Army, sondern nur ein Reverend. Aber er war ein adliger Reverend, und das genügte Patricia Arlington. Außerdem waren so viele adlige und reiche Persönlichkeiten, Menschen von Stand und Geschmack heute hier versammelt, dass es ihrer Schwester Amanda sicher nicht schwer fallen würde, eine reiche Partie zu machen. Dr.

Worsely war zwar sehr sonderbar, aber auch adlig und obendrein reich, wie der Reverend ihr versichert hatte und sicher eine der lohnendsten Partien auf diesem Fest. Da würde sich vielleicht etwas arrangieren lassen.
Die Herren rückten den Damen die Stühle zurecht, dann nahmen auch sie Platz an der üppig gedeckten Tafel. Hier fand Dr. Worsely den Pfau wieder, dem man nach dem Braten seinen Kopf und den Federschmuck wiedergegeben hatte; es gab so viele Sorten Fleisch, dass man kaum alles probieren konnte, mehrere Sorten Fisch, dazu Wintergemüse, Soßen, Gebäck, Puddings, sogar ein großer Schwan aus Butter; (bei diesem Anblick dachte Dr. Worsely daran, wie Angela das Stück Butter auf dem kleinen Teller angestarrt hatte.) Doch der Höhepunkt war eine kleine Landschaft, die der Koch ganz aus Zucker geformt hatte. Es gab ein Schloss, kleine Bäumchen, davor einen spiegelglatten See, auf dem sogar ein paar Schwäne schwammen. Eine kräftige Suppe wurde von den Dienern serviert, dann bedienten sich die Gäste selbst an den Köstlichkeiten.
Wein und Port floss aus Kristallkaraffen in die Gläser, die in kleinen, mit Wasser gefüllten Kristallschalen kühl gehalten wurden und in denen man die Gläser waschen konnte, wenn man von Wein zu Port wechselte.
Als Reverend Cumberland sich erhob, erstarben die Gespräche.
„Liebe Gäste, wir sind heute hier versammelt…“ Patricia fürchtete eine längere Predigt und goss sich sicherheitshalber Portwein nach. Ihr Bräutigam sprach von Liebe, Treue und dem großen Glück, das sie beide bald teilen würden. Als er jedoch dazu überging, ihre gemeinsame Zukunft in Friarswell in den schönsten Farben auszumalen, runzelte sie die Stirn. Sie war erleichtert, als er zu Ende war und sein Glas hob. Als man die Gespräche wieder aufnahm, neigte sie sich zu ihrer Schwester und flüsterte: „Dr. Worsely ist eine gute Partie für dich. Der Reverend sagte mir, er habe sogar ein richtiges Schloss im Norden, in der Nähe von York. Schau, dass du ihn in ein Gespräch verwickelst.“
„Was soll ich denn sagen?“ Amanda schaute ihre große Schwester fragend an.
„Amanda, Dummchen, er war bei der Navy. Frag ihn, wie es auf See war.

Zeig ihm, dass du dich dafür interessierst."
„Dr. Worsely", rief sie quer über den Tisch, was erneutes Schweigen aller anderen zur Folge hatte. Alle schauten sie an - überrascht über so viel undamenhaftes Benehmen -, so auch Dr. Worsely, der eine Braue hob.
„Dr. Worsely, wie war es auf See? Ich habe gehört, dass Sie bei der Navy waren. Würden Sie uns davon erzählen?" Amanda neigte sich vor, um zu zeigen, dass sie ganz Ohr war.
„Was möchten Sie wissen, Miss Arlington?" fragte der Doctor zögernd.
„Was haben Sie getan auf See?" Sie klang fast schnippisch und es war klar, dass sie lediglich eine gute Unterhaltung forderte, einen Zeitvertreib, bei dem sie sich vielleicht ein wenig gruseln konnte.
„Sind Sie ganz sicher, dass Sie das wissen wollen, Miss Arlington?" Dr. Worsely hatte kein Verlangen, die Abendunterhaltung für diese verzogene Göre zu spielen und war entsprechend vorsichtig.
„Sonst würde ich ja nicht fragen!" erwiderte sie mit der ganzen Arroganz ihrer neureichen Klasse. Der Reverend hob beschwichtigend die Hände, denn er wusste, dass ein Bericht dieser Erlebnisse keineswegs für Erheiterung sorgen würde, aber seine Verlobte stand ihrer Schwester bei. „Lassen Sie sie doch! Er soll erzählen!"
Dr. Worsely atmete kurz durch und stellte dann sein Glas behutsam auf den Tisch. „Stellen Sie sich eine Nussschale inmitten des weiten Ozeans vor, denn nichts weiter ist ein Segelschiff, auch wenn es ein stattlicher Dreimaster der Royal Navy ist und knapp 200 Seelen beherbergt. Wenn diese Nussschale von Kanonenkugeln getroffen wird, ist das nicht unterhaltsam. Aber wenn Sie sich einen ganzen Abend Zeit nehmen wollen, kann ich Ihnen sehr gerne davon berichten, wie wir gleich darauf das Feuer beantwortet haben, wie eine Schlacht entbrannte und ich bald die Schreie der Männer gehört habe, die ich niemals vergessen werde. Man hat sie zu mir unter Deck gebracht. Ich kann Ihnen allerdings nicht mehr genau sagen, wie viel Sand wir auf dem Boden verschüttet haben, sondern nur, dass es sehr viel war."
„Wieso um alles in der Welt haben Sie denn Sand auf dem Boden verschüt-

tet? Ich denke, es tobte eine Schlacht! Und wieso waren Sie unter Deck?“ Sie kicherte und nippte an ihrem Rotwein.
„Wie Sie wissen, bin ich Arzt, und ich war als Schiffsarzt bei der Navy. - Der Sand sorgt für Standsicherheit auf den schwankenden Brettern, indem er das Blut aufsaugt, das von dem Tisch fließt, auf dem die Männer behandelt werden.“ Er sah, wie sie erbleichte, aber nun wollte er keine Gnade mehr mit ihr haben. „Genau kann ich nicht sagen, wie viele Arme und Beine ich den armen Teufeln absägen musste, damit sie überlebten. Und da gibt es keinen Unterschied, ob jemand ein Captain oder ein Schiffsjunge ist. Ich weiß nicht, wie viele Wunden ich verbunden habe, wie viele Kugeln ich aus Leibern geholt und wie vielen Männern ich bei vollem Bewusstsein Fleischwunden zugenäht habe. Ich kann mich auch nicht mehr genau erinnern, wie viele mir unter meinen Händen weggestorben sind. Obwohl ich, wie gesagt, niemals ihre Schreie vergessen werde, bin ich nicht in der Lage, sie Ihnen auch nur annähernd zu beschreiben. Schreie, so voller Qual und Verzweiflung, dass ich auch heute noch manchmal nachts aufwache, weil ich sie in meinen Träumen immer und immer wieder höre. Laut, anklagend. Nein, ich kann sie Ihnen nicht beschreiben. Ich hoffe, Sie können mir das verzeihen.“
Der schreckensstarren Amanda, die ihm mit aufgerissenen Augen zugehört hatte, rutschte das Glas aus der Hand und vergoss seinen Inhalt über das weiße Tischtuch. Dr. Worsely zeigte auf den roten Fleck: „So in etwa können Sie sich das vorstellen. Nur sehr viel größer und verbunden mit Gerüchen und Geräuschen, die eine so wohlerzogene Dame wie Sie nicht kennen sollte.“
Dann nahm er sein Glas und trank. Wie erwartet, war die Stimmung im Raum nun einem betretenen Schweigen gewichen. Entsetzt starrte Amanda auf den Weinfleck und schaute dann hilflos ihre Schwester an. Patricia - schon ganz Herrin des Hauses - erhob sich energisch, fest entschlossen, die Kontrolle über ihr Fest zu behalten. Wie plötzlich ausgetauscht lag ein Lachen auf ihrem Gesicht, und sie rief: „Ich will tanzen. Heute ist meine Verlo-

bung und ich will tanzen. Die Musiker spielen jetzt etwas Schönes, Flottes."
Die Herren Musiker, die an der Stirnseite des angrenzenden Salons drapiert worden waren, verständigten sich kurz und blätterten in ihren Noten, worauf sie einen schnellen Reel anstimmten. Das Essen musste nun warten. Alle Damen und Herren stellten sich in zwei Reihen einander gegenüber, nur Dr. Worsely blieb sitzen und wurde zu seiner großen Erleichterung in Ruhe gelassen. Dann begann der Tanz, und nur der Reverend bemerkte mit Bedauern, dass Dr. Worsely leise hinausging.
Bereits nach dem ersten Tanz verabschiedete sich auch Mr. James Arlington.
„Wieso geht James?" fragte der Reverend, als er sah, wie James sich Hut und Mantel bringen ließ. „Sollte Ihr Bruder nicht wenigstens bis zum Ende Ihrer Verlobungsfeier bleiben?"
„Er sagte mir, er habe noch eine geschäftliche Verabredung und bittet Sie herzlich, ihn zu entschuldigen", log Patricia.
„Am Weihnachtsabend?" forschte der Reverend weiter - sehr zu Patricias Ärger. James hatte ihr nichts von einer geschäftlichen Verabredung gesagt, und sie ahnte, dass dies nicht die letzte Notlüge war, die sie ihrem Gatten auftischen würde, wenn es um James' geschäftliche Aktivitäten ging.
Dem jungen Mr. Arlington folgte so mancher neidische Blick der älteren Ehemänner, die genau wussten, wo James das Weihnachtsfest beenden würde.

Kapitel 10

Im Hurenhaus war das Fest der Liebe schon längst in vollem Gange, als James Arlington endlich eintraf, was von seinen Freunden lautstark kommentiert wurde. Musiker spielten auf, doch deutlich anders als im Hause des Reverends: Die anzüglichen Melodien und Texte passten hervorragend zu der bewegten Szenerie, die sich dem Auge des Betrachters bot. Die ohnehin nur angedeutete Kleidung der Damen hatte sich bei manchen bereits vollkommen verflüchtigt, hier und dort sah man Paare in Nebenzimmern verschwinden. Andere lieferten sich Verfolgungsjagden mit angetrunkenen Herren, die Sängerin auf der Bühne musste einen Champagnerregen über sich ergehen lassen und fand das nicht lustig. Man wälzte sich auf den zahlreichen Sofas, trank sich zu, prostete, rülpste, stopfte sich gegenseitig Leckerbissen in den Mund, die man auf der verwüsteten Tafel in der Mitte der Halle zusammengeklaubt hatte. Ansatzweise war noch zu erkennen, dass diese Tafel zu Beginn der Feier sehr fein gedeckt gewesen war. Das Tischtuch war hier und dort noch weiß, sogar Servietten lagen herum, die feinen Gläser waren nicht alle zerbrochen, ebenso waren noch ein paar Teller heil. Es sah aus, als seien mehrere Fische und Schweine auf dem Tisch explodiert, ganze Ozeane aus Wein, Port und Soßen hatten sich gebildet, dazwischen waren Landzungen aus Brot zu erkennen.

„James! Wir dachten schon, du kommst gar nicht mehr. Hat dich der Herr Reverend nicht gehen lassen? Oder waren es deine Schwestern?“ Mr. Crawford prostete ihm zu und befahl Cody, die er eben noch im Arm gehalten hatte, James Wein zu bringen. Cody, die schon durch reichlich Alkohol dafür gesorgt hatte, dass sie diese Weihnachtsfeier ohne nennenswerte Schäden überstehen würde, wankte davon.

„John, ich sage dir, solche Feierlichkeiten deprimieren mich. Ich konnte es kaum abwarten, endlich hier her zu kommen und mit euch zu feiern.“ Als Cody zurückkam und ihm ein Glas Wein reichte, stürzte er es hinab als habe er tagelang nichts bekommen.

„Was ist denn hier passiert? Hab ich was verpasst?“

John Crawford lachte lauthals; Cody stimmte kreischend in Crawfords Lachen ein, in der Hoffnung, dass ihn das milde stimmen würde.

„Ob du was verpasst hast? - He, Leute, James fragt, ob er was verpasst hat!“ Allgemeines, hysterisches Gelächter war die Folge. James verdrehte die Augen.

„Allerdings hast du was verpasst. Madame Lulu hatte sich was ganz besonderes ausgedacht. Richtig festlich, weihnachtlich sollte es sein. Sie hat Jenny splitternackt auf dem Tisch drapiert, und auf ihrer bloßen Haut lag das köstlichste Essen. Ich kann dir sagen, Mann! Hier und da war sie mit Sahne bedeckt und mit Früchten garniert. Wir haben natürlich nicht unsere Löffel dafür genommen. Aber weil sie gar so dünn ist, kam jemand auf die Idee, sie zu füttern. Er hat es etwas zu gut gemeint. Jedenfalls hat Jenny sich verschluckt, einen ganz schrecklichen Hustenanfall bekommen, und die ganze kunstvolle Dekoration war hinüber. Mit jedem Husten sind die Früchte von ihr weggeflogen, die Sahne hinterher. Da gab es natürlich kein Halten mehr. Wir alle sind ihr zu Hilfe geeilt."

„Ja, die Herren waren alle sehr besorgt und haben sie von der Sahne befreit", lachte Cody. „Sie haben sie auf uns verteilt und..."

„Ich kann es mir lebhaft vorstellen", unterbrach James die Frau, die das Geschehen schon in den abenteuerlichsten Farben schildern wollte. Codys Dekollete war noch immer voll mit Sahne, wie James erkannte. Sein Blick schweifte kurz durch den Raum.

„Ist noch Sahne da?" fragte er als nächstes.

„Vergiss die Sahne!" grinste Crawford breit, dann stieß er Cody von sich. „Geh!" Erleichtert machte sich Cody davon. Dann wandte sich Crawford geheimnistuerisch Arlington zu. „Ich hab ein Weihnachtsgeschenk für dich. Hängt unten im Keller", raunte er, worauf Arlingtons Augen aufflammten. Er spürte, wie sein Hals mit einem Schlag trocken wurde. „Und? Wird jemand das arme Ding vermissen?"

„Nein. Das arme Ding wird kein Mensch vermissen."

Wenige Augenblicke später stand James Arlington im Keller des Bordells. Der Geruch nach altem Blut lag in der Luft und ließ augenblicklich sein eigenes Blut in seine Körpermitte strömen. Im Schein des Kerzenleuchters sah er sie: ein verängstigtes Bündel, das ihn aus schreckensweiten Augen anstarrte. Crawfords Fäuste hatten schon ihre Spuren in dem schmutzigen Gesicht hinterlassen. Sie riss an ihren Fesseln, als er den Kerzenleuchter auf dem Tisch abstelle, wo der milde Schein blanke Klingen in allen Formen und Größen zum Blinken brachte. Arlington ließ seine Hände fast zärtlich

über die Griffe der Werkzeuge gleiten. Das Mädchen riss panisch an den Fesseln. „Nein, bitte tun Sie mir nichts. Bitte, lassen Sie mich gehen." Doch James Arlington tat als habe er nichts gehört.
„Mein Name ist Laura. Meine Eltern warten auf mich. Sie werden mich bestimmt suchen."
Abrupt wandte er sich ihr zu. „Und du glaubst wirklich, dass jemand auf dich wartet, dich sucht, wenn du nicht kommst? Nie mehr nach Hause kommst?"
„Ja!" wimmerte sie verzweifelt.
Da wurde die Tür geöffnet und ein weiterer Mann trat ein.
„Bitte, helfen Sie mir, bitte!" Sie weinte leise, doch der Mann stand da mit verschränkten Armen und wartete auf das, was James Arlington gleich tun würde. Hoffnung glomm im Gesicht des Mädchens auf, als Arlington ohne ein Messer vor sie trat und sie mit einem mitleidigen Lächeln bedachte. Behutsam nahm er ihr Kinn, drehte ihren Kopf hin und her, wobei er genau ihr Gesicht betrachtete.
„Sir, bitte!" hauchte sie. „Lassen Sie mich gehen. Es ist doch Weihnachten. Bitte tun Sie mir nicht weh."
„Du sagst es, Kleine. Es ist Weihnachten. Du bist mein Geschenk. Und mit einem Geschenk darf man tun was man will." Seine Stimme war sanft, fast liebevoll. Dann packte er ihr Kleid mit beiden Fäusten und riss es auf.

Kapitel 11

Es war schon weit nach Mitternacht, als die Damen Arlington zu Bett gingen. Die Mutter hatte ein Zimmer für sich allein, die Schwestern teilten sich eines mit ihrer Anstandsdame. Die alte Miss Young war froh, als sie endlich zu Bett gehen konnte und nicht mehr tanzen und fröhlich sein musste. Üblicherweise bestimmten die Anstandsdamen, wann ihre Schützlinge zu Bett gingen, nicht so im Hause Arlington. Miss Young hatte kaum ihr Kissen berührt, da lag sie auch schon im tiefsten Schlaf. Patricia und Amanda schauten sich an und kicherten.

„Jetzt könnten wir eigentlich wieder nach unten gehen. Miss Young würde nicht aufwachen."

„Nein, das sollten wir nicht. Ich möchte meinen zukünftigen Ehemann nicht kompromittieren durch ein so unschickliches Benehmen", sagte Patricia kokett.

„Wie wird das sein, als Frau eines Reverend?" fragte Amanda, während sie ihrer Schwester aus dem Kleid half.

„Er wird nicht für alle Zeiten Reverend bleiben. Schließlich bringe ich genug Geld mit in die Ehe, damit er Bischof werden kann. - Du solltest dich auch nach einer Partie umsehen. Ich habe einen Adligen, du solltest jetzt einen finden, der reich ist. Wenn er noch dazu adlig ist, wäre das auch kein Fehler. - Dreh dich um; jetzt helfe ich dir aus dem Kleid", fuhr Patricia im Plauderton fort. „Noch bist du jung und hübsch, aber wie lange glaubst du, wird das anhalten? Wir Frauen haben nicht die Möglichkeiten wie Männer sie haben. Wir machen keine Karrieren bei der Royal Army, in der Navy oder am Gericht. Wir müssen schon beizeiten sehen, dass wir gut unterkommen und für den Rest unseres Lebens ausgesorgt haben. Dr. Worsely ist eine lohnende Partie."

„Und ganz und gar schrecklich. Hast du die Narbe gesehen? Hast du gesehen, wie er sich hier auf dieser Gesellschaft benommen, wie er sich bewegt hat, ganz so, als sei ihm das alles zuwider und als ginge ihn das gar nichts an? Noch vor dem ersten Tanz ist er gegangen. Das ist eine Unverschämtheit. Und wie er mir auf meine harmlose Frage geantwortet hat! Nein! Einer ganzen Gesellschaft die Stimmung zu verderben mit scheußlichen Geschichten! Er hätte erzählen können, welche Abenteuer er erlebt hat, wie er zu der Narbe gekommen ist oder wie er mit Piraten gekämpft hat. Er hat ganz sicher mit Piraten gekämpft, wenn er so lange auf See war."

„Weißt du", sagte Patricia nachdenklich und legte dabei das Kleid ihrer Schwester über eine Stuhllehne, „so lange Zeit auf See kann einen Mann

schon verändern. Du musst dir das vorstellen! Monatelang bekommt er keine einzige Frau zu Gesicht. Die Männer sind da ganz und gar unter sich. Er ist es einfach nicht gewöhnt, mit Damen umzugehen." Amanda hatte sich vor eine Spiegelkommode gesetzt und ließ sich von Patricia die Frisur lösen.
„Ich denke, du musst ihm etwas Zeit geben. So viele andere lohnende Männer waren nicht da. Die Guten waren alle schon vergeben und die meisten Junggesellen waren entweder zu arm oder zu bedeutungslos oder beides. Soweit ich weiß, kommt er gerne zu Besuch zu Reverend Cumberland. Die beiden sind befreundet. Da könnte ich sicher etwas einfädeln. Meinst du nicht, du könntest Freude daran haben, die Sorgenfalten auf der Stirn des Doctors fortzuküssen? Wenn er dich erst einmal richtig kennen lernt, wird er in dir auch die Gesellschafterin und Dame erkennen, die du bist und die eines Platzes an seiner Seite würdig ist."
„Meinst du wirklich? Er gefällt mir einfach nicht." sagte Amanda, die sich schon die ganze Zeit über Patricias Fürsorge wunderte. Oft kam es nicht vor, dass die Ältere so bereitwillig die Dienste einer Kammerfrau versah.
„Denk einfach an das Schloss im Norden. Es ist sicher groß genug, dass du ihm aus dem Weg gehen kannst. Und natürlich meine ich, dass er sich eines Tages in dich verlieben wird. Wer könnte das nicht? Und außerdem weiß ich, dass du in ihm auch einen guten Ehemann finden wirst. Er ist ein Freund des Reverends. Wenn ich den Reverend heirate, dann kannst du mit seinem Freund doch nicht so schlecht bedient sein. Wahrscheinlich hat er nur eine sehr raue Schale, aber einen umso weicheren Kern. Und denk an die fünfzigtausend Pfund jährlich! Wir dürfen ihn nicht vom Haken lassen!"
„Aber wieso lebt er nicht auf seinem Schloss im Norden, wenn er es doch besitzt? Stattdessen wohnt er in diesem Herrenhaus auf halber Strecke zwischen zwei Nestern."
„Oben im Norden hat er niemanden. Er ist wie der Reverend der letzte seiner Familie. Ich habe bei meinem Verlobten schon ausführliche Erkundigungen eingezogen. Und hier in der Nähe des Reverends ist er, weil dieser ein guter Freund aus Jugendtagen ist. Die beiden kennen sich schon sehr

lange und haben gemeinsam in Oxford studiert.“
„Da hätte er doch ein klein wenig Stil lernen können, findest du nicht? Hast du gesehen, dass er mitsamt seinem Personal zur Kirche gegangen ist? Und er spricht sie nicht nur einfach mit den Nachnamen an, wie es schicklich wäre, sondern nennt sie Mrs. und Mr. wie sie alle heißen. Damit tut man dem Personal deutlich zu viel Ehre an. Wenn ich die Herrin in seinem Haus wäre, dann würde ich ihm das schon austreiben.“
„Aha! Du spielst also bereits mit dem Gedanken, die Herrin seines Hauses zu sein?“
„Ach!“ sagte Amanda und machte eine wegwerfende Handbewegung.
„Ich müsste ihm zu viel beibringen und ihn zurechtbiegen. Vor allem, dass er sein ganzes Geld an die Armen verschleudert, müsste ich ihm austreiben. Hat das der Reverend nicht erwähnt?“
„Das wirst du als seine Ehefrau unterbinden, und der Reverend und ich werden dir dabei helfen. Wir werden auf ihn einreden, bis er es einsieht. Und du wirst ihm einfach nicht genug übrig lassen, das er ins Arbeitshaus tragen kann. Er muss wirklich märchenhaft reich sein, wenn er so viel Geld für die Armen spendet. Denk doch nur, wie viele schöne Kleider du dir allein von diesem Geld kaufen könntest.“
Diese Aussicht versöhnte Amanda mit dem Gedanken an eine Heirat mit dem Doctor.

Kapitel 12

Am nächsten Morgen erwachte Angela schon sehr früh. In ihrem Arm lag Emily; sie schlief noch tief und fest. In dem Bett an der Wand gegenüber hörte sie Lucys ruhigen Atem. Sie hatten gestern auch Weihnachten und Verlobung gefeiert, aber natürlich nicht zusammen mit dem Reverend, sondern in einem Nebenraum der Küche. Vom Festessen der Herrschaften war genügend übrig geblieben, so dass sie alle - immerhin zwei Dutzend Angestellte - davon satt wurden. Dazu kam Mrs. Elridges sagenhafter Punsch. Angela hatte sich beileibe nicht alle Namen behalten können. Mrs. Elridge hatte sie unter ihre Fittiche genommen und sie allen vorgestellt. Lucy war ihre Nichte, ein junges Mädchen von vielleicht achtzehn Jahren. Sie hatte ein hübsches, rundes Gesicht, lachte gerne, ließ aber auch manchmal durchblicken, dass sie in einem Leben als Hausangestellte des Reverends nicht die Erfüllung ihrer Träume sah. Dies war Mr. Elridge nicht recht. Er spottete zwar darüber und zog sie damit auf, dass sie sich wohl zu Höherem berufen fühle, aber an seiner Miene konnte Angela erkennen, dass er sich Sorgen um seine Nichte machte. Die Elridges waren in den Diensten der Familie Cumberland ergraut und schätzten sich glücklich, nun mit einem derart grundsoliden Herrn wie dem letzten Spross der Familie gesegnet zu sein, der überaus besorgt war um seinen Ruf. Niemals hätte er an sich selbst oder an seinen Angestellten einen Makel geduldet. Er war ein guter Mensch.

Mr. Elridge versah den Dienst eines Butlers. Ihm standen zwei junge Männer zur Seite. Lucy war mit noch drei weiteren jungen Frauen für die Sauberkeit des Hauses verantwortlich. Die viele Wäsche wurde von zwei Frauen erledigt, außerdem gab es noch Männer und Frauen, die draußen die grobe Arbeit erledigten, sich um den Garten, das Gewächshaus kümmerten, die Pferde versorgten und dergleichen mehr. Paul, der Kutscher, war natürlich auch für die Pferde und die Kutschen zuständig. Und dann gab es noch Rufus, der zwar ein erwachsener Mann war, aber ein sehr kindliches Gemüt hatte und von dem Reverend aus purer Nächstenliebe angestellt worden war, wie Mrs. Elridge betont hatte. Rufus kümmerte sich um die Hühner, schaute, dass genügend Holz am Herd lag, erledigte Botengänge für den Reverend und läutete sonntags die Glocken. Er war sehr freundlich, hatte Angela mit Mylady angesprochen, worauf sie ihm lachend erklärt hatte, dass sie alles andere als eine Lady sei. Den ganzen Weihnachtsabend über hatte

er mit Emily gespielt, ihr sonderbare Geschichten erzählt und kleine Zauberkunststückchen vorgeführt, die so leicht zu durchschauen waren, dass Emily sich köstlich amüsiert hatte.
Angela streckte sich wohlig in ihrem warmen Bett. Hier würde es ihr gut gehen. Dieses Haus war ein warmes Nest, in dem sie endlich wieder Geborgenheit finden konnte. Und doch gingen ihre Gedanken zu Dr. Worsely. Unwillkürlich griff ihre Hand nach der Halskette, die sie auch während des Schlafens nicht ablegte. Träumen durfte sie, aber diese Träume durften niemals Wirklichkeit werden.

Die Sonne war noch nicht aufgegangen, da wurden sie von Mrs. Elridge geweckt. Lucy knurrte etwas Unverständliches und drehte sich noch einmal um. Dabei legte sie sich ihr Kissen über den Kopf und hielt es dort fest, doch Mrs. Elridge war unerbittlich. Sie zog es fort.
„Lucy, aufstehen!"
„Es ist kalt! Ich bin sicher, Dr. Worsely würde nicht dulden, dass Mrs. Summerset in einem so kalten Zimmer schlafen und aufstehen muss. Er würde auch darauf bestehen, dass sie sich mit warmem Wasser waschen darf, nicht wahr?" Sie schaute zu Angela, die ängstlich Mrs. Elridge anschaute und keinen Ton herausbrachte. Wie sollte sie jetzt reagieren? Was sollte sie sagen? Lucy hatte natürlich recht. Dr. Worsely wäre sehr ärgerlich, wenn er wüsste, dass man sie in einem kalten Zimmer schlafen ließ. Aber sie wollte sich auf keinen Fall Vorteile verschaffen, die ihr nicht zustanden.
„Dr. Worsely ist überaus gütig, aber ein wenig übertreibt er es mit seiner Sorge", sagte sie entschuldigend.
„Da hörst du es, Lucy! Keine Widerrede jetzt! Aufgestanden. Die Küche sieht aus als hätten die Franzosen dort gewütet."
Lucy wusste, wenn ihre Tante die Franzosen bemühte, war es richtig schlimm. Seufzend setzte sie sich im Bett auf und zeigte ihrer eben verschwundenen Tante eine lange Nase.
„Guten Morgen, Lucy", sagte Angela.

„Wieso hast du nicht gesagt, dass Dr. Worsely dir ein warmes Zimmer verordnet hat? Dann hätten wir es so gemütlich hier“, fauchte sie.
Angela seufzte. Das fing gut an.
Beinahe das gesamte Personal - einschließlich Angela - hatte über drei Stunden zu tun, bis die Küche so weit hergerichtet war, dass man den Herrschaften ein Frühstück bereiten konnte. Und es würde vier weitere Stunden dauern, bis Mrs. Elridge ihre Küche wiedererkennen würde.
Als die Herrschaften endlich beim Frühstückstisch saßen, konnten sich auch die Angestellten in der Küche um den großen Tisch versammeln. Nur Mr. Elridge und seine Gehilfen wurden im Salon benötigt und würden später essen.
Verstohlen schaute Angela sich um. Die Mädchen sahen ganz adrett aus in ihren dunklen Kleidern, den weißen Schürzen und den Häubchen. Die Männer, die für die Pferde und den Garten zuständig waren, hatten ihre Kittel abgelegt und saßen nun mit groben, gestreiften Hemden am Tisch und unterschieden sich damit deutlich von Mr. Elridge und seinen Gehilfen, die dunkle Hosen, weiße Hemden und feine Westen trugen und noch immer die Herrschaften bei Tisch bedienten.
Mrs. Elridge setzte sich deutlich verärgert an den Tisch, lud drei Stückchen Zucker in ihre Tasse und schenkte sich Tee darauf.
„Du liebe Güte! Schon zum Frühstück eine Prozession! Wissen diese Arlingtons denn gar nichts? Eine Prozession gibt es beim Dinner. Dass ich das noch erleben muss! Ein Lord Cumberland, der sich zum Frühstück zur Prozession aufstellt. Er muss diese Miss Arlington wirklich sehr lieben, dass er solchen Unfug mitmacht!“ Ihr kräftiges Rühren in der Teetasse spiegelte ihre ganze Missbilligung wider.
„Die beiden sind jung und verliebt. Er wird ihr sicher noch das eine oder andere beibringen, was in der adligen Gesellschaft üblich ist und was nicht“, versuchte Sarah, eines der Zimmermädchen, Mrs. Elridge zu beruhigen.
„Dürfen wir wenigstens darauf hoffen, dass Miss Arlington klar ist, dass sie zum stillen Örtchen ohne Prozession gehen muss? Vielleicht sollten Sie sie

zur Seite nehmen und ihr das in eines ihrer Juwelen behängten Öhrchen flüstern, liebe Tante!" schlug Lucy vor.
„Pfui, Lucy! Das hättest du nicht sagen sollen. Das schickt sich nicht!" wies Mrs. Elridge sie zurecht. Die Küchenmädchen kicherten. „Und ihr da drüben schweigt! Das Röstbrot ist viel zu dunkel!"
„Hier sind Butter und Marmelade, dann sehen Sie es nicht mehr!" Lucy war die Freundlichkeit in Person, als sie ihrer Tante das Besagte hinschob.
Angela hörte stumm zu und war froh, dass Emily, die sie auf ihren Schoß genommen hatte, auch nicht mitlachte, als einige der Mädchen wieder feixten. „Und? Schmeckt es Dir?" flüsterte sie.
„Ja, Mama." Sie drückte sie an sich und küsste sie auf die Stirn. Da erschien Mr. Elridge.
„Miss Arlington wünscht Sie zu Sprechen, Mrs. Summerset."
Angela setzte Emily auf ihren Platz und folgte klopfenden Herzens Mr. Elridge. Nachdem sie durch den Korridor, einige Treppen hinauf und durch viele Türen gegangen waren, stand Angela schließlich in der großen Halle. Mr. Elridge bedeutete ihr, dort zu warten.
Angela wartete. Sie wartete lange. Unterdessen schaute sie die überlebensgroßen Ölbilder an, die wohl die Vorfahren des Reverends zeigten und das Treppenhaus schmückten. Der Boden war mit Ornamenten aus buntem Marmor ausgelegt, die breiten Treppen waren mit dicken Teppichen belegt, auf denen sicher kein Schritt zu hören war. Langsam begann Angela sich um Emily Sorgen zu machen. Sie wollte auf keinen Fall, dass sich am Ende Mrs. Elridge um sie kümmern musste und die ohnehin geplagte Frau von der Arbeit abgehalten wurde.
Endlich kam Miss Patricia Arlington. Angela konnte ihre Schönheit nur bewundern. Mit dem Kennerinnenblick der Schneiderin sah sie auch, wie schön und kostbar das Kleid war. Das war sicher nicht aus dem Laden am Henry Square, für den sie selbst gearbeitet hatte. Angela knickste tief, wie sie es in dem Laden gelernt hatte, wenn sich wohlhabende Kundinnen dorthin verirrt hatten.

„Sie sind also die Näherin, von der Mrs. Elridge so geschwärmt hat."
„Miss Arlington, ich hoffe sehr, Mrs. Elridge hat nicht übertrieben. Ich gebe mein Bestes, nähe ordentlich und sauber. Wenn Sie möchten, kann ich Ihnen gerne ein Kleid zeigen, das ich für meine Tochter genäht habe."
„Und Dr. Worsely scheint auch überzeugt zu sein, dass Sie gut nähen können. Er sagte, Sie seien sehr geschickt." Dann trat sie sehr dicht an Angela heran. Angela hielt ihrem lauernden Blick nicht stand. „Wieso hat er Sie hier bei uns untergebracht? Was meinen Sie?"
„Dr. Worsely ist ein überaus guter Mensch." Bei diesen Worten legte sich Angelas Hand unwillkürlich auf ihre Halskette, was Miss Arlington nicht entging. „Er ist sehr besorgt um die Gesundheit seiner Patienten."
„Behandelt er Sie schon lange?"
„Er hat zunächst meinen Mann behandelt", erwiderte Angela und erzählte in kurzen Zügen von ihrem Schicksal. Miss Arlington hörte unbewegt zu, dann schwieg sie für eine Weile, offenbar nachdenklich. Auch die Sache mit Mr. Crawford erwähnte sie, biss sich aber gleich auf die Lippen, denn Miss Arlingtons Augen hatten aufgeblitzt. Zugegebenermaßen zeugte das, was Dr. Worsely in dieser Angelegenheit für sie getan hatte, von großer Zuneigung und Sorge.
„Lieben Sie ihn?" fragte sie dann unvermittelt.
„Alle Patienten lieben Dr. Worsely. Er behandelt alle Menschen, auch diejenigen, die ihn nicht bezahlen können. Er hat schon vielen armen Leuten das Leben gerettet."
„Ihrem Mann konnte er nicht helfen." Es klang wie eine Zurechtweisung.
„Auch für einen Arzt gibt es Grenzen. Wenn Verletzungen oder Krankheiten zu schlimm sind, sterben die Menschen. Da kann der beste Arzt nichts mehr tun."
„Und er geht tatsächlich in die Häuser der Armen?" Miss Arlington konnte es kaum fassen.
„Ja, das tut er. Er bringt den Ärmsten auch Medikamente, Essen und manchmal sogar Kleidung mit. Wir alle verehren ihn." Doch Miss Arlington hörte

kaum noch zu.
„Zeigen Sie mir ihre Hände!“ Der eindeutige Befehlston irritierte Angela. Der Reverend war gestern sehr viel freundlicher gewesen. Sie hielt Miss Arlington ihre Hände hin.
„Sie sind ganz rot und rau! Und Sie wollen eine Näherin sein?“ Aus ihrer Stimme sprach erst Ekel, dann Spott.
„Heute war in der Küche sehr viel zu tun. Es gab viel Geschirr zu spülen, da habe ich mit angefasst.“
„Mit solch rauen Händen können Sie auf keinen Fall für mich nähen. Meine Kleider sind aus den feinsten Stoffen. Spitze und Seide, verstehen Sie?“
„Ich verstehe Sie vollkommen.“
„Sie würden mit Ihren rauen Händen die feinen Stoffe zerstören. Also werden Sie am besten weiterhin in der Küche arbeiten. Vielleicht auch ein wenig im Garten. Haben Sie mich verstanden?“
„Ja, Miss Arlington.“
„Sie können gehen.“

Kapitel 13

Nach dem üppigen Abend im Hause des Reverends ritt Dr. Worsely am nächsten Tag nach Devon ins Arbeitshaus. Zum einen wollte er an der Weihnachtsfeier teilnehmen, zu der man ihn eingeladen hatte, zum anderen wollte er dem Gefühl der totalen Nutzlosigkeit entgehen, das Menschen seiner Klasse üblicherweise genossen. Er lenkte sein Pferd von der Hauptstraße hinein in die Seitenstraßen, wo der Wohnraum billig war und Dinge wie Tageslicht und gute Luft unbezahlbar teuer schienen. Heute, am zweiten Weihnachtstag, der St. Steven gewidmet war, waren die Straßen sauber gefegt, kaum ein Mensch war zu sehen; und wenn, strebten alle dem Arbeitshaus entgegen, wo es heute dank Dr. Worsely ein kostenloses Festmahl gab.
Dr. Worsely zügelte sein Pferd vor dem großen Backsteingebäude, dessen

wenige Fenster blank geputzt waren. Das Haus war schon sehr alt, hatte aber von den Renovierungsarbeiten, die der Doctor angeordnet hatte, profitiert. Schon am Eingang liefen ihm die Kinder entgegen.
„Dr. Worsely, gestern war Father Christmas hier. Sie werden es kaum glauben, er war tatsächlich hier und hat uns allen Geschenke gebracht. Uns allen!“ schrien sie durcheinander. Sie hingen ihm am Mantel, drückten sich an seine Arme und Beine, so dass er kaum vorwärts kam. Ein paar Jungen nahmen ihm die Zügel aus der Hand und banden das Pferd an, ein weiterer wollte seine Tasche tragen und alle Kleinen wollten an seine Hand. Da erschien die Vorsteherin in der Tür. „Kinder! Lasst Dr. Worsely doch erst mal hereinkommen.“
„Kinder, geht schon mal hinein. Lasst mich los, sonst kann ich doch Mrs. Hudson nicht richtig begrüßen.“ Als die Kinder gehorchten, nahm er seinen Zylinder ab. Hastig rückte Mrs. Hudson noch einmal ihre Haube und die Brille zurecht, dann knickste sie tief vor ihm, und man sah der alten Frau an, dass sie es genoss, dass Dr. Woresly sich vor ihr verneigte wie ein Gentleman vor einer Dame.
„Guten Morgen, Mrs. Hudson. Ich hoffe, Sie hatten bisher ein schönes Weihnachtsfest.“
„Ja, Dr. Worsely. Dank Ihnen hatten die Kinder gestern große Freude. So schöne Geschenke und so ein freundlicher Father Christmas! Ich möchte mich im Namen aller ganz herzlich bedanken.“
Sie gingen hinein, wo ihnen gedämpftes Gemurmel und köstlicher Duft entgegenkamen. Offenbar waren alle schon im Saal versammelt.
Wie anders war es hier gewesen, als er dieses Haus zum ersten Mal betreten hatte. Ein Mr. Scrombag hatte ein fürchterliches Regiment geführt; unter seiner Knute hatten alle gelitten. Für die kleinsten Vergehen hatte er schon schlimme Strafen verhängt und dabei das Geld, das die Stadt ihm für das Arbeitshaus zugeteilt hatte, selbst eingesteckt. Dr. Glenshaw hatte das Haus niemals betreten, obwohl hier schlimme Krankheiten, die durch Unterernährung, Erschöpfung und mangelnde Sauberkeit entstehen, an der Tages-

ordnung gewesen waren. Mit großen, stumpfen Augen hatten die Kinder ihn damals verschreckt angeschaut. Dr. Worsely hatte mit einem eisernen Besen gekehrt und sich dabei in der Stadt keine Freunde gemacht.
Allgemein wurden englische Arbeitshäuser so geführt, dass niemand auf die Idee kam, freiwillig dorthin zu gehen, um dem Staat auf der Tasche zu liegen. Unbedingt sollte das Leben im Arbeitshaus deutlich schrecklicher sein als das Leben unter der Brücke, um Schmarotzer abzuschrecken. Doch Dr. Worsely war grundsätzlich der Meinung, dass es besser war, alle Menschen wie Menschen zu behandeln. Wenn er sich zwischen der Welt der Arlingtons und der grauenhaften Realität des Arbeitshauses bewegte, kam es ihm oft vor als reise er in der Zeit umher - so eklatant waren die Unterschiede. Während in Häusern wie dem Cumberlandschen Landsitz alle Errungenschaften vorhanden waren, die diese moderne Zeit zu bieten hatte, wie Öfen, Wasserleitungen oder gar eine Dusche, lebten die Menschen im Arbeitshaus wie vor hunderten von Jahren.
Dr. Worsely hatte das Gebäude nicht nur instand setzen lassen, sondern versorgte die Bewohner mit Essen, hatte wöchentliche Bäder eingeführt und achtete darauf, dass menschenwürdige Arbeitszeiten eingehalten wurden.

„Ist sonst alles in Ordnung? Ich sehe da noch eine Sorgenfalte auf Ihrer Stirn." Er klang ein wenig scherzhaft, doch das Lächeln erstarb auf seinem Gesicht, als Mrs. Hudson ihm berichtete, dass schon wieder ein Mädchen verschwunden war. „Wir haben nach Laura gesucht, doch sie war nirgends aufzutreiben."
„Seit wann ist sie verschwunden?"
„Seit gestern. - Wer entführt denn ein junges Mädchen kurz vor Weihnachten, wo doch alle Menschen freundlich zueinander sein sollen?" Mrs. Hudson war um Fassung bemüht. „Nur um der Kinder willen feiern wir jetzt Weihnachten. Wir wollen die Wahrheit so lange wie möglich vor ihnen verbergen, auch wenn einige schon nach Laura gefragt haben. Wir haben die Kinder vertröstet und gesagt, dass sie bald wiederkommt. Wir haben die

Hoffnung noch nicht aufgegeben, dass wir sie noch finden. Aber das Weihnachtsfest wollten wir nicht ausfallen lassen. Schließlich haben Sie uns all diese leckeren Sachen bringen lassen.
Vielleicht ist Laura ohnmächtig geworden, wie es bei den jungen Mädchen ab und an vorkommt. Vielleicht haben barmherzige Menschen sie auf der Straße gefunden und mitgenommen und werden sie wieder zu uns schicken, wenn es ihr wieder besser geht."
Dr. Worsely bewunderte so viel Optimismus angesichts der Kälte, die man den Menschen der Unterschicht entgegenbrachte. Was war für die Leute in der Stadt schon ein junges Mädchen, das auf der Straße lag, anderes als Unrat? Aber auch Mrs. Hudsons Optimismus war nur ein winziger Funke in der grauenhaften Realität, die der alten Frau sehr wohl bewusst war.
„Sie ist die vierte in diesem Jahr. Das kann nicht mit rechten Dingen zugehen. Ich werde gleich zur Polizei gehen und mit dem Chief Constable sprechen."
Mrs. Hudson lachte bitter. „Das haben Sie bei den vorherigen Fällen auch schon versucht. Diese Menschen sind für die Polizei nichts weiter als lästiges Übel. Sie werden nichts tun. - Unsere Hoffnungen schwinden mit den Stunden. Aber nun kommen Sie herein und essen Sie mit uns ein klein wenig, wenn uns auch nach Feiern nicht zumute ist. Die Köche haben sich große Mühe gegeben."

Auf seinem Ritt zur Polizei versank er tief in Gedanken. Es war eine stille und sehr kurze Feier gewesen, über der Lauras Verschwinden wie ein Schatten gelegen hatte. Er hatte mit ihren Eltern gesprochen, genau gefragt, wann sie aus dem Haus gegangen war, wo sie sie zuletzt gesehen hatten, aber sie konnten dazu keine genauen Angaben machen.
Constable Rogers hatte Dienst. Er war wie Jim Pullings auch einer der Crew gewesen, mit der Dr. Worsely gesegelt war. Der Doctor hatte ihm diese Stelle organisiert, denn Rogers hatte die Nase voll von der Seefahrt und genoss nun das Leben als Ehemann und Vater.

„Fröhliche Weihnachten, Constable Rogers." Der Constable nahm schnell die Füße von dem Stuhl und nahm Haltung an.
„Dr. Worsely!" Rogers' sommersprossiges Gesicht leuchtete auf und er entspannte sich gleich wieder. „Ihnen auch ein frohes Fest. - Bitte, setzen Sie sich! - Sagen Sie nur, Sie sind auch im Dienst. Mein Chef hat mich verdonnert, obwohl ich Kinder zu Hause habe. Ich dachte schon er kommt, um mich zu kontrollieren. Aber meine Frau hat mir Weihnachtskuchen und Pastete eingepackt. Möchten Sie probieren? Sie macht die beste Pastete der Stadt, will ich meinen."
„Danke, ich habe gerade gegessen. Ich war im Arbeitshaus. Dort ist wieder ein Mädchen verschwunden." Kurz schilderte er, was er erfahren hatte.
„Wie viele Mädchen sind jetzt schon verschwunden? Drei?"
„Mit Laura sind es vier. Und wissen Sie, was mir auffällt? Es ist immer ein ähnlicher Typ. Alle Mädchen waren klein, schmächtig und blond. Sie waren alle noch jung, zwischen vierzehn und siebzehn Jahre alt. Das kann doch kein Zufall sein."
„Der Meinung bin ich auch. Ich habe jedes Mal mit dem Chief Constable gesprochen, aber er will nicht, dass ich meine Zeit damit vergeude, wie er sagt. ‚Je weniger, desto besser. Ich mache mir doch auch keine Sorgen, wenn in der Stadt plötzlich eine Ratte verschwindet.' Das waren seine Worte."
Dr. Worsely schüttelte den Kopf. „Aber dieser Mann hat doch auch Vorgesetzte. Ich denke, ich sollte mit diesen reden."
„Bitte nicht. Dann bin ich diesen Posten hier schneller los als meine Frau ein Ei backen kann. - Ich verspreche Ihnen, dass ich mich selbst um die Sache kümmere. Der Chef muss davon nichts erfahren."
„Wenn Sie nicht weiterkommen, Hilfe brauchen oder Neuigkeiten haben, lassen Sie es mich wissen. Und wenn der Chief Constable Ihnen Ärger machen sollte, dann haben Sie immer noch mich im Rücken."
„Danke, Doctor, ich weiß." Er verabschiedete ihn mit dem Navy-Gruß.
„Ich hoffe, Sie hatten gestern schon einen schönen Weihnachtstag. Wissen Sie noch? Die Weihnachtstage damals in der Karibik?" Er grinste breit in

Erinnerung an ein wüstes Gelage.
„Natürlich. Aber gestern war ich beim Reverend in Friarswell eingeladen."
„Na, dann war es sicher nicht ganz so hübsch wie bei uns damals."
„Nicht einmal annähernd!" bestätigte Dr. Worsely.

*

Zwischen den Jahren erhielt Dr. Worsely eine Einladung des Reverends, mit ihm und seiner Verlobten den Neujahrstag zu verbringen.
„Sagen Sie ihm, dass ich gerne komme", trug er Rufus auf, dann schloss er nachdenklich die Tür. Er wollte Angela wiedersehen. Aber wäre das zu einem solchen Anlass überhaupt möglich? Der Neujahrstag war ein Feiertag, da arbeitete sie sicher nicht. Wenn er kurz nach ihr schauen könnte? Einfach, um sich zu vergewissern, dass es ihr gut ging und dass seine ärztlichen Anordnungen befolgt wurden? Er dachte daran, wie sie an dem Abend nach ihrem Unfall vor ihm gelegen hatte, wie er sie untersucht hatte. Sie war eine schöne Frau mit einem hübschen Gesicht, aber sie war so mager, dass er kaum gewagt hatte, sie zu berühren, als er sie abgetastet hatte. Er sehnte sich danach, sie noch einmal zu berühren. Nicht als Arzt, sondern als Mann. Aber ob sie ihn jemals heiraten würde, damit er diese Sehnsucht stillen könnte? Wieder und wieder spielte er diese Gedanken durch. Es war gut, dass sie nun im Haus des Reverends war, denn er hatte gespürt, wie sehr er sie mit seiner Fürsorge verschreckt hatte. Offensichtlich ahnte sie, dass er mehr für sie empfand und trauerte noch zu sehr um ihren Tom, als dass sie sich einem neuen Mann zuwenden könnte. Und außerdem war da der enorme Standesunterschied. Wenn sie gemerkt hatte, dass er sie liebte, sie begehrte, dann konnte sie nur Reißaus nehmen, denn sicher konnte sie sich in ihren kühnsten Träumen nicht vorstellen, dass er es ehrlich meinte und sie tatsächlich zur Frau begehrte. Ihm blieb nichts anderes übrig, als in aller Bescheidenheit um sie zu werben.

Kapitel 14

Arlington Manor war ein Herrenhaus, das seinen Erbauer Henry Arlington als Mann von Charakter und Geschmack kennzeichnete. In diesem Haus waren James, Patricia und Amanda aufgewachsen, ohne jemals auch nur einen Gedanken an die Zukunft verschwenden zu müssen. Dies hatten sie dem Vater überlassen, der mehr als vortrefflich für seine Kinder gesorgt hatte. Die beiden Töchter hatte er mit großzügigen Mitgiften ausgestattet, und James war natürlich der Erbe des Familienvermögens, das der Vater und der Großvater im Bergbau gemacht hatten. Vor fünf Jahren war Henry Arlington gestorben. Seinen Tod hatte die Mutter nie verkraftet, sondern lebte seitdem in ihrer eigenen Welt, in der ihr Ehemann noch immer sehr lebendig war. Nicht alle gingen behutsam mit ihr um. James war der Ansicht, man müsse ihr immer wieder klar machen, dass der Vater tot sei, denn er schämte sich seiner Mutter und nannte sie verrückt. James war keineswegs der Mann, der gewissenhaft das ererbte Vermögen verwaltet oder gar gemehrt hätte. Patricia wusste, dass er ein Spieler und Trinker war. Manchmal fragte sie sich, ob es wirklich gut wäre, alles zu wissen, was James tat. Sie ahnte, dass er in zweifelhaften Häusern verkehrte, doch wenn sie ihn zur Rede stellte, lachte er sie nur aus.

Patricia stand an dem großen Fenster über dem Eingangsportal des Hauses und schaute hinunter zur Auffahrt, wo bereits die Kutsche vorgefahren war, die sie gemeinsam mit ihren Geschwistern und der Mutter zu dem Reverend bringen sollte. Sie konnte nur hoffen, dass James sich halbwegs benehmen würde. Immer wieder pochte er darauf, das Familienoberhaupt zu sein, doch gebärdete er sich eher wie ein im höchsten Maße pubertierender Sohn, dem die starke Hand des Vaters fehlte. Es wäre an ihm gewesen, das Unternehmen zu führen, doch Patricia wusste, dass er es nicht in Vaters Sinne tat. Sie vermutete, dass er mehr Geld aus dem Unternehmen zog als gut war, aber als sie ihn einmal darauf ansprach, wurde er zornig.

Patricia sah, wie der Atem der Pferde in der Kälte dampfte. Die Diener standen in ihren Livreen bereit; alles hätte so fröhlich und unbeschwert sein können. Aber Patricia hatte Angst vor dem, was noch auf sie zukommen könnte. Die kahlen Bäume standen schwarz und drohend am Rande der Einfahrt, die von verblühten Stauden gesäumt wurde. Patricia wusste, dass sie stark sein musste. Sie war es, die die Fäden in den Händen halten musste, wenn dies alles hier erhalten bleiben sollte. Sie seufzte, als sie Amanda und die Mutter hinter sich hörte. Die beiden kamen aus Mutters Zimmer.
„Wo ist eigentlich Henry?“ fragte die Mutter.
„Mutter, du weißt doch, dass Vater in dringenden Geschäften weg musste. Er hat aber versprochen, nachzukommen. Komm, wir gehen.“ Sie bot der Mutter ihren Arm.

Familie Arlington saß vollzählig in der Kutsche auf dem Weg nach Friarswell. Die Mutter schaute aus dem Fenster hinaus auf die winterliche Landschaft, die von Raureif überzogen war. Ebenso schaute James aus dem Fenster, doch die Gedanken der beiden hätten unterschiedlicher nicht sein können.
„Reverend Cumberland hat übrigens auch Doctor Worsely eingeladen“, flüsterte Patricia ihrer Schwester zu, doch die erhoffte Wirkung blieb aus. Amanda jubelte keineswegs, sondern legte ihre Stirn in Falten. „Was soll ich denn mit einem Dr. Worsely? Weißt du, Patricia, ich habe mir das noch einmal überlegt. Ein Schloss im Norden ist ja schön und gut, aber er ist so...“
„... so wenig unterhaltsam“, vervollständigte James den Satz seiner jüngeren Schwester.
„Ja! Vielen Dank! Fall du mir auch noch in den Rücken“, fauchte Patricia ihren Bruder an und zog ihren Pelzmantel fester um die Schultern. „Du bist nach Vaters Tod das männliche Familienoberhaupt. Aber ich muss sagen, dass du diese Rolle überaus kläglich spielst. Hast du etwa einen Finger gerührt, damit ich einen Mann bekomme? Nein! Hast du nicht! Ich musste mir ganz alleine Reverend Cumberland angeln. Ich habe es ganz alleine bewerkstelligt, diesen Mann von einer Verbindung zu überzeugen. Er ist adlig

aber arm. Ich werde..."
„Er ist arm auf eine Weise, die wir unter ‚arm' verstehen. Im Vergleich zu uns ist er tatsächlich arm. Er hat nur ein einziges stattliches Landhaus, in dem lediglich zwei Dutzend Bedienstete für sein Wohlergehen sorgen. Ich wundere mich schon sehr über dich, liebe Schwester, dass du dich auf ein so karges Leben einlassen willst."
„Hör auf zu spotten", rief Patricia und schlug mit ihrem Fächer nach ihm. „Ich habe getan, was ich konnte. Jetzt ist Amanda dran. Ich habe einen Mann, der adlig ist. James, hör zu: Mein Verlobter hat mir erzählt, dass Dr. Worsely eine überaus lohnenswerte Partie ist. Er lebt hier sehr bescheiden, aber er hat noch ein Schloss in Nordengland. Er hat über fünfzigtausend Pfund im Jahr, wie mein Verlobter sagte. - Aber leider spendet er sehr großzügig für die Armen." Und zu Amanda gewandt fuhr sie fort: „Er hat ein gutes Herz, das es wert ist, gewonnen zu werden. Er wird dir ein guter Ehemann sein. Das ist doch wichtig!" Die letzten Worte hatte sie mit Nachdruck gesprochen, als wolle sie ihrer Fürsorge für die kleine Schwester besonderen Ausdruck verleihen. „James, wenn du schon nicht dafür sorgst, dass Amanda einen Ehemann bekommt, dann überlass es einfach mir."
„Aber ich könnte Amanda im nächsten Sommer mitnehmen nach London und ihr dort einen Ehemann organisieren. Wie wäre das?" Er lächelte Amanda allerliebst an.
„Oh, ja, nach London! Wieso nicht nach London? Dort gibt es sicher viele gute Ehemänner, die nicht so griesgrämig sind wie Dr. Worsely."
Patricia konnte nur die Augen verdrehen. „Macht doch was ihr wollt!"
„Der Frost ist wirklich bissig, findet ihr nicht auch, Kinder?" gab nun die Mutter von sich.

*

Etwa gleichzeitig mit der Kutsche der Arlingtons kam Dr. Worsely in Friarswell an. Er verneigte sich gerade und begrüßte die Familie mit kühler Höflichkeit, als Emily über den Rasen auf ihn zu gerannt kam.

„Dr. Worsely!“ rief sie. Zum Entsetzen der Damen kniete er sich hin und breitete sogar die Arme aus, damit sich dieses Kind hineinwerfen konnte. Genau das tat das Kind. Es warf sich in die Arme des Doctors und juchzte laut vor Vergnügen, als er sie hochhob und an sich drückte.
„Emily! Wie schön, dich zu sehen!“
Angewidert schauten die Arlingtons auf die modischen Hosen des Doctors, wo Emilys Schuhspitzen dunkle Flecken hinterließen. Das glückliche Strahlen auf seinem Gesicht entging ihnen allerdings.
„Ich möchte gleich nach deiner Mama sehen. Kannst du mich bitte zu ihr bringen?“ Und mit einer knappen Verbeugung verabschiedete er sich von den Arlingtons, denen Butler Elridge bereits die Tür geöffnet hatte.
„Glaubst du jetzt, dass er nicht der Richtige für Amanda ist?“ zischte James seiner älteren Schwester zu, doch sie würdigte ihn keiner Antwort.

*

Dr. Worsely fand Angela in der Küche, wo gerade das Essen für die Herrschaft vorbereitet worden war. Alle Speisen standen fertig auf dem Tisch. Angela spülte mit einer weiteren Küchenmagd die vielen Töpfe, Pfannen und Schüsseln, die man beim Kochen verwendet hatte. Sie mussten sauber sein, wenn das schmutzige Geschirr zurückkam.
Dr. Worselys Erscheinen ließ augenblicklich alle innehalten und sich verneigen. So hoher Besuch in der Küche war alles andere als üblich.
„Mrs. Summerset, Sie sollen nicht in der Küche arbeiten. Das hatte ich doch ausdrücklich gesagt.“ Die unüberhörbare Strenge in seiner Stimme galt Mrs. Elridge, doch auch Angela sank noch mehr in sich zusammen. Sie war froh, dass Emily zu ihr kam und sich an sie schmiegte.
„Verzeihen Sie, Dr. Worsely, das hat Miss Arlington so angeordnet“, versuchte Mrs. Elridge sich zu verteidigen. „Ich habe ihr aber nur ganz leichte Arbeiten gegeben.“
„Ja, das sehe ich. Deshalb spült sie auch die großen Töpfe!“ Sein Sarkasmus

ließ Angela noch kleiner werden. „Heute ist ein Feiertag, da sollten Sie gar nicht arbeiten, Mrs. Summerset.“ Angela stand mit gesenktem Blick vor ihm und versuchte so unauffällig wie möglich, ihre schmutzigen Hände an ihrer Schürze abzuwischen.

„Bitte seien Sie Mrs. Elridge nicht böse. Ich habe mich wirklich nicht überanstrengt. - Aber gegessen habe ich sehr viel.“

„Das freut mich, Mrs. Summerset“, erwiderte der Doctor nun sanft. „Bitte schauen Sie mich an.“ Sie hob ihr Gesicht, hielt aber die Lider gesenkt, denn er war dicht vor sie getreten, und seine Nähe verwirrte sie. Da hob er die Hand und strich sanft über ihre Wange. Sie schluckte. „Ein klein wenig voller sind Ihre Wangen schon geworden. Das ist schön. Schlafen Sie denn gut?“

„Ja, Dr. Worsely“, erwiderte Angela leise.

„Ist es denn in Ihrem Zimmer auch warm?“

„Nein, Dr. Worsely!“ schaltete sich Lucy nun unüberhörbar ein. „Es könnte weiß Gott wärmer sein. Wir sehen unseren Atem im Mondschein.“

„Mrs. Elridge! Ich wünsche, dass meine ärztlichen Anordnungen befolgt werden!“ Dr. Worsely ließ keinen Zweifel an der Dringlichkeit seiner Anordnungen zu. „Ich werde mit dem Reverend sprechen. Immerhin ist es sein Haus. Miss Patricia Arlington hat hier nichts zu sagen - noch nicht!“ Er wollte der Dienerschaft noch empfehlen, die verbleibende Zeit zu genießen, doch er schluckte diesen Satz hinunter. Mrs. Elridge knickste tief und versprach, dass Angela tatsächlich nur noch nähen würde.

„Ich komme und kontrolliere das!“ Und zu Angela gewandt flüsterte er eindringlich: „Wehren Sie sich! Lassen Sie mich wissen, wenn Sie hier in Schwierigkeiten sind. Bitte!“ Dann verneigte er sich vor ihr und ging. Angela hätte im Boden versinken mögen, denn nun waren aller Augen auf sie gerichtet. Sie wollte sich gerade wieder dem Spülbecken zuwenden, doch da schritt Mrs. Elridge ein. „Nein, Sie werden sich jetzt hinsetzen. Lucy, du deckst für uns den Tisch. Rufus, du gehst nach oben und machst Feuer im Schlafzimmer von Mrs. Summerset. Und Sie, Mrs. Summerset werden sich heute schön ausruhen in Ihrem warmen Zimmer. Ich will nicht noch mal

Ärger bekommen mit Dr. Worsely."
„Verzeihen Sie mir, Mrs. Elridge, ich wollte nicht…"
„Das ist schon in Ordnung, Kindchen. Dr. Worsely hat ja recht. Noch hat Miss Arlington hier nichts zu sagen."
„Ich glaube, diese Zeit sollten wir alle hier genießen", sagte Lucy und trug erhobenen Hauptes einen Stapel Teller zum Tisch der Dienerschaft.

*

Zähneknirschend stellte Dr. Worsely sich mit den anderen zur Prozession auf. Er durfte Miss Amanda zum Tisch führen. Auch wenn nur sechs Gedecke auf dem Tisch standen, waren doch Speisen aufgetragen, als wären mindestens dreißig Menschen zu Gast. Dr. Worsely schob die Gedanken an das Arbeitshaus beiseite. Dieser Spagat zwischen den beiden Welten machte ihm zu schaffen.
Nachdem der Reverend das Gebet gesprochen hatte, wurde von den Dienern Wein eingeschenkt. Der Port würde nicht nur hervorragend zu der weißen Suppe passen, sondern auch zu der gefüllten Lammschulter, dem geschmorten Truthahn mit Salpicon, der Taubenpastete und dem buttrigen Apfelkuchen. Zu der Eiscreme würde man einen leichten Champagner trinken.
Amanda langte tüchtig zu und ließ sich auch von Dr. Worsely Platten reichen. Die Unterhaltung drehte sich um zu banale Dinge, als dass der Doctor hätte folgen wollen. Vielmehr beobachtete er Miss Patricia Arlington aus den Augenwinkeln. Sie war eine schöne Frau, zweifellos! Aber da war etwas allzu Zielgerichtetes in ihrem Benehmen, ihrem Blick. Immer wieder legte sie ihre Hand so auf den Tisch oder gestikulierte beim Sprechen in einer Art und Weise, dass der Verlobungsring an ihrem Finger gut zur Geltung kam. Ihr Bruder James war ihm herzhaft unsympathisch. Er sah zwar gut aus, hatte auch gewinnende Manieren und konnte eine ganze Gesellschaft unterhalten, aber ihn umwehte auch etwas sehr Düsteres, Beängstigendes, wovor Dr. Worsely innerlich zurückschreckte. Nicht dass James ihm angst gemacht

hätte, aber James war ein Mann, den Dr. Worsely auf Distanz halten würde, auch wenn er der Schwager seines besten Freundes war.
Ganz unvermittelt fragte die Mutter nun: „Wo ist eigentlich Henry?"
Bevor Patricia einschreiten konnte, erwiderte James: „Mutter! Vater liegt seit ein paar Jahren sechs Fuß unter der Erde. Ihn mitzunehmen hätte uns sicher allen den Appetit verdorben."
Der Reverend ließ klirrend sein Besteck auf den Teller fallen. „Ich wünsche solche Reden nicht in meinem Haus!"
„James, mein guter Junge, was hast du gesagt?" fragte die Mutter.
„Vater ist leider verhindert. Beim nächsten Mal kommt er wieder mit", sagte Patricia schnell und tätschelte ihrer Mutter die Hand. Ihrem Bruder warf sie einen giftigen Blick zu.
Danach trat eine unangenehme Stille ein. Ausgerechnet Amanda fühlte sich berufen, diese Stille zu brechen: „Haben Sie übrigens von dem neusten Skandal gehört, Dr. Worsely?"
„Nein, ich habe nichts gehört und wünsche auch nichts dergleichen zu hören!" Die letzten Worte des Doctors hatte Amanda nicht mehr wahrgenommen, denn sie hatte weitergesprudelt: „Drüben in Darbyshire hat Mr. Darcy of Pemberly eine gewisse Miss Elizabeth Bennett geheiratet. Angeblich soll sie außer ihrem recht passablen Äußeren und ihrer scharfen Zunge keinerlei Mitgift in die Ehe gebracht haben." Sie quietschte vor Vergnügen.
„Wenn sich zu ihrer scharfen Zunge ein scharfer Verstand gesellt, dann ist das schon sehr viel mehr als ein Mann im Allgemeinen erwarten darf. Finden Sie nicht, Miss Amanda?" entgegnete Dr. Worsely mit freundlicher Ruhe.
„Aber ja, Dr. Worsely, da bin ich ganz Ihrer Meinung! Und Miss Bennetts Schwestern …"
„Amanda, Schluss jetzt!" mahnte Patricia. „Von Miss Bennetts Schwestern möchten wir nichts hören." Als sie sah, dass Dr. Worsely angestrengt auf seinen Teller schaute, um ein Grinsen zu verbergen, hasste sie ihn abgrundtief.
„Ach, Kinder, es ist so schön mit euch zu feiern!" ließ die Mutter verlauten und hob ihr Glas.

In den kommenden Wochen besuchte Dr. Worsely seinen Freund in Friarswell sehr viel regelmäßiger als dieser es gewohnt war. Dabei entwickelte sich ein kleines Ritual zwischen Dr. Worsely und Angela: Er klopfte an die Tür des Dienstboteneingangs, meist öffnete eines der Küchenmädchen und lief, um Angela zu rufen. Dann erschien sie mit Emily in der Küchentür. Emily lief auf ihn zu, brachte ihm ein Fünfpenny Stück, das ihre Mutter von ihrem Wochenlohn zurückgelegt hatte, worauf Angela beide Hände über ihre Halskette legte und sich tief verneigte. Auch er verneigte sich, wie sich ein Gentleman vor einer Dame zu verneigen hatte. Dieses Ritual verlief stumm ab zwischen dem Doctor und Angela; allein Emily lachte immer, wenn sie den Doctor sah und begrüßte ihn stürmisch. Er neigte sich zu ihr hinab, schloss sie für einen Moment in die Arme und hatte manchmal auch ein kleines Geschenk für sie dabei. Anfangs hatte Dr. Worsely immer wieder gesagt, dass er nicht des Geldes wegen komme, sondern sie einfach nur sehen wolle. Sie müsse ihm das Geld auch gar nicht zurückgeben. Aber Angela hatte ihm immer erwidert, dass es ihr wichtig sei, ihre Schulden zu bezahlen. Jedes Mal steckte er die kleine Münze in seine Jackentasche. Er sammelte sie zu Hause in einem Kästchen, um sie irgendwann Emily zu geben, wenn sie alt genug wäre.
Die beiden lebten sich gut ein. So weit es der Doctor beurteilen konnte, hatte Angela wieder etwas zugenommen. Ihre Wangen waren voller als noch vor wenigen Wochen, die dunklen Ringe unter ihren Augen waren verschwunden. Sie blühte auf.

Kapitel 15

Im Arbeitshaus in Devon war eine traurige Ruhe eingekehrt. Laura war nicht zurückgekommen und nirgendwo hatte man sie gefunden. Man musste davon ausgehen, dass sie das Schicksal der zuvor verschwundenen Mädchen teilte. Nach einem Besuch saß Dr. Worsely noch mit Mrs. Hudson in

der Stube und trank Tee.
„Es tut mir unendlich leid, dass ich Ihnen nicht helfen konnte, Mrs. Hudson“, sagte Dr. Worsely. „Wie geht es Lauras Eltern?“
„Sie versuchen sehr tapfer, ihre anderen Kinder nichts merken zu lassen und sagen ihnen, dass Laura eine gute Arbeitsstelle weiter weg bekommen habe, aber ich weiß, dass sie sehr verzweifelt sind. Laura war so ein liebes Mädchen.“
„Das darf einfach nicht mehr vorkommen. Die Mädchen sollen nicht mehr ohne ihre Eltern aus dem Haus gehen. Es ist zu gefährlich. Wenn Botengänge oder kleine Einkäufe zu erledigen sind, sollen es die Jungs machen. Aber ich will auch, dass die verdammten Kerle, die diese Mädchen auf dem Gewissen haben, gefunden und verurteilt werden.“
„Denken Sie wirklich, dass…?“ Mrs. Hudson strich sich nervös über ihre Haube.
„Ich fürchte, ja, liebe Mrs. Hudson. Constable Rogers teilt meine Befürchtungen, konnte aber auch nichts herausfinden. Überall trifft er auf Schweigen, dunkler und eisiger als die See vor Cap Horn. Reverend Dawson hat versprochen, die Augen offen zu halten, auch wenn er natürlich an sein Schweigegelübde gebunden ist, wie er dem Constable zu bedenken gegeben hat. Es ist schwer zu begreifen, dass es Menschen gibt, die so etwas tun, aber es gibt sie nun mal, ganz gleich, ob wir es begreifen oder nicht.“
„Ja, Doctor, da haben Sie recht. - Möchten Sie noch einen Tee?“
„Nein, danke, ich muss los. Ein paar Krankenbesuche habe ich noch vor mir. Auf Wiedersehen. Nächsten Montag bin ich wieder hier.“
„Auf Wiedersehen, Doctor!“

*

Der Frühling kam in diesem Jahr mit Macht. Warme Winde ließen die Frühlingsblumen sprießen und die Bäume knospen. In Reverend Cumberlands weitäufigem Garten gab es etwas, das sowohl Angela als auch Emily faszinierte: ein Gewächshaus. Hier schien der Frühling überwintert zu haben. Es war Rufus' Reich, um das er sich liebevoll kümmerte, indem er den ganzen Winter über den kleinen Ofen befeuerte, jedes Unkraut zupfte und genau darauf achtete, dass die Pflanzen genügend Wasser hatten. Mit einem gewissen Besitzerstolz führte er Angela und Emily an einem sonnigen Tag im März durch das Gewächshaus und hatte das größte Vergnügen am Staunen der beiden. Es duftete nach feuchter Erde, nach Pflanzen, Blüten und nach dem Holzfeuer, das Rufus frisch entfacht hatte.

„Schauen Sie hier! Dieser Baum trägt im Spätsommer wieder Mandarinen. Das sind köstliche Früchte, die der Reverend besonders liebt."

„Darf ich die mal probieren?" fragte Emily.

„Nein, Emily, ich glaube, diese Früchte sind nur für den Reverend bestimmt", ermahnte Angela ihre Tochter, aber Rufus beugte sich zu ihr hinab und sagte: „Wenn es so weit ist, sag ich dir Bescheid, denn bevor die Früchte auf den Tisch des Reverends gelangen, müssen wir probieren, ob sie wirklich gut genug für ihn sind. Es wäre doch schrecklich, wenn wir ihm etwas bringen würden, das nicht schmeckt. - Die Orangen und die Ananas müssen natürlich auch probiert werden. Wenn Sie uns dabei helfen würden, Mrs. Summerset, wäre das sicher gut."

Angela schmunzelte über Rufus und fragte sich, wie man ihn für einfältig halten konnte. Er war zwar etwas langsam und kam ihr oft vor wie ein sehr großer Junge, aber er war herzensgut und hatte einen verschmitzten Humor, der ihr gefiel. Zu ihm hatte Emily ein besonderes Zutrauen, und Angela konnte sicher sein, dass sie bei ihm gut aufgehoben war, wenn sie arbeitete.

Emily liebte es, gemeinsam mit Rufus im Gewächshaus zu arbeiten. Er band ihr eine seiner Schürzen um, die er mehrfach um ihren Leib wickeln musste und schob ihr einen Schemel zurecht, damit sie mit ihm vorgezogene Setzlinge umtopfen konnte, oder er gab ihr einen kleinen Topf, mit dem sie Wasser schöpfen und gießen konnte.

„Das machst du sehr gut, Miss Emily", lobte er sie oft, und Emily kam jedes

Mal schmutzig, aber stolz wie ein Spanier mit Rufus zurück ins Haus. Angela war erleichtert und glücklich, dass sie es gemeinsam mit Emily so gut getroffen hatte. Mit Grauen dachte sie zurück an die Zeit, in der sie nicht genügend Essen gehabt hatte für ihr Kind. Hätte sie damals ahnen können, dass Emily Mandarinen essen könnte? Mandarinen! Sie hatte diese Dinger noch nie gesehen, aber wenn der Reverend extra ein Gewächshaus bauen ließ, um diese Früchte zu ziehen, waren sie bestimmt köstlich.

Es war bereits Mitte Juni, als eines Tages Dr. Worsely und Reverend Cumberland in der frühen Morgendämmerung über die nebelverhangenen Wiesen um Friarswell stapften. Ihre Stiefel hinterließen dunkle Spuren im taunassen Gras, die Flinten, die sie geschultert hatten, waren an diesem Tag noch nicht zum Einsatz gekommen.
„Ich denke, wir hätten ein paar Treiber mitnehmen sollen. Diese Pirscherei ist doch zu mühsam“, meinte der Reverend.
„Ach, kommen Sie, Cumberland! Seien Sie fair und geben Sie den Böcken eine Chance“, sagte der Doctor und fiel dann in ein plötzliches Schweigen, während er den Blick über die Hügel und Felsen schweifen ließ. Gerade lugte die Sonne hinter einem der Berge hervor, schickte einzelne Strahlen über die aufleuchtenden Hügel mit den Steinwällen - ein Anblick, der Dr. Worsely gewöhnlich freier atmen ließ, doch heute wollte sich seine Brust nicht dehnen.
„Ich habe den Eindruck, dass es Ihnen weniger um die armen Böcke geht als darum, mit mir allein zu sein. Kann es sein, dass Sie mir etwas sagen wollten?“ fragte nun der Reverend. „Schließlich bin ich auch Seelsorger.“
„Können Sie mir versprechen, dass Angela - ich meine Mrs. Summerset - es immer gut haben wird in Ihrem Haus?“
„Aber sicher doch! Wie kommen Sie darauf, dass sich daran etwas ändern könnte? Sie ist fleißig, bescheiden und geschickt. Soweit ich weiß, versteht sie sich mit der Dienerschaft recht gut. Zumindest habe ich von keinerlei Problemen gehört. Allerdings würde man mich mit solchen Dingen nicht

behelligen, das muss ich zugeben." Er spähte hinüber zum Waldrand, wo sich etwas bewegte.
„Wird sich daran auch nichts ändern, wenn Miss Arlington die Herrin des Hauses sein wird?" fragte Dr. Worsely leise. Ihm war bewusst, dass er mit dieser Frage zeigte, dass er die Wahl des Reverends nicht guthieß.
„Aber sicher doch!" erwiderte der Reverend geistesabwesend; die Bewegung am Waldrand nahm ihn vollkommen gefangen. Dr. Worsely fragte sich, wie diese Miss Arlington es geschafft hatte, den Reverend in eine Auster zu verwandeln. Seit diese Frau in das Leben des Reverends getreten war, spürte Dr. Worsely eine gewisse Fremdheit zwischen sich und dem Reverend aufsteigen. Vor allem die Freundschaft zu ihm hatte den Doctor nach seinen Jahren auf See bewogen, sich in dieser Gegend niederzulassen. Was sollte er im Norden in seinem Schloss, wo er - genau wie der Reverend - der letzte Spross seiner Familie war und keinerlei Freunde und Bekannte hatte?
Schon oft hatten sie über Ehe und Frauen gesprochen. Dr. Worsely fragte sich, ob ein Mann, den er Freund nannte, mit einer Miss Patricia Arlington glücklich werden könnte. Dass der Reverend verarmt war, machte ihm zu schaffen, wie er in stillen Momenten gestand. Aber angesichts des Hauses, das ihm von seinem Familienvermögen geblieben war, dem Geld, das ihm die Ländereien noch immer einbrachten, von ‚Verarmung' zu sprechen, erschien dem Doctor lächerlich. Immer wieder hatte er ihn zu überreden versucht, ihn auf seinen Krankenbesuchen zu begleiten, aber stets hatte er viel wichtigere Dinge zu tun gehabt. Sie hatten in Oxford studiert, dort viel miteinander erlebt, ihre Prüfungen gefeiert; das hatte sie miteinander verbunden. Während seiner Urlaube an Land hatte der Doctor den Reverend besucht, hatte ihm beigestanden in der schweren Zeit, als er alles verloren hatte, was ihm lieb und wert gewesen war. Damals hatte er ihm Geld angeboten, mit sehr behutsamen, vorsichtigen Worten, aber der Reverend hatte dies kategorisch abgelehnt. Niemals wolle er finanziell in der Schuld seines Freundes stehen. Und schließlich war noch genügend übrig, um sich ein angenehmes Leben zu machen, wie der Doctor später zu seiner Erleichterung

festgestellt hatte.
Der Verlust des Ansehens hatte Reverend Cumberland noch weit schmerzlicher getroffen als der Verlust des Vermögens. Dass er jetzt eine Miss Patricia Arlington heiraten wollte, war dem Doctor unbegreiflich. Sicher, die Cumberlands waren einst deutlich reicher gewesen, doch waren sie im Vergleich zu den Menschen, die Dr. Worsely zuweilen behandelte, noch immer märchenhaft reich. Allerdings kannte der Reichtum der Arlingtons kaum Grenzen. Angeblich wollte James Arlington sogar neue Glocken für die Kirche spenden, doch das hielt Dr. Worsely für ein Gerücht. Wenn irgendjemand aus dem Hause Arlington dafür sorgen würde, dass in Friarswell neue Glocken läuteten, dann war das ganz sicher nicht James, sondern Patricia. Diese Verbindung war ein Geben und Nehmen. Sie gab das Geld, er gab den alten Adelstitel. Schon war eine für die englische Gesellschaft beinahe perfekte Verbindung hergestellt. Als vollkommen perfekt galt eine Verbindung nur dann, wenn beide reich und adlig waren.
Das Tier, das dort drüben in einiger Entfernung am Waldrand aufgetaucht war, zog die ganze Aufmerksamkeit des Reverends auf sich. Ganz langsam nahm er die Flinte von seiner Schulter und spannte sie. Es war als zerreise der Schuss das Morgenlicht, die Hügel und den Frieden, der diesem Morgen gerade noch innegewohnt hatte. Als der Rauch sich verflüchtigte, stellte der Doctor erleichtert fest, dass der Bock davon sprang.
„Schade! Den hätte ich gerne geschossen. - Wo waren wir doch gleich stehengeblieben?“
„Angela Summerset.“
„Ach ja, Mrs. Summerset. Mir scheint, Sie haben ein reges Interesse an dieser Frau.“
„Ich will einfach nur, dass es ihr gut geht.“ Dr. Worsely war sehr ernst. Nun hängte sich der Reverend die Flinte wieder über die Schulter und erwiderte den Blick seines Freundes.
„Sie haben sich nichts vorzuwerfen. Es war nicht Ihre Schuld, dass Mr. Summerset gestorben ist. Es ist sehr christlich von Ihnen, so gut für Mrs. Sum-

merset und Emily zu sorgen, aber Sie dürfen sich keine Vorwürfe machen und Ihre Fürsorge übertreiben. Nicht, dass Mrs. Summerset sich Hoffnungen macht - aber für so verwegen halte ich sie nicht." Er lachte etwas gezwungen. Sollte das ein Scherz gewesen sein? Dr. Worsely sah seinen Freund mit gerunzelter Stirn an.

„Toms Tod - das ist es doch, was Sie quält, nicht wahr?" Ohne eine Antwort abzuwarten, fuhr er fort: „Miss Arlington vermutete schon, es wäre mehr dahinter; Sie hätten vielleicht ein - wie soll ich sagen? - zärtliches Interesse an dieser Frau. Aber ich denke, ich konnte meine Verlobte beruhigen."

„Wieso war dies überhaupt beunruhigend für Miss Arlington?" Dr. Worsely überraschte dieser Gedanke.

„Miss Arlington meinte, wenn Sie diese Person heiraten würden, dann könnten wir Sie nicht mehr als Freund empfangen. Und das wäre doch sehr schade!"

Ganz ruhig schaute Dr. Worsely dem Reverend ins Gesicht.

„Sind Sie ganz sicher, dass Miss Arlington die richtige Frau für Sie ist? Von der Ehefrau eines Reverend erwartet man mit Recht eine gewisse... Herzenswärme. Oder etwa nicht?"

„Wie kommen Sie darauf, dass es meiner Verlobten an Herzenswärme - wie Sie es nennen - mangelt? Schließlich hat alles seine Grenzen." Er straffte sich und schaute in die Ferne. „Miss Patricia hat ein untrügliches Gespür für Schicklichkeit, Eleganz und die Grenzen zwischen den Klassen. - Wie gefällt Ihnen eigentlich ihre Schwester? Miss Amanda? Wäre die nichts für Sie? Amanda ist zwar nicht ganz so prächtig wie Patricia, aber ich denke, sie wäre ein süßes, sanftes Frauchen, das Ihnen die Sorgenfalten von der Stirn küssen könnte. Meinen Sie nicht?"

„Es tut mir wirklich außerordentlich leid, aber für den Fall, dass ich Miss Amanda Arlington heiraten sollte, hat Mrs. Woodrow ihre Kündigung angedroht. Da ich auf keinen Fall auf Mrs. Woodrows köstlichen Porridge verzichten möchte, steht eine Heirat mit Amanda leider außer Frage. - Wenn Sie mich bitte entschuldigen wollen." Damit verneigte er sich und ging davon.

Auf dem Rückweg lief Dr. Worsely durch ein Dornengestrüpp, wo er sich die Jacke zerriss. Also ging er zum Dienstboteneingang und klopfte. Es war Angela, die ihm öffnete. Auf ihrem Gesicht mischten sich Schrecken und Freude, wobei nach einem winzigen Augenblick die Freude deutlich überwog.

„Guten Morgen, Mrs. Summerset. Ich habe mir im Wald die Jacke zerrissen. Schauen Sie bitte, hier am Ärmel ist der Riss. Wären Sie wohl so freundlich, sie zu flicken?"

„Aber sicher, Dr. Worsely. Lassen Sie die Jacke für einen Augenblick hier. Ich werde mich sofort darum kümmern und sie Ihnen bringen."

Er verneigte sich, sie knickste. Dann schloss sie die Tür und war froh, alleine in dem dämmrigen Korridor zu sein, denn für einen kurzen Moment verlor sie die Fassung. Mit einem schweren Atemzug lehnte sie sich an die Wand. Dass er plötzlich so nah vor ihr gestanden hatte, verwirrte sie. Sie befühlte ihre Wangen. Sie glühten! Und nun hielt sie auch noch seine Jacke! Verstohlen, als tue sie etwas Unerlaubtes, schlich sie in ihr Zimmer. Mittlerweile hatte sie eine Nähecke am Fenster eingerichtet, wo das Tageslicht auf ihre Arbeit fiel. Dorthin setzte sie sich und schaute die Jacke näher an. Es war ein gutes Tuch, das der Schneider verarbeitet hatte. Die Jacke duftete nach Wolle, nach frischer Luft, nach Erde und ganz leise nach ihm. Nach ihm... Vorsichtig strich sie über den Stoff, der in seinem Nacken lag, wenn er die Jacke trug. Sie erinnerte sich kaum noch daran, wie Tom gerochen hatte. Nur daran, dass sie seinen Geruch gemocht hatte. Dr. Worsely roch anders. Ganz anders als Tom. In seinen Duft nach Mann mischte sich der Duft herber Seife. Angela schluckte. Mit geschlossenen Augen drückte sie die Jacke an sich und versenkte ihr Gesicht darin. Wenn sie doch nur einmal diesen Stoff so berühren dürfte, wenn Dr. Worsely in der Jacke steckte! Wenn sie sich nur einmal kurz an ihn schmiegen dürfte... Wieder und wieder erinnerte sie sich an die Zeit in seinem Haus, als sie ihm täglich nah gewesen war. Seine Fürsorge und Güte hatten sie einerseits zutiefst bewegt, andererseits auch geängstigt. Ein reicher Mann, der einer armen Frau Kleider kaufte, verfolgte in der Regel nur ein Ziel. Bei Dr. Worsely konnte sie sich das beim besten Willen nicht vorstellen, aber er war auch nur ein Mann. Und da sie selbst auch nur eine Frau war, erschien es ihr am besten, dass sie nicht unter seinem Dach wohnte.

Es dauerte nicht lange und sie hatte die Jacke geflickt, doch als sie sie ihm bringen wollte, ließ Mrs. Elridge sie wissen, dass Dr. Worsely bereits nach Hause geritten war. Da sich nun die Sonne zeigte und die frühen Nebelschwaden längst verflogen waren, hatte Dr. Worsely die Jacke auf seinem Heimweg nicht vermisst.

Für einen Augenblick überlegte Angela. Dann entschied sie sich, sie ihm zu bringen. Emily war bei Rufus gut aufgehoben und in weniger als einer Stunde würde sie zurück sein.

Mit der Jacke unterm Arm ging sie die Straße entlang, zu Dr. Worselys Haus. Sie sah es schon von weitem, wie es zwischen den Bäumen stand, die schützend ihre Äste über das Dach breiteten. Es war ein herrlicher Tag, an dem man draußen in der Natur sein musste. Angela blieb für einen Moment stehen, schloss die Augen und genoss die Sonne auf ihrem Gesicht. Noch immer hielt sie die Jacke fest an sich gedrückt.

Der Duft des Frühsommers lag über den Feldern und Wiesen; der Gesang der Vögel mischte sich mit dem Blöken der Schafe. Doch da war noch ein Geräusch, das zu Angela herüber klang. Sie konnte es nicht einordnen, es klang metallisch, beinahe regelmäßig, aber es war nicht das Dengeln einer Sense. Je näher sie Dr. Worselys Haus kam, desto lauter wurde das Geräusch. Sie ging durch die Gartentür. Nun hörte sie auch Lachen. Es kam aus dem Garten hinter dem Haus. Als sie um die Hausecke lugte, blieb sie erschrocken stehen. Dr. Worsely und Mr. Pullings kämpften gegeneinander mit Säbeln. Angela war vollkommen unfähig, sich zu rühren, so tief verwirrte sie dieser Anblick. Nicht nur, dass die beiden offensichtlich in aller Freundschaft miteinander kämpften - das Lachen auf ihren Gesichtern, die Scherzworte, die sie wechselten, waren Beweis genug dafür - sie taten es mit nackten Oberkörpern. Den beiden war zu warm geworden und so hatten sie die Hemden ausgezogen und achtlos auf den Rasen geworfen. Obwohl Dr. Worsely kleiner war als Mr. Pullings, brachte er ihn in die Bredouille, wie Angela feststellte. Unverwandt lag ihr Blick auf Dr. Worsely. Es war höchst unschicklich von ihr, und doch war es ihr unmöglich, ihren Blick von seinem drahtigen Oberkörper abzuwenden. Er musste wohl des Öfteren so mit Mr. Pullings kämpfen, denn seine Haut war braun. Auf seinem Rücken waren weiße Streifen zu sehen, wie Narben, die schlecht verheilt waren. Zum ersten Mal sah sie, wie dicht seine Brust behaart war, wie muskulös seine Arme. Wie schön wäre es, sich in diesen Armen geborgen zu fühlen. Wie sich das Haar auf seiner Brust wohl anfühlte?

„Mrs. Summerset!“ Die Stimme des Doctors riss sie aus ihren Träumen. Er hatte sie bemerkt! Hastig wandte sie sich ab und ging, noch immer seine Jacke an sich gepresst, doch da war er schon neben ihr.

„Mrs. Summerset, bitte warten Sie. Es tut mir sehr leid, dass ich so unpassend vor Ihnen erscheine.“

Mit einem kurzen Seitenblick stellte sie fest, dass er im Laufen sein Hemd vom Rasen geklaubt und hastig übergestreift hatte. Den Säbel hielt er noch immer in der Hand. Als er ihren Blick bemerkte, warf er ihn von sich.

„Bitte, verzeihen Sie. Ich habe mit Ihnen überhaupt nicht gerechnet. Es tut mir sehr leid, dass ich…ähem, dass Sie mich gesehen haben. Ich weiß, ich bin kein schöner Anblick.“ An seiner Stimme und seiner Haltung war deutlich zu erkennen, wie unangenehm und peinlich es ihm war, dass sie ihn nackt gesehen hatte. Daher beeilte sie sich zu sagen: „Aber nein, Dr. Worsely, das finde ich gar nicht. Sie sind ein schöner Anblick.“ Im selben Moment wurde ihr bewusst, was sie gerade gesagt hatte, und sie schlug sich die Hand vor den Mund.

„Entschuldigung! Entschuldigung!“ stammelte sie mit vor Scham geschlossenen Augen. „Ich meine natürlich, äh, was ich sagen will, ist…“ Sie holte tief Luft, konnte aber keine passenden Worte finden.

„Möchten Sie zum Tee bleiben? Sie sollten etwas trinken, bevor Sie weitergehen. Bitte erlauben Sie mir, dass ich Sie einlade. Ich werde mich rasch

entsprechend kleiden."
Sie hatte den innigen Wunsch, tot umzufallen, denn sie stand jetzt vor ihm wie eine Idiotin, unfähig, auch nur ein Wort zu sagen.
„Ich habe Ihre Jacke geflickt", brachte sie schließlich heraus. Sie wagte nicht, ihn anzuschauen. „Sie waren schon weg, da dachte ich, ich bringe sie Ihnen." Sie reichte ihm die Jacke.
„Vielen Dank, das ist sehr freundlich von Ihnen. Was bekommen Sie dafür?"
„Dr. Worsely, ich habe noch immer Schulden bei Ihnen", sagte sie und konnte nun doch ein wenig lächeln.
„Dann berechnen Sie mir die Jacke großzügig und ich werde den Betrag von Ihren Schulden abziehen. Einverstanden?"
„Ja."
„Gut. Und jetzt gibt es Tee. Mrs. Woodrow hat sicher auch Biskuits und Kuchen."
„Das ist mehr als freundlich von Ihnen, aber ich muss zurück. Ich möchte Emily nicht zu lange bei Rufus lassen und habe noch mehr zu nähen."
„Dann vielleicht ein anderes Mal?"
„Ja, Dr. Worsely, vielleicht ein anderes Mal."
Dann legte sie wieder erst die eine Hand über ihre Halskette, dann die andere und verneigte sich tief vor ihm. Auch er verneigte sich - tiefer als er es vor jeder anderen Frau getan hätte und ging zurück zu Mr. Pullings.
„Sollen wir weitermachen, Doctor?"
„Nein, für heute lassen wir es gut sein."
Mr. Pullings schob sich sein Hemd in die Hose, nahm dann seinen Säbel und sagte: „Sie sollten es ihr sagen, Doctor. Nicht, dass jemand sie Ihnen wegschnappt. Sie ist ein feines Mädchen. - Vielleicht könnte ich sie Ihnen wegschnappen."
„Unterstehen Sie sich, Mr. Pullings! Aber Sie haben recht. Ich muss es ihr sagen. Bald."

Kapitel 16

Patricia Arlington war beschäftigt mit den Vorbereitungen für ihre Hochzeit und hatte keine Zeit, sich Amandas Quengelei auszusetzen. Sie hielt es für zu gefährlich, ihre kleine Schwester mit James nach London reisen zu lassen. Es war schon Ende Juni, und bis zur Hochzeit blieben nur noch wenige Wochen. Glücklicherweise hatte endlich der vielbeschäftigte Bischof von Oxford zugesagt, sie zu trauen. Es gab zwar Gerüchte, dass Bischof Jack Talbot aus den einfachsten Verhältnissen stamme und seine Gemahlin eine Ausländerin sei, doch diesen bösartigen Verleumdungen wollte Patricia keinen Glauben schenken. Hauptsache, es war ein Bischof, der sie traute.

„Amanda, bitte! Ich schreibe die Tischkarten für die Gäste. Ich habe erst angefangen und noch über dreihundert vor mir. Lass mich in Frieden! Und es ist mein letztes Wort: Du wirst nicht mit James nach London fahren."

Enerviert tauchte sie die Feder ins Tintenfass, vergaß in ihrem Ärger jedoch, die Feder abzustreifen, und so fielen schwarze Tropfen auf die weiße Tischdecke. Finster blickte sie ihre Schwester an.

„Jetzt sag bloß nicht, dass ich daran schuld bin!" rief Amanda, die den Blick ihrer Schwester richtig zu deuten wusste. Sie hatte die Bänder ihres Strohhutes verknotet und zerrte nun daran herum, was die Sache natürlich nicht besser machte.

„Geh einfach! Geh!" fauchte Patricia, der das kindische Gezappel ihrer Schwester den letzten Rest Geduld raubte.

„Den Wunsch können wir dir gerne erfüllen, liebe Schwester", sagte James, der zur Tür herein kam. Er trug Reitstiefel, die auf dem Teppich dunkle Flecken hinterließen.

„Contenance!" knirschte Patricia, indem sie die Feder so sachte wie möglich ablegte, um keine weiteren Flecken zu verursachen. Sie gab auf. Diese beiden Quälgeister aus dem Haus zu haben, war in der Tat verlockend, aber gleichzeitig hätte sie keine ruhige Minute vor lauter Sorgen, was die beiden

in London anstellen würden.
„James“, quengelte Amanda nun von neuem, „Patricia will mich nicht mitlassen nach London.“
Resignierend machte Patricia den beiden einen letzten vernünftigen Vorschlag: „Wir könnten doch alle zusammen im Oktober fahren. Das wäre doch viel besser und lustiger! Der Reverend könnte mit dabei sein. Im Moment kann ich unmöglich fort; das müsst Ihr einsehen!“ Sie ließ ihren Blick über ihren Schreibtisch schweifen, auf dem sich Tischkärtchen, Listen und Rechnungen stapelten.
James konnte sich lebhaft vorstellen, wie ‚lustig' es mit dem Reverend in London werden würde. Das wollte er um jeden Preis verhindern: „Aber stell dir vor, Schwesterherz, wenn ich Amanda in London vorher einen Ehemann besorgen und sie gemeinsam mit ihm auf deiner Hochzeit tanzen könnte. Was würdest du dazu sagen?“
Patricia schnaubte nur spöttisch.
„Du traust mir nicht zu, dass ich in London einen Ehemann für Amanda besorge? In London!“ James war die Empörung in Person.
„Willst du wissen, was ich dir zutraue?“ erwiderte Patricia gelassen. „Ich traue dir zu, dass du Amandas Anstandsdame schwanger nach Hause bringst. An einen Ehemann für Amanda wage ich nicht einmal zu denken. Und lass jetzt endlich deinen Strohhut in Frieden, Amanda!“ Beleidigt legte Amanda den Strohhut neben sich aufs Sofa.
„Patricia!“ James' Stimme hatte eine ungewohnte Schärfe. „Wie kannst du es wagen? Ich bin nach Vaters Tod das Oberhaupt der Familie. Auch du unterstehst mir!“ fügte er bedrohlich leise hinzu, doch Patricia hob nur ihre Augen gen Himmel.
„Unser Oberhaupt. Natürlich.“ Sie musterte ihn mit hochgezogener Braue. „Ich bin unserem Oberhaupt zu tiefstem Dank verpflichtet für meinen Verlobten.“ Und lauter fuhr sie fort: „Den habe ich mir ganz alleine besorgt. Du hast nicht einen Finger gekrümmt.“
„Wenn du es mir überlassen hättest, dann hätte ich dir einen besorgt, der

adlig und reich ist. Etwas in der Art schwebt mir für Amanda vor…“
Amandas Augen leuchteten auf. „Wirklich, James?“
„Das verspreche ich dir, kleine Schwester. Und natürlich auch dir, liebste Patricia.“
Patricia schaute ihn lange an. Er hielt ihrem Blick stand. Schließlich sagte sie: „Wenn du dabei versagst, wenn irgend etwas passiert, wenn Amanda zu Schaden kommt, habe ich keinen Bruder mehr.“ Dann wandte sie sich brüsk ab und ließ die beiden ihren Triumph genießen.
Schon am nächsten Tag brachen Amanda und James nach London auf. Mit dabei war zu ihrer beider Leidwesen auch Miss Young, Amandas Anstandsdame, eine Frau in den Vierzigern, die in ihrer Jugend ganz passabel ausgesehen haben musste, wie James vermutete. Patricias Prophezeiung, dass er allenfalls mit einer geschwängerten Miss Young nach Hause kommen könnte, beleidigte seine Sinne.
„Ich bin so aufgeregt, James! Wir werden auf Bälle gehen, richtig große Bälle, nicht wahr?“
„Natürlich, Amanda. Wir werden vor allem auf feine Bälle gehen, damit du einen richtig feinen Ehemann bekommst.“
Dies beruhigte Miss Young, denn sie hatte schon befürchtet, James würde in drittklassigen Wirtshäusern Ausschau halten.
„Aber werde ich auch alles richtig machen? Ich habe solche Angst mich zu blamieren, wenn ich Fehler mache.“
„Aber Miss Amanda, wir haben doch so viel geübt. Sie können tanzen, die Art wie Sie knicksen und sich verneigen ist vollkommen anmutig, Ihre Konversation ist perfekt, was also könnte schiefgehen?“ Miss Young lächelte ihr aufmunternd zu.
„Aber es ist so weit. Wir müssen drei Mal übernachten, ehe wir dort sind, nicht wahr, James?“
„Sogar vier Mal. Aber ich kenne die Gasthäuser auf dem Weg. Sie sind alle sehr respektabel. Außerdem haben wir den Kutscher und drei Diener dabei. Es kann uns also nichts passieren.“

London war wie ein Gemälde aus billiger Schminke, Goldstaub und Schmutz. Wie auf einer riesigen Marmorplatte hatte ein sehr eigenwilliger Künstler seine Farben vermischt, hier und dort scharfe Konturen gezogen, sie dort mit leichten Pinselstrichen wieder verwischt, um in der nächsten Ecke umso dicker aufzutragen. In den Außenbezirken duckten sich schmutzige Hütten aneinander, doch je tiefer sie in die Stadt hineinkamen, desto mehr gewannen die Häuser an Größe und - wie es schien - auch an Stabilität. Und hier wollte Mr. Arlington einen Ehemann für Amanda finden? Miss Young war wenig begeistert von der Aussicht, die kommenden Wochen hier zu verbringen. Dass James ein ganzes Haus in einer angeblich anständigen Gegend angemietet hatte, beruhigte sie etwas. Fasziniert starrte Amanda aus dem Kutschfenster.

„Schauen Sie doch nur die vielen schönen Menschen an! Diese Kleider! Solche Kleider habe ich noch gar nicht gesehen. - James, ich bin sicher, wir müssen erst richtig einkaufen, bevor wir uns auf einem Ball sehen lassen können."

„Ich sehe keinerlei Unterschied zu deinem Kleid, Amanda. Aber wenn du möchtest, werden wir gleich morgen einkaufen und für euch beide schöne Kleider finden."

„Aber James! Wie kannst du denn den Unterschied nicht bemerken? Siehst du nicht, dass der Ausschnitt an diesen Kleidern ganz anders ist? Viel tiefer als meiner!"

„Ich denke, Ihr Ausschnitt ist vollkommen in Ordnung", warf Miss Young ein.

„Sie will doch einen Ehemann haben, oder nicht?" spottete James.

„Eben! Einen Ehemann und keinen leichtfertigen Glücksritter", konterte Miss Young ganz gegen ihre sonst so zurückhaltende Art.

„Miss Young, wir sind jetzt hier in der Stadt. Ich will doch nicht, dass die Leute über uns lachen und mit dem Finger auf uns zeigen. Ich will nicht gleich als Landei erkannt werden."

„Wir können ja zusätzlich einen kleinen Seidenschal für Sie kaufen, den Sie

sich um Ihre Schultern drapieren können."
„Noch ein Wort, Miss Young, und Sie bleiben beim Einkaufen zu Hause." Es klang zwar scherzhaft, aber Miss Young war klar, dass sie gegen James nichts würde ausrichten können. Sie musste also möglichst klug und unauffällig vorgehen, wenn sie Amanda beschützen wollte. Zum ersten Mal in ihrem Leben wünschte sie sich Patricia an ihre Seite.

Tatsächlich war sie in dem Geschäft, das James ausgesucht hatte, nicht nur von ihm und Amanda überstimmt, sondern auch von der jungen Verkäuferin ausgelacht worden.
„Und Seidenschals sind leider aus!" hatte die Frau hinzugefügt und sich feixend abgewandt. Aber dann war sie mit einem ganzen Sortiment an Fächern gekommen.
„Schauen Sie, Miss! Ein Fächer ist das wichtigste Utensil im Ballsaal, denn mit ihm kann man auf geheime Weise kommunizieren. - Sind Sie denn vertraut mit der Fächersprache?"
Amanda schaute Miss Young an, diese zuckte mit den Schultern.
„Wieso haben wir Sie eigentlich eingestellt?" stöhnte James und wandte sich an die Verkäuferin: „Bitte, zeigen Sie meiner Schwester diese Sprache."
„Gut. Nehmen Sie sich einen Fächer. Und nun schauen Sie genau zu: Wenn ich meinen Fächer an die Lippen führe, heißt das, ich möchte einen Kuss. Wenn ich ihn an die Stirn lege, bitte ich den Herrn, mit dem ich Augenkontakt aufgenommen habe, mir zu folgen."
„Nein, nein, nein. Das kann ich nicht zulassen!" unterbrach Miss Young den Unterricht.
„Miss Young! Noch ein Wort und Sie warten draußen vor der Tür."
Miss Young hob die Hände zum Zeichen, dass sie keine Verantwortung übernahm und wandte sich ab.
Die junge Verkäuferin brachte Amanda noch so einiges bei - vergeblich wartete Miss Young auf ein Zeichen in der Fächersprache, das so viel hieß wie: ‚Ich suche einen soliden Ehemann und bin für Abenteuer nicht zu haben.'

Doch derart ausgefeilte Botschaften waren nicht vorgesehen. Miss Young hoffte inständig, dass sie das Schlimmste würde verhindern können.
Und so standen sie bald in einem Londoner Ballsaal - sie selbst in ihrem alten Kleid und Amanda in einem Kleid, dessen Ausschnitt ihre jungen Brüste ganz vortrefflich zur Geltung brachte. Mit Argusaugen wachte Miss Young über Amanda und beäugte jeden Mann kritisch, der sich ihr näherte. Doch Miss Young musste zugeben, dass beinahe alle jungen Damen so tiefe Ausschnitte trugen. Amanda staunte über den riesigen Saal, in dem so viele fein gekleidete Menschen tanzten, sich zutranken, miteinander plauderten und sicher auch die eine oder andere Ehe anbahnten. James hatte bereits eine Tanzkarte für sie besorgt, auf der sich Herren für Tänze eintragen konnten.
„Würdest du auch einen einzigen Tanz für mich reservieren?" fragte er und winkte gleichzeitig einem Kellner, der ein Tablett mit Champagner trug.
„Miss Young, bedienen Sie sich auch! Seien Sie nicht so schüchtern. Vielleicht finden wir ja auch einen Ehemann für Sie, altes Mädchen? - Das würde ich nicht ausschließen!" fügte er hinzu, als Miss Young sich mit verkniffenen Lippen abwandte.
„Aber woher weiß ich denn, dass es der Richtige ist? - Wenn ich nur mit ihm tanze, dann weiß ich noch lange nicht, ob er Geld hat oder nicht", quengelte Amanda.
„Kleines, hier verkehren nur Herrschaften, die Geld haben. Und Erkundigungen werde ich einziehen. Da ist die Tanzkarte überaus praktisch, denn man hat gleich die Namen der Herren schwarz auf weiß."
„Aber wie soll ich mich denn verhalten? Muss ich irgendwas Bestimmtes tun?" forschte Amanda weiter.
„Am besten verhältst du dich so, als wäre ein Ehemann das allerletzte, was du suchst."
Das half Amanda nicht wirklich weiter, wie James an ihrem Gesichtsausdruck deutlich ablesen konnte.
Amanda wurde von einem gutgekleideten, jungen Herrn aufgefordert und willigte freudig ein. Die Tänze dauerten beinahe eine halbe Stunde und ga-

ben den jungen Paaren die Gelegenheit, ein wenig zu plaudern, auch wenn so spannende Themen wie das Wetter, die Größe des Raumes oder die Anzahl der Tanzpaare vorgegeben waren. Immerhin konnte man beim Tanzen einen anderen Menschen berühren, was im Alltag niemals vorkam.
Der Mann, mit dem Amanda tanzte, redete wie ein Buch, während Amanda höflich nickte, aber ab und an Miss Young und James hilflose Blicke zuwarf. Als der Mann Amanda wieder bei Miss Young ablieferte und sich verneigte, fragte sie: „Sie haben sich ja sehr gut unterhalten, wie ich gesehen habe. Worüber haben Sie denn gesprochen?"
Amanda warf dem Mann einen gelangweilten Blick zu, als dieser gerade wieder in der Menge verschwand. „Er hat die ganze Zeit von seinen Pferden und Kutschen erzählt. Können Sie sich das vorstellen? Das war langweilig. Wo ist übrigens James?"
„Ich fürchte, er ist nach nebenan gegangen, wo ein Spieltisch steht."
„Dann lassen Sie uns doch auch dort hingehen." Schon wollte Amanda ihrem Bruder folgen, doch Miss Young hielt sie zurück. „Sie wollten doch einen Ehemann, nicht wahr? Wollen Sie einen Spieler zum Mann?"
„Aber was kann denn so verwerflich daran sein, wenn James es auch tut?"
‚Alles, was James Arlington tut, ist verwerflich!' dachte Miss Young. Auf keinen Fall wollte sie Amanda zu ihrem Bruder an den Spieltisch lassen. Wer konnte schon ahnen, was da noch alles passieren würde? Glücklicherweise kam in diesem Moment der Herr, der sich als Nächster auf Amandas Tanzkarte eingetragen hatte und Miss Young konnte aufatmen.

In den folgenden beiden Wochen gingen sie beinahe jeden Abend auf Bälle, doch ab der dritten Woche ging James lieber allein aus. Er müsse nun allein mit den Herren verhandeln, da es nun um Dinge wie Mitgift und dergleichen ginge - behauptete er! Miss Young wurde misstrauisch, und zwar ganz zu recht, denn James hatte beim Spielen Schulden gemacht und wollte auf keinen Fall, dass Amanda und Miss Young davon erfuhren, wenn einer seiner

Gläubiger ihn vielleicht im Beisein der Damen darauf ansprach oder sonst jemand eine Bemerkung fallen ließ. Amanda würde es wahrscheinlich nicht verstehen, aber Miss Young würde auf jedes Wort achten und Fragen stellen. Wenn sie Wind davon bekam, erfuhr es unweigerlich auch Patricia - und dann würde es unangenehm werden.

Außerdem waren die beiden nicht die ideale Begleitung bei seinen Besuchen im Bordell und Adressen, die er im Harris's List of Covent Garden Ladies - einem Buch, das reißenden Absatz fand und den Untertitel ‚Man of Pleasure's Kalender' trug. Dort waren sämtliche Adressen öffentlich zugänglicher Damen aufgelistet, nebst Informationen über Figur, Spezialitäten, Ausdauer und Zustand der Zähne. Diese geschäftlichen Gänge erledigte er lieber im Kreise seiner neuen adligen Freunde, die er an den Spieltischen der Stadt kennengelernt hatte. Unter diesen Freunden hoffte er, einen Ehemann für Amanda zu finden, denn wenn er sich mit seinem zukünftigen Schwager gut verstand, wären Familienfeiern in Zukunft sicher nicht mehr langweilig.

An diesem Abend saß er am Roulettetisch eines Clubs in der Hoffnung, wenigstens einen Teil seiner Verluste wieder wettzumachen. Wie besessen starrte er auf die Kugel, die immer wieder seine Zahl verfehlte. Mehr und mehr verlor er, gleichzeitig erlag er stärker denn je dem Zwang, etwas zurückgewinnen zu müssen. Das Licht der vielen Kerzen heizte den Raum auf, der Whisky tat ein übriges, und James brach der Schweiß aus. Er öffnete den obersten Knopf seines Hemdes, löste die Krawatte, doch verschaffte ihm dies keine Erleichterung. Er saß da als armer Mann. Konnte er die Manschettenknöpfe noch sein eigen nennen? Er wusste es nicht.

„Ich setze zehntausend Pfund“, sagte Lord Essex. „Arlington, wie steht es mit Ihnen?“

„Ich halte mit“, versuchte er so kalt wie möglich zu sagen, doch Lord Essex winkte ab. „Sie haben bei mir keinen Kredit mehr. Sie schulden mir noch über zweihunderttausend Pfund von letzter Woche. Wie steht es damit?“

„Mylord...“ begann James, doch da wurde er schon von Lord Essex un-

terbrochen: „Arlington, die letzte Frage hatte ich nicht an Sie gerichtet, sondern an meinen Finanzberater Jennings. Also, Jennings, wie steht es bei Mr. Arlington?"
Ein dunkel gekleideter Mann trat vor, den James bisher noch gar nicht bemerkt hatte: „Bei Mr. Arlington steht es schlecht. Sehr schlecht. Sein Vermögen ist aufgebraucht, und die Firma seines seligen Vaters würde bei Verkauf kaum die Schulden decken."
„Danke, Jennings, das hatte ich befürchtet."
„Aber..." machte James einen zweiten Versuch.
„Nichts aber, Alrington. Sie sind raus. Sie haben jetzt schon Schulden, die Sie nicht begleichen können. Was wollen Sie noch hier?"
„Ich will mein Geld zurückgewinnen!" rief er.
Er sah manche Männer Blicke tauschen und stumm die Köpfe schütteln.
„Nein Arlington, das geht nicht, denn Sie haben nichts mehr, was Sie setzen könnten. Sie sind am Ende. Sehen Sie es ein!" Lord Essex winkte dem Croupier, ein neues Spiel zu machen.
„Ich setze meine Schwester!"
Die Männer lachten. „Und mit Ihrer Schwester hätten wir dann als Dreingabe Ihre Spielschulden gewonnen? Nein Arlington! So nicht!" riefen sie durcheinander.
„Ich würde Ihre Schwester nicht einmal ganz nehmen, wenn ich sie gewinne. Ich würde lediglich ihre Unschuld beanspruchen, den Rest könnten Sie behalten." Lord Essex war ganz entgegenkommend freundlich.
James reckte sein Kinn. „Allein für diese Worte könnte ich Sie zum Duell fordern."
Der Lord lachte ein herzliches Lachen. „Arlington, Arlington! Sie machen mir Spaß!" Dann ließ er das Lachen aus seinem Gesicht fallen, um James mit eisigem Blick zu fixieren. „Bilden Sie sich etwa ein, Sie wären mir gegenüber satisfaktionsfähig? Ich mache Ihnen nun ein faires Angebot." Er trat dicht an James heran und blickte kalt zu ihm hinab. „Sie setzen die Unschuld Ihrer Schwester ein; wenn Sie gewinnen, behalten Sie ihr Schwesterchen

unversehrt, zahlen aber Ihre Spielschulden in voller Höhe. Wenn Sie verlieren, werde ich persönlich die Kleine in die Kunst der Liebe einführen. Ihre Spielschulden würden wir Ihnen dann zum Teil erlassen. Sie könnten zumindest das Häuschen Ihrer Eltern behalten. An irgendwelchen Gartenhütten mitten im Nirgendwo habe ich ohnehin kein Interesse."

James erhob sich so rasch, dass sein Stuhl polternd zu Boden fiel. Da fiel ihm Jennings scharf in den Arm. „Arlington! Ich glaube, Sie verstehen nicht", sagte er eindringlich. „Sie haben gerade das Vermögen Ihrer Familie verspielt. Sie sind ein armer Schlucker."

Und Lord Essex fügte hinzu: „Selbst einen adligen armen Schlucker würden wir hier kaum dulden, noch viel weniger einen bürgerlichen. Wir erlauben Ihnen nun, ein letztes Spiel zu machen. Und ganz gleich wie es für Sie ausgeht: ertragen Sie es mannhaft!"

James schaute in die Gesichter der Männer, mit denen er in den letzten beiden Wochen beinahe jede Nacht gespielt hatte und im Bordell gewesen war; mit denen er bis eben noch gespielt und gezecht hatte. Kein Lachen mehr, keine Scherze, kein Zuprosten. In seinem ganzen Leben hatte er sich noch niemals so einsam gefühlt wie in diesem Moment. Eine Woge von Selbstmitleid brandete über ihn hinweg. Als sei er plötzlich um Jahrzehnte gealtert, setzte er sich wieder an den Tisch. Er konnte nur verlieren.

*

Als er nach Hause kam, saßen Amanda und Miss Young noch im Garten. Es war ein wunderbar lauer Abend, wie geschaffen für Spaziergänge im Mondschein. Als Amanda ihn sah, sprang sie auf und warf sich in seine Arme.

„Bruder, wo warst du so lange? Wir haben dich vermisst. Du hattest doch versprochen, wenigstens den Abend mit uns zu verbringen. Aber morgen gehst du mit uns in die Stadt. Versprochen?"

„Ich verspreche dir alles was du willst, meine Süße! Jetzt sollten wir alle schlafen gehen. Aber zuvor trinken wir noch ein Glas Wein zusammen."

Schon wollte Amanda läuten, da unterbrach sie James. „Es ist schon so spät, Amanda. Wir sollten die Diener schlafen lassen. Ich gehe selbst und hole den Wein."
Die Diener schliefen keineswegs, und dass ein James Arlington Rücksicht auf Diener nahm, kam Miss Young sehr sonderbar vor. Nun, vielleicht wollte er einfach wieder gut machen, was er in den letzten Tagen versäumt hatte. Sie waren schon über drei Wochen hier in London und noch immer war kein Ehemann in Sicht. Nicht einmal von weitem.
Bald war James zurück mit einem Tablett. Zuerst reichte er Miss Young ein Glas, das fast bis zum Rand gefüllt war. Amandas Glas und sein eigenes waren nur halb voll.
„Mr. Arlington! Wollen Sie mich etwa betrunken machen?"
„Aber nein, gute Miss Young. Ich dachte, ich verwöhne Sie heute ein wenig. Trinken Sie nur aus. Der Wein ist gut. Wir werden alle gut schlafen. Und morgen gehen wir in die Stadt zum Einkaufen."
Es dauerte nur noch wenige Augenblicke, da wollte Miss Young zu Bett. Sie schwankte leicht, als sie sich erhob und nahm willig James' Arm, den dieser ihr mit einer galanten Geste bot.
„Komm, Amanda! Wenn Miss Young sich nicht wohl fühlt, wirst du sie zu Bett bringen müssen." Schon wollte Amanda maulen, doch James zwinkerte ihr so verschwörerisch zu, dass sie ahnte, er habe noch etwas anderes vor mit ihr. Gemeinsam brachten sie Miss Young ins Schlafzimmer. In ihren Kleidern legten sie sie aufs Bett, da war sie schon eingeschlafen. Amanda wollte ihr die Schuhe ausziehen und wenigstens die Haarnadeln aus der Frisur nehmen, da nahm James sie am Arm.
„Komm!" flüsterte er. In einem Anfall von Fürsorge nahm er ihren Mantel vom Haken, dann zog er sie hinaus auf den Korridor und die Treppe hinunter.
„James! Was hast du vor? Willst du jetzt noch mit mir ausgehen? Es ist fast Mitternacht." Aus Amanda sprach Begeisterung für ihren verwegenen Bruder. Unten in der Halle legte er ihr den Mantel um die Schultern. „Hör zu! Ich

habe dir einen Ehemann besorgt. Einen Lord. Seine Kutsche wird jeden Moment hier sein.“

„Oh, James, du bist ein Schatz! Ich wusste, du würdest es schaffen.“ Sie zappelte vor Vergnügen.

„Sei still und hör mir genau zu. Der Lord wird heute mit dir Verlobung feiern. Stell keine Fragen, tu was er sagt - ganz gleich was er von dir verlangt - und sei ein liebes Mädchen. Morgen wird er dich wieder zurückbringen. Und dann wird alles gut. Vertrau mir!“

Amanda strahlte ihn an. „Du bist der beste Bruder der Welt!“ flüsterte sie, umarmte ihn und ging hinaus, wo die Kutsche des Lords bereits wartete.

Lange fuhr die Kutsche durch das nächtliche London. Noch niemals in ihrem Leben war Amanda alleine in einer fremden Kutsche gefahren. Das Herz schlug ihr bis zum Hals vor lauter Freude und Aufregung. James! Der gute James! Wie würde Patricia Augen machen, wenn sie - die kleine Schwester - mit einem reichen Lord nach Hause käme! Ihr Bauch schien voll wilder Vögel zu sein. Sie schmiegte sich in die weichen Polster der Kutsche. Sie fühlten sich samten an und dufteten nach einem herben Parfum. Amanda war sicher, dass ein großartiges Leben vor ihr lag.

Ihre Vorstellungen von der Zukunft erfuhren eine Steigerung, als sie endlich vor dem palastähnlichen Haus des Lords hielten und livrierte Diener mit weißen Perücken und Handschuhen die Tür der Kutsche öffneten, eine kleine Treppe herunterklappten und einer ihr die Hand reichte, um ihr die wenigen Stufen hinunterzuhelfen. Sie wusste, dass das nur die Diener waren - schließlich war sie kein Dummchen. Der Lord selbst wartete drinnen in der Halle auf sie und würde sie als seine Verlobte gleich gebührend begrüßen. Mit einem leichten Zittern stieg sie die Stufen hinauf, schaute kurz auf zu dem Dach, das von mächtigen Säulen getragen wurde und kam sich plötzlich sehr klein vor. Aber schnell schüttelte sie dieses Gefühl ab. Bald wäre sie die Herrin dieses Hauses.

Der Lord stand nicht in der Halle unter dem Kronleuchter. Vielleicht war er noch mit den Vorbereitungen für die Feier beschäftigt? Vielleicht kleidete er sich noch an und machte sich besonders hübsch für sie? Amanda war entschlossen, nicht zu zeigen, dass sie mit den Gepflogenheiten in adligen Häusern nicht vertraut war. Sie wollte bei allem so tun, als sei es für sie eine Selbstverständlichkeit. Doch je länger der Diener sie durch die breiten Korridore führte, desto mehr musste sie ihren ganzen Mut zusammennehmen. Die schiere Größe des Hauses flößte ihr Ehrfurcht ein, ganz zu schweigen von den Gemälden, aus denen die längst verstorbenen Vorfahren des Lords kritisch auf sie herabzublicken schienen.

Endlich öffnete der Diener eine Tür, aus der der warme Schein von vielen Kerzen fiel. Und da stand er: Lord Essex, ihr zukünftiger Gemahl. Er war ganz so, wie Amanda ihn sich vorgestellt hatte. Groß und stattlich, alt genug, um einer Frau allen Luxus dieser Welt bieten zu können, aber auch nicht zu alt. Auf seinen ebenmäßigen Gesichtszügen hatte sich die englische Aristokratie der vergangenen Jahrhunderte niedergeschlagen. Ein König hätte nicht schöner sein können. Zutiefst ergriffen fiel Amanda in einen tiefen Hofknicks. Der Diener zog sich zurück.

„Aber bitte, bitte meine Liebe! Nicht so förmlich!“ sagte er und kam auf sie zu, um sie emporzuheben. Sein warmer Bass jagte Amanda Schauer über den Rücken.

„Ich grüße Sie, Lord Essex!“ flüsterte sie.

„Erlauben Sie mir, dass ich Ihnen aus dem Mantel helfe?“

„Ja, Mylord.“ Amanda glaubte zu träumen. Ein Lord Essex fragte sie, ob er ihr aus dem Mantel helfen dürfe! Niemals in ihrem ganzen Leben würde sie diese erste Begegnung vergessen.

Als sie in ihrem dünnen Sommerkleid vor ihm stand, dessen Ausschnitt ihre kleinen, festen Brüste mehr zur Schau stellte als verbarg, fühlte sie seinen Blick auf ihrem Körper ruhen, als prüfe er sie.

„Erlauben Sie auch, dass ich Ihnen aus ihrem Kleidchen helfe?“

„Ja, Mylord.“ Sie hatte mit ihrer Antwort nicht einen Moment gezögert! Lord Essex fragte sich, was Arlington seiner kleinen Schwester wohl erzählt hatte, dass sie so bereitwillig alles geschehen ließ.

So geschickt war der Lord mit Frauenkleidern, dass Amanda schon nach wenigen Augenblicken im Unterkleid vor ihm stand. Nicht einmal Miss Young konnte ihr so schnell aus den Kleidern helfen. Dann drehte er sie zu sich um und hob mit seinem Zeigefinger ihr Kinn.

„Sie werden mich jetzt küssen, nicht wahr?“ flüsterte Amanda errötend.

Der Lord lächelte milde. „Ja, das auch.“ Er strich ihr eine Strähne aus der Stirne. „So mag ich es, jung hübsch und völlig ahnungslos. Sind Sie vertraut mit den Gepflogenheiten des Adels?“ fragte er dann mit einer leisen Strenge in der Stimme.

„Nein, Mylord“, hauchte sie. „Aber ich will mich redlich bemühen. Mein Bruder sagte mir, ich solle alles Ihnen überlassen und keine Fragen stellen und alles tun, was Sie von mir verlangen.“

„Dann möchte ich, dass Sie sich vollkommen entkleiden.“

Sie tat es mit einem Ernst im Gesicht, der den Lord irgendwie rührte. Sie war tatsächlich ein richtig braves, gehorsames Mädchen, das die ganze Nacht über tun würde, ganz gleich was er von ihr verlangte. Er liebte zu spielen und beschloss, in dieser Nacht sehr spielerisch zu sein.

*

Zur selben Zeit schlich sich James noch einmal zurück in das Zimmer, in dem Miss Young schlief. Es war finster, doch hatten sich seine Augen schnell daran gewöhnt. Er packte Miss Young bei den Schultern und schüttelte sie. Sie schlief weiter. Hatte er sie getötet? War die Dosis zu stark gewesen? Nein, denn die Frau seufzte im Schlaf kurz auf. Für einen Moment betrachtete James diese Frau, die über zehn Jahre älter war als er. Undeutlich sah er ihre Konturen. In der Finsternis war sie beinahe hübsch, dachte er. Dann riss er ihr Kleid der Länge nach auf.

Am nächsten Morgen erwachte Amanda glückselig an der Seite ihres Lords. „Guten Morgen, mein lieber Gemahl. Ich hoffe, Sie haben gut geschlafen!" flüsterte sie zärtlich, als sie sah, dass er ebenfalls wach war.
Zu Amandas Überraschung brach er in schallendes Gelächter aus, in das sie irgendwann einstimmte. Das fing doch gut an. Sie hatte ihn zum Lachen gebracht. Glücklich wollte sie sich an ihn schmiegen, doch er schob sie von sich.
„Ich muss jetzt fort, Kindchen! Ziehen Sie sich an. Unten vor dem Haus steht meine Kutsche. Die wird Sie zurück zu ihrem Bruder bringen. Der wird Ihnen dann alles erklären." Schon hatte er sich erhoben und einen Morgenrock übergestreift.
„Sie meinen, die Hochzeitsfeierlichkeiten?" fragte Amanda.
Auf dem Gesicht des Lords steigerte sich die Belustigung.
„Mein Bruder wird mir dann alles erklären bezüglich unserer Hochzeitsfeierlichkeiten, nicht wahr?"
Für einen Moment zögerte der Lord, entschied sich dann aber, sich einen kleinen Spaß zu gönnen, denn nichts fand er ergötzlicher als einen Strahl der Erkenntnis auf dem Gesicht eines Einfaltspinsels.
„Was hat Ihr Bruder Ihnen gesagt?" fragte er freundlich.
„Er sagte mir, dass Sie mit mir Verlobung feiern würden und dass alles gut werden würde." Amandas Stimme begann zu zittern. Der Strahl der Erkenntnis, auf den Lord Essex sich schon freute, kündigte sich ganz langsam an.
„Ich will Ihnen sagen, was passiert ist. Ihr Bruder hat das gesamte Vermögen Ihrer Familie verspielt. Als er keinen Penny mehr hatte und ihm nichts weiter geblieben war als sein Elternhaus, hat er Ihre Unschuld als Pfand eingesetzt. Ich habe gewonnen. Das ist alles. - Nehmen Sie's sportlich!"

Amanda wusste nicht, wie sie in die Kutsche gekommen war. Sie konnte sich nicht mehr daran erinnern, wie sie zurück in das Stadthaus gekommen war, für das James wahrscheinlich die Miete nicht mehr aufbringen würde.

Mühsam stieg sie die Treppen hinauf. Als eine Dienerin erschien und ihr mitteilte, dass ihr Bruder schon abgereist sei, sank sie auf die Stufen und weinte. Leise weinte sie vor sich hin. Die erschrockene Dienerin setzte sich zu ihr und nahm sie in die Arme.

„Miss Amanda, was ist denn passiert? Wo waren Sie? Miss Young macht sich die größten Sorgen."

Da konnte Amanda nicht mehr an sich halten. Sie krallte sich in das Kleid der Dienerin, schrie so laut sie konnte und wollte nicht mehr aufhören. Die ganze Dienerschaft kam, um zu schauen, was los sei, aber aus Amanda war kein Wort herauszubringen. Auch Miss Young kam die Treppe heruntergeeilt, scheuchte die Dienerschaft zurück an die Arbeit und zog Amanda mit sich ins Schlafzimmer. Es dauerte lange, bis sie sich heiser geschrien hatte und nur noch wimmern konnte. „Ich bin tot. Ich bin so gut wie tot!" flüsterte sie immer wieder.

‚Ich auch, Kleine! Vielleicht noch viel toter als du!' dachte Miss Young. Auch wenn sie nicht verheiratet gewesen war, hatte sie doch genügend Lebenserfahrung um zu wissen, was es zu bedeuten hatte, wenn man mit einem zerrissenen Kleid in einem zerwühlten, stinkenden Bett erwachte und sich nur vage an Dinge erinnern konnte, die man in wachem Zustand nicht einmal aussprechen würde. Sie konnte nur hoffen, dass sie nicht einen verdammten Bastard dieses verfluchten James Arlington in sich trug.

Miss Young entschied, noch ein paar Tage zu bleiben, bis Amanda sich beruhigt hätte. Außerdem wollte sie zuerst wissen, was passiert war. Unter sehr vielen Tränen erzählte Amanda stockend, was ihr widerfahren war, was Lord Essex zu ihr gesagt hatte. In diesem Moment hätte Miss Young einen Mord begehen können. James war ihr noch niemals sonderlich sympathisch gewesen, aber dass er die Unschuld seiner Schwester am Spieltisch einsetzte, war deutlich mehr als sie ihm jemals an Schlechtigkeiten zugetraut hätte. Wie hoch die finanziellen Verluste waren, konnte Miss Young nur ahnen. Wahrscheinlich war nicht viel übrig geblieben. Sicher nicht genug, um

Amanda einen Ehemann zu besorgen. Irgendeinen Mann, der dank einer erklecklichen Summe über ihren Fehltritt hinwegsehen würde.
Und sie selbst? Was würde nun aus ihr werden? Man würde sie entlassen und sie hätte nie wieder die Chance, eine Anstellung zu finden. Und wenn sie schwanger war? Dann blieb ihr nicht einmal die Möglichkeit, zu ihren Eltern zurückzukehren.

Kapitel 17

Als Miss Young und Amanda allein aus der Kutsche stiegen, ahnte Patricia, dass etwas nicht in Ordnung war. Als sie die Gesichter der beiden sah, wusste sie, dass etwas höllisch schief gelaufen sein musste. Sie eilte den beiden die Treppe hinab entgegen.
„Was? Was ist passiert?“ fragte sie streng, worauf das ganze Gebäude an Vorsichtsmaßnahmen und Notlügen, das sich Miss Young und Amanda so mühsam aufgebaut hatten, zusammenfiel. Amanda brach in Tränen aus. Mit einem einzigen Blick befahl Patricia der Dienerschaft zu verschwinden, dann führte sie ihre Schwester hinauf in ihr Zimmer. Miss Young folgte den beiden, wohl wissend, dass sie in diesem Haus nur noch wenige Augenblicke hatte. Sie war froh, dass Patricia sich zunächst von Amanda selbst die Ereignisse berichten ließ, auch wenn Amanda vor Scham fast starb. Hier in diesem prächtigen Zimmer, in dem Amanda so wohl behütet aufgewachsen war, erschien es vollkommen unmöglich, dass ihr dergleichen passiert sein sollte. Miss Young fand es ausgesprochen herzlos von Patricia, ihrer kleinen Schwester Salz in die Wunden zu streuen.
„Wie kann man nur so blöd sein? So über alle Maßen dumm? Und dir ist wirklich erst gedämmert, dass er dich nur... benutzen will, als er es dir wörtlich gesagt hat? Verlobung! Mit Lord Essex!“ Patricias Verachtung kannte keine Grenzen.

„Miss Arlington, Ihre Schwester trifft bei all dem noch die geringste Schuld“, wagte nun Miss Young zu bemerken.
Patricias Reaktion glich einem Vulkanausbruch. „Wie können Sie es wagen, ihren Mund aufzumachen? Wie können Sie es wagen, mir überhaupt unter die Augen zu treten? Es ist Ihre Aufgabe, Ihr alleiniger Lebenszweck, auf Amanda aufzupassen. Sie haben versagt. Sie haben das Recht zu leben verwirkt!“ schrie Patricia. In Anbetracht der Tatsache, dass ihres Bleibens ohnehin nicht länger war, erwiderte Miss Young: „Vielleicht fragen Sie auch Ihren Herrn Bruder. Er hat mir Schlafmittel in den Wein getan, damit ich Amanda nicht beschützen sollte. Außerdem war er es, der Miss Amandas Unschuld verspielt hat.“
Patricia schlug zu. Sie kannte sich selbst nicht mehr und schlug so lange zu, bis Miss Young am Boden lag und Amanda sich über sie warf.
„Hör auf! Hör auf! Es ist wahr, was sie sagt. James muss ihr etwas in den Wein getan haben. Er hat ihr besonders viel eingeschenkt, damit er die Gläser unterscheiden konnte. Und außerdem war es James, der mich verspielt hat - der unser Vermögen verspielt hat.“
Patricia brach laut schluchzend neben Miss Young zusammen. Amanda neigte sich über ihre Schwester, um sie zu trösten, obwohl sie wusste, dass es keinen Trost gab.
Mühsam erhob sich Miss Young und schleppte sich davon.
„Leben Sie wohl, Miss Amanda. Ich wünsche Ihnen alles Gute. Ich gehe und packe meine Sachen“, flüsterte sie, als sie sich an der Tür noch einmal umwandte.
Da stemmte sich Patricia hoch. Noch während sie auf dem teuren Teppich lag, knurrte sie: „Nein, Miss Young. Sie werden bleiben. Sie werden diese ganze Sache mit ausbaden. Es würde nur Aufsehen erregen, wenn ich Sie entließe. Hatten Sie darauf gehofft? Sie werden bleiben, und ich werde Ihnen jeden einzelnen Tag ihres verdammten Lebens zur Hölle machen.“
„Patricia, bitte, Miss Young trifft keine Schuld!“ flehte Amanda, doch Patricia war so vollkommen außer sich, dass nichts mehr sie erreichen konnte.

Ihr Gesicht war eine vor Hass erstarrte, graue Maske, als sie, ohne die Lippen zu bewegen, hervorstieß: „Und nun zu dir, kleine Schwester. Du wirst Dr. Worsely heiraten!"

„Nein!" rief Amanda; Patricia kannte kein Erbarmen, sondern packte Amanda so fest an den Armen, dass sie vor Schmerz aufschrie, während sie selbst ungerührt fortfuhr: „An meiner Hochzeit werden wir ihn betrunken machen und dann wirst du ihn umgarnen. Wir werden dafür sorgen, dass er mit dir in eine Situation gerät, aus der ein Gentleman nur sauber hervorgeht, wenn er die Dame heiratet."

„Nein, bitte nicht Dr. Worsely!"

„Wen denn sonst?" fauchte Patricia und stieß sie von sich. Amanda taumelte gegen die Wand, wo sie wieder zu Boden sank. „Er ist unsere einzige Möglichkeit. Er macht sich nichts aus der feinen Gesellschaft. Er wird garantiert niemals mit dir nach London reisen, wo er vielleicht zufällig erfahren könnte, von wem das Kindelein tatsächlich ist, das ihn Vater nennt. Der Reverend soll mit dafür sorgen, dass der Doctor dich heiratet. Schließlich sind die beiden befreundet. - Und willst du wissen, Kleine, was dir blüht, wenn du tatsächlich schwanger bist und Dr. Worsely nicht heiratest? Dann werden wir sagen, dass du mit Miss Young auf Reisen bist. Aber du wirst in deinem Zimmer bleiben. So lange bis du den verdammten Bastard zur Welt bringst. Und dann werden wir ihn verschwinden lassen."

Amanda schrie gequält auf. Da erschien die Mutter in der Tür.

„Amanda, Liebes, bist du beim Spielen hingefallen?"

*

Es waren nur noch drei Tage bis zur Hochzeit. Wie betäubt saß Patricia an ihrem Schreibtisch und starrte aus dem Fenster hinaus in den Garten, wo zahllose Gärtner damit beschäftigt waren, blühende weiße Rosenbüsche zu pflanzen. So sehr hatte sie sich auf diesen Tag gefreut. Schon als kleines Mädchen hatte sie sich ihre Hochzeit wunderschön ausgemalt. In einem Kleid mit langer Schleppe, einem Schleier aus Spitze, und an ihrer Seite hatte sie

sich immer einen Prinzen gewünscht. Unbeschwert, glücklich, strahlend hatte sie sich durch die Kirche schreiten sehen. Und nun? Alles was ihr geblieben war, war das Kleid mit der langen Schleppe. Der Reverend war zwar kein Prinz, aber immerhin ein Lord. Doch sie war alles andere als unbeschwert und glücklich und hoffte, dass ihr strahlendes Lächeln nicht allzu verkrampft wirkte, wenn sie am Arm ihres Bruders auf den Altar zuschritt, wo der Reverend auf sie warten würde.
Amanda war vermutlich schwanger. Das morgendliche Erbrechen war schon ein erstes Zeichen gewesen. James hatte sein Bestes getan, um die Familie vollkommen zu ruinieren. Patricia hatte ein langes Gespräch mit dem Geschäftsführer der Firma gehabt. Es war zu spät, das Ruder herumzureißen. James hatte schon seit geraumer Zeit so viel Geld aus der Firma gezogen, dass die Arbeiter kaum noch ihren Lohn bekamen. Es war schlicht grauenhaft, was auf Patricia einstürzte. Ihr war, als stehe sie mit glühenden Schuhen auf sehr dünnem Eis. Sie betete, dass der Reverend von all dem nichts mitbekam, denn sonst würde er im letzten Moment die Hochzeit absagen. Er war ein Mann von strengen Prinzipien und würde sich garantiert nicht mit einer Familie verbinden, die - gelinde gesagt - am Abgrund stand. Patricia rechnete kaum damit, dass James rechtzeitig auftauchte, um sie zum Altar zu bringen, wie es geplant war. Sie hätte ihn zwar am liebsten umgebracht, aber selbst wenn er kam, musste sie gute Miene zum bösen Spiel machen, damit sie nicht alle aufflogen.

James kam einen Tag vor der Hochzeit. Es kostete Patricia unendliche Mühe, ihn nicht zu erwürgen. Sie fing ihn in der Halle ab und zerrte ihn in den leeren Salon.
„He, he, Schwesterchen! Nicht so stürmisch. Ich freu mich auch, dich zu sehen."
„Schweig!" herrschte sie ihn an.
„Amanda hat mir erzählt, was passiert ist."
James hob die Hände, als wolle er seine Unschuld beteuern, dann aber wur-

de ihm klar, dass Patricia kurz davor war, ihm ins Gesicht zu springen und er ließ sie wieder sinken.

„Wage nicht, mir jetzt eine Lügengeschichte aufzutischen. Ich glaube ihr. Sie ist viel zu dumm, um sich eine solch haarsträubende Geschichte auszudenken. Mein Gott! Die Unschuld der eigenen Schwester am Spieltisch zu setzen! Ich fasse es nicht. Ich wollte es zunächst nicht glauben, aber ich habe mit deinem Geschäftsführer gesprochen. Wir sind pleite. Alles was wir noch haben, ist meine Mitgift und das Geld, das ich dem Reverend für die Glocken versprochen habe. - Gehört uns dieses Haus eigentlich noch?" fragte sie dann mit einem schmerzhaften Ton in der Stimme, den James von seiner Schwester nicht kannte. Er wappnete sich innerlich für einen Gegenschlag, denn so durfte seine Schwester nicht mit ihm sprechen! Schließlich war er hier der Herr im Haus!

„Ja. Lord Essex hatte daran kein Interesse."

„Da können wir uns wohl glücklich schätzen, nicht wahr?" fauchte sie ihn an. „Was hast du dir dabei gedacht? Hast du überhaupt gedacht; denkst du jemals?"

„Wage nicht, mir Vorwürfe zu machen! Du bist diejenige, die hier alles an sich reißt. Ich bin zwar jünger als du, aber ich bin der Sohn und Erbe dieser Familie. Du hast mich niemals auch nur zu Atem kommen lassen. Immer hast du mich bevormundet. So warst du schon als Kind. Perfekt und gnadenlos. Hast du eigentlich eine Ahnung, wie schwer Vaters Tod auf mir lastet? Ich habe ihn geliebt, mehr als ihr alle zusammen. Sein Tod hat mich in die tiefste Verzweiflung gestürzt, die du dir nicht einmal vorstellen kannst. Ich habe das nie gezeigt, um euch alle nicht zu belasten. Gott allein weiß, wie viele Nächte ich um ihn geweint habe."

„Lass Vater aus dem Spiel und hör auf, solchen Unsinn zu reden!" Patricias Stimme überschlug sich. „Wenn es irgendjemanden auf dieser weiten Welt gibt, um den du weinen würdest, dann bist du das ganz alleine. Du scherst dich einen verdammten Dreck um alles, was um dich herum geschieht, so lange es nur nicht deinem Vergnügen im Wege steht."

Patricias Worte standen in sonderbarem Kontrast zu dem feinen Raum; die Großeltern, die in Öl gemalt an den Wänden hingen, schienen plötzlich missbilligend auf sie hinabzustarren.

„Du hättest Schauspielerin werden sollen, Schwesterchen!“ erwiderte James kühl und ging, um sich einen Drink einzuschenken. Patricia schlug ihm Glas und Flasche aus der Hand, das Kristall zersprang auf dem Parkett.

„Du hast uns ruiniert und alles, was du jetzt tust, ist trinken! Du widerst mich an.“

„Und du bist wirklich besonders niedlich, wenn du wütend bist!“ Da erhob Patricia die Hand gegen ihn, um ihn zu ohrfeigen, doch überraschend schnell hielt James ihren Arm fest und zwang ihn wieder hinunter.

„Liebe Schwester, ich werde dich morgen zum Altar bringen und werde ein ganz vorbildlicher Bruder sein. Ich tu alles, was du willst.“

Ärgerlich riss sie ihren Arm aus seiner Hand.

„Das trifft sich gut“, erwiderte sie eisig. „Amanda ist schwanger. Du wirst dabei helfen, dass Dr. Worsely nicht anders kann als sie zu heiraten.“ Und sie erzählte ihm von ihrem Plan.

„Mit etwas Glück schläft er schon mit ihr an meiner Hochzeit. Wenn er betrunken genug ist, wird er sicher nicht merken, dass sie ihre Unschuld schon verloren hat. Und dann muss er sie heiraten. Ob sie ihm in nüchternem Zustand noch gefällt oder nicht. Und morgen wirst du mich zum Altar bringen. Du wirst deinen feinsten Anzug tragen und aussehen wie ein ehrenwerter Gentleman. Und wenn du mich bei meinem Plan unterstützt, wenn es mir gelingt, den kläglichen Rest Familienehre, der noch existiert, zu retten, werde ich mir überlegen, ob ich noch einen Bruder habe oder nicht. Wenn du versagst, wird Lord Cumberland dafür sorgen, dass du nie wieder einen Fuß auf den Boden bekommst.“

Für einen Moment starrten sich die Geschwister hasserfüllt in die Augen. James verlor den Kampf und wandte sich ab. Noch während Patricia hinausrauschte, goss er sich einen neuen Drink ein, den er schnell hinabstürzte und dann das Glas zu den Scherben auf dem Boden schmetterte.

Kapitel 18

Die Kirche in Devon bot kaum Platz für alle Verwandten und Bekannten, die Freunde und das Personal der beiden Häuser, als Patricia am Arm ihres Bruders den Mittelgang durchschritt. James hatte sein Versprechen gehalten und sah dabei sogar respektabel aus. Amanda trug Patricias Schleppe. Als Trauzeugen hatte der Reverend seinen Freund Dr. Worsely eingeladen. Gemeinsam standen die beiden vorn am Altar und schauten nicht nach hinten. Doch der Reverend erkannte an dem glücklichen Gesichtsausdruck des Bischofs, dass Patricia offensichtlich einen überaus schönen Anblick bot. Angela stand hinten in der Kirche und erhaschte nur einen Blick auf die Braut, konnte aber genug von dem Kleid erkennen, um zu wissen, dass es nicht in Devon genäht worden war.

So viele Köpfe und Schultern versperrten ihr die Sicht. Nur ab und an konnte sie Dr. Worsely vorn am Altar sehen. Wie glücklich konnte die Frau sein, auf die er einmal selbst dort warten würde! Ob sie dann auch unter den Gästen sein müsste? Der Gedanke schnürte ihr die Kehle zu. Allein diese Vorstellung war mehr als sie ertragen konnte. Wie von ferne nahm Angela das Rauschen der Orgel, dann die Rede des Bischofs wahr.

Aber wenn Dr. Worsely tatsächlich sie liebte? Seine vornehme Zurückhaltung, die sich mit seiner liebevollen Fürsorge verband, konnte doch nur dies bedeuten. Sollte sie ihm vielleicht doch eine Gelegenheit geben, ihr seine Gefühle zu gestehen? Aber nein! Schalt sie sich im selben Moment. Sie erwiderte seine Liebe. So innig, dass sie ihn vor dem Skandal beschützen wollte. Er durfte sie nicht heiraten. Sie war nicht standesgemäß.

Nach der Kirche kam er zu ihr, nahm seinen Zylinder ab und verneigte sich vor ihr - vor aller Augen!

„Mrs. Summerset, darf ich auf einen Tanz mit Ihnen hoffen?“

„Aber Dr. Worsely, wir sind gar nicht eingeladen. Mrs. Elridge hat für uns ein leckeres Essen vorbereitet. Wir werden also auch ein wenig feiern. Ich

wünsche Ihnen viel Freude, und grüßen Sie bitte den Reverend und seine Gemahlin von uns."
„Ich hatte so sehr gehofft, mit Ihnen zu tanzen", flüsterte er.
„Dr. Worsely!" mahnte sie ihn mit leiser Strenge. „Was sollen denn die Leute von Ihnen denken, wenn Sie mit einer Frau wie mir tanzen?"
„Das kann ich Ihnen genau sagen: Die Männer, die Augen im Kopf und ein Gehirn haben, werden mich beneiden. Und um den Rest schere ich mich nicht."
„Wir tanzen in Friarswell. Wenn Sie zu uns kommen wollen, freue ich mich sehr auf Sie. Einverstanden?"
„Einverstanden." Sein Herz machte einen Sprung, dann fügte er sich ins Unvermeidliche und fuhr zur Feier nach Arlington Manor.

*

Arlington Manor hatte noch nie so viel Glanz und Pracht gesehen. Die weißen Rosen standen so dicht an dicht, dass man hätte meinen können, es habe geschneit. Die Sonne schien glücklicherweise aus einem wolkenlosen Himmel, rein gar nichts trübte scheinbar diesen Festtag. In der Halle drängten sich die feinsten Kleider und kostbarsten Juwelen, die Verwandten der Brautleute und Honoratioren von Devon und Friarswell mit ihren Gattinnen und Sprösslingen.
Bischof Talbot, der gemeinsam mit seiner Gattin dem Brautpaar gratulierte, meinte, dass die Braut beinahe so schön sei, wie seine eigene Braut damals vor zwanzig Jahren, worauf seine Frau wie ein Mädchen lachte. Dr. Worsely gefiel der Anblick dieses Ehepaares, das sich in den langen Ehejahren immer noch reichlich Verliebtheit bewahrt hatte. Nicht, dass die beiden geturtelt hätten, aber es waren die Blicke und Gesten, die sie austauschten, aus denen eine zärtliche Verbundenheit sprach. Überhaupt waren der Bischof und seine Frau Dr. Worsely sehr sympathisch. Trotz seiner hohen Stellung hatten die beiden etwas Unkonventionelles, das wohl daher rührte, dass der Bi-

schof seine Karriere als junger Mann in einem der Armenviertel Londons begonnen hatte. Dr. Worsely konnte nur ahnen, was im Kopf dieses Mannes beim Anblick der mehr als üppig gedeckten Tafel vorging.
Die Tafel sah aus als hätte die Göttin Fortuna ihr sonntägliches Füllhorn ausgegossen, so vielfältig waren die Speisen, so fein waren sie angerichtet. Die Diener trugen die Platten und Schüsseln herein; ihr Lauf wollte kein Ende nehmen. Mit bewundernden Ahs und Ohs wurde die Kunst der Köche honoriert. Wenn das Verlobungsessen schon überbordend gewesen war, so kannte die Fülle nun keine Grenzen mehr. Da gab es rosiges Lamm, garniert mit gratinierten Kirschen, Ochsenbraten, ein Spanferkel, in dessen Rücken Wunderkerzen abbrannten. Mittelpunkt der Tafel war ein griechischer Tempel aus Zucker, in dem zwei Figuren zu sehen waren. Um diesen herum gruppierten sich Tauben, Fasane, Wachteln, ein Pfau und sogar Schwäne. All diese Vögel trugen wieder einen Teil ihres Federkleides, und sogar die Hälse und Köpfe hatte man ihnen nach dem Braten hübsch aufgesetzt.
„Ist das nicht alles unerhört wunderschön?“ flötete Amanda Dr. Worsely zu. Er war nicht umhin gekommen, sie zur Tafel zu führen. „Wer mögen wohl diese beiden Frauenfiguren sein, die dort in dem Tempel stehen?“
„Pandora und Kassandra“, erwiderte Dr. Worsely kurz angebunden, doch dann entschied er sich für einen kleinen Versuch: „Schauen Sie, die eine hat eine Büchse in der Hand. Sehen Sie?“
Keine der Figuren hatte irgendetwas in der Hand, doch Amanda bestätigte eifrig, dass sie die Büchse sah.
„Das ist Pandora.“
„Oh, Sie wissen so viel, Dr. Worsely. Sie kennen sich wohl überall aus? Auch in der griechischen Geschichte? Und wer waren die beiden?“
„Sie waren zwei Schwestern, die reiche Ehemänner geheiratet haben und miteinander glücklich und zufrieden lebten bis an ihr Ende.“
Amanda strahlte ihn an. Im selben Moment hatte er nicht nur ein schlechtes Gewissen, weil er sich über ihre Unwissenheit lustig machte, sondern er merkte auch, dass Amanda dies gewissermaßen schon als Heiratsantrag

verstehen wollte.
„Meinen Sie vielleicht, dass diese beiden meiner Schwester und mir ähneln? Sicher werden Patricia und ich auch mit reichen Ehemännern glücklich bis an unser Ende leben.“
Du liebe Güte! Hier stimmte etwas nicht, das spürte Dr. Worsely instinktiv. „Nein, Miss Arlington. Ich denke, dass Sie und Ihre Schwester eher den Damen Scylla und Charybdis gleichen.“
Miss Young, die mit verkniffenen Lippen neben Amanda saß und die Unterhaltung verfolgte, wurde heiß und kalt. Da sie sich in der griechischen Mythologie deutlich besser auskannte als Amanda, hatte sie durchaus verstanden, dass eine Verbindung mit Amanda das allerletzte war, was Dr. Worsely anstrebte. Weder Pandora noch Kassandra hatten reiche Männer geheiratet. Pandora hatte aus ihrer Büchse Hunger, Krieg, Krankheiten und Elend über die Menschheit entlassen. Nach Dr. Worselys Auffassung waren sicher auch die Vorfahren der Arlingtons aus der Büchse der Pandora hervorgekrochen. Kassandra, die trojanische Seherin, war als Kriegsbeute nach Mykene verschleppt und hingerichtet worden. Bei dem Vergleich der beiden Arlington-Schwestern mit Scylla und Charybdis - den beiden Seeungeheuern, zwischen denen Odysseus auf seinen Fahrten hindurchsegeln musste - konnte sich Miss Young ein Feixen nicht verkneifen. Sie mochte den Doctor, und er tat ihr schon jetzt herzlich leid, denn er hatte kaum eine Chance, seinem Schicksal zu entkommen. Unter harten Drohungen hatten die Arlingtons auch sie vor ihren Karren gespannt. Sie sollte helfen, diesen Mann, den sie schätzte, zu manipulieren. Die Schlinge war ausgelegt, und sie war so groß, dass Dr. Worsely nicht anders konnte, als hineinzutappen.

Immer wieder schaute er auf seine Taschenuhr. Die Musiker spielten auf, und natürlich bestand Amanda darauf, dass er mit ihr tanzte. Als sie begann, die für Tänze vorgeschriebene Konversation zu machen, wünschte er sich sehnlichst nach Friarswell. Sicher wartete Angela schon auf ihn. Was sie nun von ihm dachte, wenn er so spät kam?

Angela genoss den Abend in Friarswell. Schon lange nicht mehr hatte sie so unbeschwert gesungen und gelacht. Alle feierten fröhlich, als gäbe es kein Morgen, denn alle wussten, dass ihr Leben nie mehr so sein würde wie zuvor, wenn erst Patricia Arlington die Herrin dieses Hauses war.

„Hat irgendjemand Miss Arlingtons Kleid richtig gesehen? Ich stand zu weit hinten und konnte kaum etwas erkennen", fragte eines der Küchenmädchen beim Essen.

„Ich hab ihr Kleid genau gesehen", erwiderte Mr. Elridge beflissen.

„Und wie sah es aus?" forschte das nächste Küchenmädchen weiter, wobei sich die anderen Mädchen ebenfalls zu Mr. Elridge neigten.

„Es war... lang, hell und hübsch." Dann lehnte er sich zurück und verschränkte die Arme.

„Ach, Mr. Elridge!" schimpfte seine Frau. „Man sollte einen Mann nicht fragen, wie ein Hochzeitskleid ausgesehen hat. Eine Frau will natürlich wissen, ob es ganz weiß war oder die Farbe von Champagner hatte. War es aus Seide, aus Atlas oder Musselin? Gab es Spitze, Perlen, Stickereien? Details wollen wir wissen, Details. Jetzt geben Sie sich Mühe und erinnern Sie sich genau!" forderte Mrs. Elridge.

„Es war ein Kleid aus weißer Wildseide, bestickt mit Perlen. Die Ärmel waren leicht gerafft und im unteren Drittel aus Spitze. Es hatte eine ellenlange Schleppe, die von Miss Amanda getragen wurde", klärte Angela die Küchenmädchen auf. „Ich hatte das Glück, Miss Arlington - Verzeihung! Ich meine natürlich Lady Cumberland - nach der Kirche zu sehen."

„Danke, Mrs. Summerset. - Sehen Sie, Mr. Elridge! DAS wollen Frauen hören, wenn sie nach einem Hochzeitskleid fragen. - Aber kommt, ihr Lieben! Esst auf, dann wollen wir tanzen. Mr. Elridge, holen Sie Ihre Geige! Rufus, die Mundharmonika!"

So geschah es. Zur Feier des Tages wurde das schmutzige Geschirr nur schnell weggeräumt, dann stellten sich alle zu zwei Tanzreihen auf. Rufus stand Angela gegenüber und bemerkte, dass Angela sich immer wieder zur

Tür hin umschaute.
„Auf wen wartest du, Angela?"
Sie wurde rot und flüsterte: „Dr. Worsely hat versprochen, zu uns zu kommen, um mit uns zu feiern."
„Das kann ich mir vorstellen, dass er lieber hier ist als in Arlington Manor. Er wird sicher jeden Moment kommen. Dann lass ich dich sofort los, damit du mit deinem Doctor tanzen kannst."
„Er ist nicht mein Doctor!" flüsterte Angela empört. „Was soll das denn heißen?"
„Das soll heißen, dass ich bessere Augen im Kopf habe als du, Angela."

*

„Hier, Doctor Worsely, trinken Sie mit mir ein Glas Wein. James hat ihn empfohlen. Und wenn einer was von Wein versteht, dann ist es mein Bruder James", sagte Amanda, indem sie ihm ein Glas reichte, das ziemlich voll war.
„Das ist überaus freundlich von Ihnen, Miss Amanda, doch ich muss nun fort."
„Ach, einen letzten Schluck. Dann sind Sie entlassen. Sie müssen wohl noch einen Krankenbesuch machen, nicht wahr?"
„Ja, richtig, da haben Sie vollkommen recht", erwiderte er und konnte gerade noch ein Lächeln unterdrücken bei dem Gedanken an das, was er nun vorhatte. Er war erleichtert, endlich entkommen zu können und voller Vorfreude auf Angela. Heute würde er ihr einen Antrag machen. Heute. Jetzt gleich. Und sie würde ja sagen. Da konnte ein Schluck Wein nicht schaden. Dr. Worsely nahm einen Schluck. Der Wein war in der Tat köstlich, doch er wusste, dass der Reverend ihn ausgesucht und keine Kosten gescheut hatte. James traute er alles zu, aber keinen Geschmack, was Wein betraf.
„Sie haben sicher Verständnis dafür, dass meine Schwester als Gastgeberin und Braut Sie heute nicht nach draußen bringen kann. Daher müssen Sie mit uns Vorlieb nehmen. Wir werden Sie nach draußen bringen. James sagt

einem der Stallburschen Bescheid, dass er Ihr Pferd bringt. Alles andere wäre doch schrecklich unhöflich."
„Aber Miss Amanda. Sie müssen sich keine Umstände machen. Ich kann durchaus alleine gehen."
„Aber nein, aber nein, meine Anstandsdame ist doch dabei. Niemand wird schlecht reden können. Seien Sie unbesorgt."
Die letzten Worte hörte Dr. Worsely nur noch wie aus weiter Ferne. Er suchte nach einem Halt; da war plötzlich ein Mann neben ihm. James? Ja, es musste wohl James sein. Und da war noch einer, der ihm vage bekannt vorkam. Alles drehte sich, dann fühlte er sich von den Männern aufgefangen und getragen.

Als er am nächsten Morgen erwachte, hämmerten in seinem Kopf höllische Schmerzen. Konnte ein so guter Rotwein solche Kopfschmerzen verursachen? Er rieb sich das Gesicht und öffnete die Augen. Er lag in einem großen Zimmer, das er niemals zuvor gesehen hatte. Als er feststellte, dass er nackt war, schrillten in seinem Kopf sämtliche Alarmglocken. Der Lederbeutel mit Angelas Locke lag noch auf seiner Brust, wie er erleichtert feststellte. Dies sollte jedoch die einzige Erleichterung an diesem Morgen bleiben: Die Alarmglocken in seinem Kopf erfuhren eine deutliche Steigerung, denn neben sich im Bett erblickte er Amanda. Mit einem lauten Aufschrei stürzte er aus dem Bett. Da erwachte auch Amanda, die die ganze Zeit scheinbar noch geschlafen hatte.
„Dr. Worsely, was haben Sie getan?" rief sie laut und zog sich die Bettdecke vor die nackte Brust. In diesem Moment stürzte Patricia ins Zimmer. Ihr folgten James und Miss Young.
„Dr. Worsely! Ich bin empört! Wie können Sie es wagen?" Patricia war außer sich. Ihre Rage schwappte wie eine eiskalte Welle über den Doctor hinweg, der vollkommen entsetzt dastand und sich hastig sein Hemd, das er vor dem Bett auf dem Boden fand, vor seine Blöße hielt.
„Das ist ein Missverständnis! Ich habe gar nichts getan!" rief er verzweifelt.

Er wusste, dass sein Leben nun in Flammen stand. Nun betrat auch der Reverend mit strengem Blick die Szene.
„Und Sie haben nicht auf Amanda aufgepasst! Es wäre Ihre Aufgabe gewesen darauf zu achten, dass Ihr nichts geschieht! Nun ist sie entehrt!“ schrie James, indem er Miss Young zu Boden stieß.
„Vergeben Sie mir! Ich weiß nicht, wie das passieren konnte. Dr. Worsely muss mir einen Schlaftrunk verabreicht haben!“
„Miss Young! Wieso lügen Sie? Sagen Sie die Wahrheit. Sie wollten mich gemeinsam mit Amanda nach draußen bringen, da hat Amanda mir ein Glas gereicht, in dem mit Sicherheit nicht nur Wein war. Sagen Sie es!“ rief Dr. Worsely in höchster Verzweiflung.
„Sollte ich etwa für Sie lügen und Ihnen helfen, Ihre schändliche Tat zu vertuschen?“ schrie Miss Young, doch es klang nicht sehr überzeugend. Sie lag noch immer am Boden, so wie James sie dorthin geworfen hatte, und ihre Augen huschten ängstlich zwischen James und Patricia hin und her.
„Nicht so laut!“ mahnte der Reverend. „Unsere vielen Gäste schlafen glücklicherweise noch. Nicht auszudenken, welche Schande es wäre, wenn sie erführen, was heute Nacht geschehen ist. Dann könnten wir es nicht mehr geheim halten. Vor allem Bischof Talbot und seine Gemahlin dürfen von dieser schrecklichen Geschichte nichts erfahren. Es genügt, wenn er das Verlobungspaar segnet.“
Der Doctor stöhnte gequält auf. „Cumberland, ich bitte Sie, glauben wenigstens Sie mir. Ich habe Miss Amanda nicht in diese Situation gebracht. Ich weiß überhaupt nicht, wie ich hier her gekommen bin. Ich kann mich an nichts erinnern!“
„Dr. Worsely!“ Die Stimme des Reverends war noch eisiger als sein Blick. „Ich denke, Sie müssen hier niemandem etwas erklären. Es sollte für einen Gentleman Ihres Formates eine Selbstverständlichkeit sein, die Dame zu heiraten, mit der Sie… die Nacht verbracht haben. Ich muss schon sagen, ich hätte Ihnen bei der Brautwerbung etwas mehr… Raffinesse zugetraut.“
Und zu Miss Young gewandt fuhr er fort: „Miss Young, wenn Sie bitte Aman-

da in ihr Zimmer bringen würden, damit sie sich ankleiden kann. Beim Frühstück werden wir die große Freude haben, eine Verlobung zu verkünden. - Ich werde selbstverständlich die näheren Umstände verschweigen", fügte er mit einem verächtlichen Blick auf den Doctor hinzu, der vor Entsetzen keines Wortes mehr fähig war.

Als sich die Tür hinter den Arlingtons geschlossen hatte, ging der Doctor auf seinen Freund zu. „Ich bitte Sie, ich flehe Sie an, mir zu glauben. Ich habe wirklich nichts getan. Ich war gestern Abend mit Miss Amanda und mit Miss Young im Park. Die beiden wollten mich nach draußen bringen, weil ich fort wollte. Da hat Amanda mir noch einen letzten Schluck Wein gegeben. Plötzlich hat sich alles gedreht, mir wurde schwarz vor Augen. Dann waren da zwei Männer, die mich aufgefangen haben. Der eine war James, der andere... ich glaube, ich habe ihn schon gesehen, aber ich kann nicht sagen, wer es war."

„Wie dem auch sei, Sie müssen Amanda heiraten. Meine Gemahlin wird Sie aus Ihren Verpflichtungen nicht entlassen."

„Sie glauben mir nicht! - Sie kennen mich schon so lange. Habe ich Ihnen jemals Anlass geboten, schlecht von mir zu denken? Niemals würde ich eine Frau mit einem zu freien Wort herausfordern. Ich liebe Amanda nicht. Wie könnte ich? Wie könnte ich eine solche Frau auch nur begehren? Jeder Feldhamster ist intelligenter!"

„Um Liebe geht es beim Heiraten nicht", wies ihn der Reverend kalt zurecht.

„Für mich schon! Ich liebe nicht Amanda, sondern eine andere Frau. Gehen Sie zu Ihrer Gemahlin, halten Sie sie davon ab, ihre eigene Schwester ins Unglück zu stürzen. Denn ich bin der letzte Mann, der diese Frau glücklich machen wird, und sie ist die letzte Frau, mit der ich freiwillig auch nur eine halbe Stunde verbringen würde."

„Sie lieben also eine andere Frau? Und wen bitteschön?"

„Ich liebe Mrs. Angela Summerset. Als ich mich gestern Abend so früh verabschiedet habe, wollte ich zu ihr nach Friarswell, um ihr einen Heiratsan-

trag zu machen. Ich kann Amanda nicht heiraten."
„Sie wollten tatsächlich diese Näherin heiraten? Das ist nicht Ihr Ernst!" rief der Revered mit deutlichem Ekel in der Stimme. „Wenn Sie diese Frau geheiratet hätten, dann hätte ich Ihnen die Freundschaft kündigen müssen. Meine Gemahlin und ich können unmöglich eine ehemalige Dienerin als Gast empfangen. Das müssen Sie doch einsehen."
Nun brach unter Dr. Worsely der Boden endgültig weg. Wie konnte der Mann, den er all die Jahre für seinen Freund gehalten hatte, nur so denken? Er starrte ihn an und hatte das Gefühl, einem vollkommen Fremden gegenüberzustehen. In seinem Kopf überschlugen sich die Gedanken.

Wie betäubt nahm Dr. Worsely die Glückwünsche aller wahr. Er fühlte sich, wie auf seiner eigenen Beerdigung, als er mit Amanda vor dem Bischof niederknien musste, um dessen Segen zu empfangen. Als sie alle Champagnergläser in den Händen hielten, um auf das junge Glück zu trinken, fühlte der Doctor, dass die Talbots ihn etwas zweifelnd anschauten. Kurz darauf waren Patricia und Amanda umringt von den Gästen, die erstaunt hörten, dass Dr. Worsely schon lange ein Auge auf Amanda geworfen habe, wie Patricia in den schillerndsten Farben schilderte. Amanda stand lediglich dabei und machte ein süßsaures Gesicht. Erst als es darum ging, wie Dr. Worselys Schloss eingerichtet werden sollte, wurde sie lebhaft.
Der Doctor stand am Fenster, starrte in den Garten und wünschte sich sehnlichst zu den Antipoden, wenn er dort nur mit Angela sein könnte.
Da trat der Bischof zu ihm. „Dr. Worsely, ich möchte Ihnen nicht zu nahe treten, aber ich habe in meiner langen Zeit als Geistlicher schon glücklichere Bräutigame gesehen. Gibt es etwas, das Sie mir sagen möchten?"
„Nein, Bischof. Da gibt es nichts. Verzeihen Sie mir." Mit einer kurzen Verbeugung wandte er sich ab und ließ den alten Mann stehen, der nun erst recht davon überzeugt war, dass hier etwas nicht stimmte. Er wechselte einen kurzen Blick mit seiner Frau, die dem hinauseilenden Doctor besorgt nachschaute.
Auch der Reverend hatte das Verschwinden des Doctors bemerkt. An der

Tür erreichte er ihn und raunte ihm zu: „Versuchen Sie nicht zu fliehen!"
Ärgerlich riss Dr. Worsely sich los. Für einen Moment starrte er ihn traurig an. „Wissen Sie, was mich wundert? Dass wir beide so lange befreundet sein konnten, ohne festzustellen, dass wir einander vollkommen fremd sind."
Als er endlich auf seinem Pferd saß, glaubte er an einen Albtraum. Er musste Angela sehen. Sie würde es bald erfahren. Er wollte aber, dass sie es von ihm erfuhr, denn er hoffte, ihr das Unerklärliche erklären zu können. Aber gab es denn Worte für dieses grauenhafte Geschehen? Seine einzige Hoffnung war, dass es ihm gelingen würde, Angela und Emily irgendwie in Sicherheit zu bringen, denn im Hause des Reverends sollten sie auf keinen Fall bleiben.
Wie immer klopfte er an die Tür des Dienstboteneingangs. Da öffnete ihm Mrs. Elridge.
„Oh, Dr. Worsely! Wir haben es soeben gehört!" jubilierte die alte Frau. „Lady Cumberland war so freundlich, sofort einen Boten herzuschicken. Und wie überaus großzügig, uns alle morgen zu einer kleinen Nachfeier einzuladen, bei der auch Ihre Verlobung gebührend gefeiert werden soll. Erlauben Sie mir, dass ich Ihnen im Namen der gesamten Dienerschaft gratuliere. Auch ganz ausdrücklich im Namen von Mrs. Summerset."
Dr. Worsely hatte sich nie elender gefühlt. „Kann ich sie sprechen?"
„Nein, das nicht. Aber sie bat mich, Ihnen das hier zu geben. Es ist wohl die wöchentliche Rate, die sie Ihnen zahlt und da ist noch etwas in einem Umschlag. Sicher ein Glückwunsch."
Sie überreichte ihm die Dinge. „Danke, Mrs. Elridge. Ich danke Ihnen. Grüßen Sie bitte alle von mir. Vor allem Mrs. Summerset."
Er ging. Er sprengte auf seinem Pferd nach Hause, um sich in seinem Zimmer zu vergraben. Dort legte er das Geldstück zu den anderen, die er für Emily aufbewahrte. Dann öffnete er den Umschlag. Er wusste schon, was darinnen war: ihre Halskette. Sonst nichts. Kein Wort. Doch diese Kette war beredt genug. Nun endlich wurde ihm diese Geste klar. Sie hatte immer erst eine Hand, dann die andere Hand über die Kette gelegt und sich verneigt. Diese Kette bedeutete ihr nicht mehr nur eine Erinnerung an Tom, sie

war für Angela immer auch eine Erinnerung an ihn selbst gewesen. Wie ein Liebespfand von ihm hatte sie die Kette getragen. Sie hatte ihn geliebt! Aber sie war zu stolz gewesen, sein bescheidenes Werben als solches zu erkennen. Zu abwegig war ihr erschienen, dass er nur die ehrenhaftesten Absichten haben könnte. Wahrscheinlich hatte sie ihn sogar vor sich selbst schützen wollen. Ein Worsely, der ein Schloss im Norden Englands besaß, konnte dort schlecht mit einer Näherin ankommen, selbst wenn er sie geheiratet hatte. Das waren sicher ihre Gedanken gewesen. Wenn sie nur wüsste, wie verdammt gleichgültig ihm diese Dinge waren. Er wälzte Möglichkeiten in seinem Kopf um und um. Gab es ein Entkommen aus den Fängen der Arlingtons? Er hatte keine Fluchtgedanken, wie der Reverend sie ihm unterstellt hatte. Es musste möglich sein, diese Intrige aufzudecken. Nur wie? Sein Blick fiel auf ein Tablett mit Speisen, die Mrs. Woodrow ihm hingestellt haben musste. Er hatte nicht einmal bemerkt, wie sie eingetreten war. Sie alle gingen wie auf Zehenspitzen, seit er ihnen von seinem Schicksal berichtet hatte. Ein Lächeln huschte über sein Gesicht, als er an Mrs. Woodrows Reaktion dachte. „Die soll mir nur kommen, diese Gans!“
Die Dämmerung hatte sich des Hauses bemächtigt, und Dr. Worsely hatte das Gefühl, in eine nicht enden wollende Nacht hineinzutaumeln. Die schrecklichen Geschehnisse und die damit verbundenen Konsequenzen stiegen wieder in ihm auf: Amanda und Patricia hatten beschlossen, dass er Amanda in Devon heiraten sollte und in Arlington Manor die Feier stattfinden würde. Danach sollte er mit Amanda nach Nordengland gehen, um dort auf dem Schloss seiner Familie zu leben. Sein einziger Trost war, dass dieses Schloss groß genug war, um sich aus dem Weg zu gehen. Aber was würde dann aus Angela und Emily? Er konnte sie nicht mit sich nehmen, denn Angela würde nicht an seine ehrenhaften Absichten glauben. Das konnte er ihr nicht verdenken. Aber sie hier zu lassen? Jetzt, da der Reverend wusste, dass er sie liebte? Und wenn er es wusste, würde er es sicher auch seiner feinen Gemahlin sagen. Er traute Patricia alles zu, nur kein Mitgefühl.

Kapitel 19

Miss Young stand am Fenster und genoss für einen Moment die Stille der Nacht. Die Ruhe legte sich wie ein Balsam auf ihre aufgescheuchte Seele. Ihre Lüge lastete schwer auf ihr, aber die Drohungen der Arlingtons noch schwerer. Wie lange würde sie die Schikanen dieser Familie noch ertragen können? Sie war nicht mehr die Jüngste. Sie war es nun, die die schweren Eimer mit den Inhalten der Nachttöpfe der ganzen Familie hinuntertragen und säubern musste. Patricia ließ es sich nicht nehmen, sie dabei zu beaufsichtigen und ihr zu befehlen, dass sie die Eimer und Nachtgeschirre gefälligst gründlicher säubern solle. Sie war jetzt die niedrigste der Mägde, musste die widerlichste, schmutzigste Arbeit tun, ständig unter der Bedrohung, von James wieder belästigt zu werden, wenn es nur dunkel genug war. Ihre Hände krampften sich um den Fensterrahmen. Da hörte sie draußen Schritte. Schon wollte sie sich zurückziehen, da sah sie Patricia und James in trauter Zweisamkeit. Sie hatte sich bei ihrem Bruder untergehakt; die beiden boten ein Bild vollkommener Geschwisterliebe.

„Jetzt hast du alles erreicht, was du wolltest, liebe Schwester. Bist du nun zufrieden?“ fragte James und sah Patricia über den Rand seines Kristallglases hinweg an.

„Ja. Ich bin zufrieden. Ich habe den Reverend geheiratet, Amanda wird den Doctor heiraten, und wenn alles gut geht, wird er das Kind für ein Frühchen halten.“

„Unterschätzt du ihn da nicht? Er ist Arzt.“

„Kinder, die nach acht Monaten zur Welt kommen, sind lebensfähig. Dann ist es eben ein kräftiges Kind. Amanda ist deutlich kleiner als er. Dann kommt das Kind ganz nach seinem stattlichen Vater und hatte nach acht Monaten keinen Platz mehr im Bauch seiner kleinen Mutti.“

„Aber was, wenn wir auffliegen?“

„Wie sollten wir auffliegen? Es weiß doch niemand etwas davon, und Lord Essex wird einen Teufel tun, etwas zu sagen."
„Miss Young ist die Einzige, die davon weiß. Meinst du nicht, sie könnte reden?"
Die alte Anstandsdame lauschte mit angehaltenem Atem.
„Miss Young schenke ich dir. Tu mit ihr, was du willst, aber sorge dafür, dass sie nichts davon erzählen kann."
In diesem Moment rieselte ein eisiger Schauer durch Miss Youngs Inneres. Nicht nur, dass in diesem Moment panische Angst von ihr Besitz ergriff, nein, sie gruselte sich bei dem Gedanken, dass sie so viele Jahre im Dienste solcher Monster verbracht hatte.
„Was ist mit dieser Angela Summerset? Mein Gemahl sagte mir, dass der Doctor diese Frau liebt und ihr sogar einen Heiratsantrag machen wollte."
Die beiden sahen sich an und brachen in Gelächter aus. „Kannst du dir einen größeren Narren vorstellen? Am Ende wollte er sie noch in sein Schloss bringen. - Zumindest könnte sie das Schloss mit Vorhängen und Kissen ausstatten."
„Aber sicher doch, liebe Schwester. Mrs. Angela Summerset wird morgen Abend erledigt. Ich habe alles vorbereitet. Mr. Crawford wird ebenfalls hier sein, für den Fall, dass Mrs. Summerset es sich antut, zur Verlobungsfeier ihres Liebsten zu kommen. Aber wir können wohl davon ausgehen, dass sie ganz alleine in Friarswell zurückbleiben wird. Dann wird Crawford sie von dort entführen."
„Wohin?"
James flüsterte seiner Schwester etwas ins Ohr, worauf sie mit gespielter Entrüstung reagierte.
„Dorthin werden wir auch Miss Young bringen. Das wird ein Spaß, diese beiden ehrenwerten Damen dort zu haben. Cheers, liebe Schwester!"
„Alles nacheinander. Nehmt euch nicht zu viel auf einmal vor. Lass Crawford zuerst Angela und ihr scheußliches Blag dorthin bringen. Wenn sich die Wogen über ihr Verschwinden geglättet haben, holst du Miss Young. Es wäre

vielleicht zu auffällig, wenn beide zur gleichen Zeit verschwinden. Nicht, dass mein Gemahl Unrat wittert. Er darf von dieser Sache nichts erfahren. Außerdem habe ich gar zu viel Freude daran, Miss Young zu quälen."

*

Am nächsten Abend musste Dr. Worsely wohl oder übel nach Arlington Manor. Mrs. Woodrow, Mr. Pullings und Mr. Hamilton kamen mit, um ihm in dieser schweren Stunde beizustehen, wie Mr. Pullings sagte. Wieder war das Haus voll, die Tafel bog sich unter der Last der Köstlichkeiten, Musiker spielten, und das alles ekelte Dr. Worsely grandios an. Selbst der französische Kerker, in dem er einmal gelegen hatte, wäre ihm nun willkommen, wenn er nur Amanda los gewesen wäre.
Die Dunkelheit kroch in Angelas Zimmer. Nein, sie wollte auf keinen Fall sehen, wie diese Amanda an Dr. Worselys Arm hing und mit klimpernden Lidern zu ihm aufschaute. Emily schlief friedlich, während Angela im Schein einer Kerze ihre Tasche packte. Sie wollte nicht im Haus des Reverends bleiben, wo immer wieder der Doctor auftauchen konnte. Das würde jetzt sicher umso öfter geschehen. Nein, sie wollte ihn nie mehr wiedersehen, sondern gleich morgen früh zurück nach Devon gehen und bei der Schneiderei fragen, ob sie wieder Arbeit für sie hätten. Aber wäre sie in Devon sicher, nicht mehr Dr. Worsely zu begegnen?
„Mama, was tust du da?", fragte Emily schlaftrunken.
„Ich packe unsere Sachen zusammen. Morgen müssen wir früh los."
„Aber wieso denn? Müssen wir fort von hier?"
„Ja, Emily. Wir müssen gehen. Hier können wir nicht länger bleiben."
„Aber Rufus hat mir versprochen, dass ich seine Mandarinen probieren darf. Sie sind noch nicht reif; erst in ein paar Wochen kann ich sie essen, hat er mir gesagt."
„Emily, Mandarinen sind nicht für Leute wie uns. Wir essen Äpfel, wenn wir welche kriegen können."

„Was heißt das, Leute wie uns? Sind wir denn anders als Rufus?"
„Nein, wir sind nicht anders als Rufus, aber wir sind sehr viel anders als Reverend Cumberland", - ‚oder Dr. Worsely', fügte sie in Gedanken hinzu. „Bitte, schlaf jetzt. Morgen früh musst du ausgeruht sein."
Emily legte sich zwar zurück auf ihr Kissen, schlief aber nicht, sondern schaute ihrer Mutter zu.
In Angelas Kopf überschlugen sich die Gedanken. Am besten machte sie sich bald auf den Weg, um weiter weg eine Arbeit zu finden. Vielleicht konnte sie Dr. Glenshaw bitten, sie mit nach London zu nehmen? Dann könnte sie jederzeit Toms Grab besuchen, und in der großen Stadt würde sie sicher bald eine Arbeit finden.
Da hörte sie, wie eine Kutsche kam. Wieso kamen sie so früh zurück? Beunruhigt lauschte sie in die Finsternis. Jemand sperrte die Tür des Dienstboteneinganges auf, dann hörte sie für eine Weile nichts als ihren eigenen Herzschlag, der immer schneller wurde. Wer war das? Schritte kamen die Treppe herauf, Türen wurden geöffnet und wieder geschlossen, als sei jemand auf der Suche nach etwas. Nach ihr? Natürlich hatte sie ihre Tür nicht abgeschlossen. Aber es musste doch jemand sein, der zum Haus gehörte, wenn er einen Schlüssel hatte.
„Mrs. Summerset!" rief jemand. „Hier ist Mr. Elridge. Der Reverend hat mich geschickt, Sie zu holen."
Angela öffnete die Tür. „Mr. Elridge, bitte seien Sie mir nicht böse, aber ich kann nicht kommen. Emily schläft schon, und…" Da gewahrte sie, dass Mr. Crawford und Mr. Arlington auf sie zukamen. Sie wollte die Tür zuschlagen, die beiden waren schneller und drängten sich in das Zimmer. Schützend stand Angela vor Emily, die sich weinend an ihre Mutter klammerte. An Mr. Crawford erinnerte sie sich zu gut. „Nein, tun Sie meinem Kind nichts, ich bitte Sie. Nehmen Sie mich mit, aber lassen Sie Emily hier. Ich flehe Sie an." Seine Faust kam so schnell, dass Angela nicht ausweichen konnte. Sie spürte einen Schlag, dessen Wucht ihr den Atem nahm, dann wurde es Nacht um sie.

Kapitel 20

„Miss Arlington, wo ist Ihr Bruder? Sollte er nicht an der Verlobungsfeier seiner Schwester teilnehmen?“ fragte der Reverend.
„Ich weiß nicht, wo er ist. Er war vor kurzem noch am Büfett. Vielleicht ist er draußen im Garten.“ Amanda nippte an ihrem Wein. Sie schien ein wenig nervös zu sein, denn ihre Augen huschten unruhig durch den Saal.
„Und Miss Young?“ forschte der Reverend weiter, während Dr. Worsely unbeteiligt dabei stand. Ihn interessierten weder James noch Miss Young. Er hätte sie alle beide am liebsten erwürgt. Zu allem Unglück gesellte sich auch Patricia zu ihnen, die ihm mit einem triumphierenden Lächeln zuprostete.
„Ach, sie ist schon ein altes Mädchen. Das hier ist viel zu viel Aufregung für sie!“ antwortete Patricia schnell. „Wer möchte Champagner?“ Dr. Worsely stutzte. Offensichtlich war Patricia bemüht, den Reverend von Miss Young abzulenken. Erstens war Miss Young noch lange kein altes Mädchen und zweitens würde sie sich die Verlobungsfeier ihres Schützlings, die sie so schlau mit eingefädelt hatte, nicht entgehen lassen.
Doch da tauchte plötzlich Miss Young auf. Zielstrebig ging sie auf Bischof Talbot zu. Bei diesem Anblick erstarrte Patricia für einen kurzen Augenblick, dann verließ sie die kleine Runde, um so eilig auf Miss Young zuzugehen, dass es schon etwas Undamenhaftes hatte. Dies weckte Dr. Worselys Interesse erst recht. Offensichtlich wollte Patricia auf keinen Fall, dass Miss Young, die deutlich derangiert war, mit dem Bischof sprach. Da spürte er, dass Amanda seinen Arm festhielt. Ärgerlich machte er sich los und ging ebenfalls zu dem Bischof, der sich freundlich zu Miss Young wandte.
„Gehen Sie, Miss Young! Sofort!“ hörte er Patricia zischen. Und zu dem Bischof gewandt sagte sie mit süßem Lächeln: „Verzeihen Sie, die Dame ist verwirrt. Sie wird Sie nicht belästigen.“
„Ich muss mit dem Bischof reden. Ich muss mein Gewissen erleichtern“, rief

Miss Young schrill.
„Miss Young. Dies ist eine Feier. Der Bischof ist jetzt nicht im Dienst!“ Patricia war nun wirklich ärgerlich.
„Lady Cumberland!“ sagte Bischof Talbot sehr ernst und stellte sein Glas ab. „Am besten gewöhnen Sie sich sofort daran, dass ein Mann Gottes niemals außer Dienst ist. Außerdem macht diese Frau auf mich keinen verwirrten Eindruck. Sie ist offensichtlich nicht verwirrt, sondern unglücklich. Ich schlage vor“, sagte er zu Miss Young gewandt, „wir gehen in ein Nebenzimmer und sprechen in Ruhe.“
„Nein!“ schrie Patricia, so dass alle im Raum verstummten und sich ihr zuwandten. Der Reverend trat auch hinzu, sichtlich beunruhigt um seinen Ruf.
„Lassen Sie nur, Bischof Talbot, ich kann Miss Young auch die Beichte abnehmen. Kommen Sie, Miss Young!“ Schon wollte er sie am Arm nehmen, doch Miss Young wehrte sich heftig. „Nein, ich will mit dem Bischof sprechen!“
„Miss Young möchte jetzt wieder auf ihr Zimmer gehen.“ Die Verzweiflung sprach überdeutlich aus Patricias Stimme.
„Jetzt haben Sie erst recht mein Interesse geweckt, Lady Cumberland, Reverend“, sagte Bischof Talbot. „Kommen Sie, Miss Young!“ Er führte sie hinaus.
„Spielt doch! Spielt!“ wütete Patricia den Musikern entgegen, die diesem Befehl sofort nachkamen. Die Gäste lösten sich langsam und widerstrebend aus ihrer Erstarrung, Unterhaltungen wurden schleppend wieder aufgenommen.
Der Doctor starrte noch immer auf die Tür, durch die der Bischof gerade mit Miss Young verschwunden war.
„Es wäre furchtbar unangenehm, wenn Miss Young nun ihr Versagen als Anstandsdame beichten würde, nicht wahr?“ Der Reverend hielt Dr. Worsely einen Whisky hin.
„Das mag sein, Reverend. Noch viel unangenehmer wird es allerdings für Sie und die Arlingtons, wenn sie die ganze Wahrheit beichten wird. Darauf

kann ich nur hoffen“, erwiderte Dr. Worsely. Damit wandte er sich ab, den Whisky verschmähend.
„Darf ich die leise Hoffnung nähren, dass Sie den Fängen dieses widerlichen Clans entkommen?“ flüsterte Mrs. Woodrow ihm zu.
„Wenn Gott uns gnädig ist, könnte das geschehen, liebe Mrs. Woodrow.“

*

Als Angela wieder zu sich kam, war es stockfinster um sie herum. Es roch nach Moder und den feuchten Steinen, die sie in ihrem Rücken spürte und die ihr scharfkantig in die Haut stachen. Sie war nackt. Man hatte ihre Handgelenke gefesselt, sodass sie mit ausgestreckten Armen an der Wand hing. Als sie sich ihrer Lage bewusst wurde, traf sie die Angst wie eine kalte Faust. Wo war Emily? Verzweifelt riss sie an den Fesseln, doch die Seile schnitten nur noch tiefer in ihre Haut ein. Da wehte ihr der Gestank von Blut in die Nase. Was war das für ein Raum? Was geschah hier? Offensichtlich war sie nicht die erste, die hier hing.
Sie erschrak, als etwas sie am Fuß berührte. Dann spürte sie einen Biss. Sie schrie auf und trat um sich. Ihr Fuß berührte ein Tier, das laut aufquiekte. Eine Ratte! Wie viele waren wohl hier? Wie lange würde man sie hier hängen lassen? Würde man sie den Ratten überlassen?
Da hörte sie Schritte. Ihr Inneres verkrampfte sich.

*

Dr. Worsely beobachtete lauernd die Tür, durch die Bischof Talbot und Miss Young verschwunden waren. Amanda wollte mit ihm tanzen, doch er wehrte sie ärgerlich ab.
„Mit etwas Glück werde ich nie wieder mit Ihnen tanzen“, knurrte er verächtlich.
Da erschien der Bischof. Sein suchender Blick hatte sofort den Doctor und

den Reverend entdeckt. Mit einem Nicken bat er die beiden zu sich. Als er die Tür geschlossen hatte und sie allein auf dem Korridor standen, schaute er ernst von einem zum anderen. Aus dem Nebenzimmer hörte man deutlich Miss Youngs Schluchzen.

„Was Miss Young mir soeben eröffnet hat, ist kaum zu glauben. Wenn Sie, Dr. Worsely, nach wie vor Amanda Arlington ehelichen möchten, dann…"

„Nein, auf keinen Fall. Miss Young hat also die Wahrheit gesagt."

„Das hat sie. Und in kurzen Zügen erzählte Bischof Talbot die ganze schreckliche Intrige, die ihren Anfang in London genommen hatte, bis hin zu dem Abend, an dem sie Dr. Worsely das Schlafmittel in den Wein gemischt hatten.

„Mr. Crawford!" rief Dr. Worsely und schlug sich an die Stirn. „Ich habe mir die ganze Zeit das Hirn zermartert, wer dieser Mann war. „Jetzt wird mir alles klar!"

„Wieso erzählt sie das erst jetzt?" fragte der Reverend streng und wenig überzeugt.

„Die Arlingtons haben sie mit Drohungen zum Schweigen gebracht und ihr seither das Leben zur Hölle gemacht. Als Miss Young ein Gespräch zwischen James und Patricia belauscht hat, war ihr klar, dass ich ihr einziger Ausweg bin. Zu Ihnen, Reverend, hatte sie nicht genügend Vertrauen."

„Ich möchte sie sehen", sagte Dr. Worsely. „Ich möchte ihr danken."

Bewegt trat er in das Zimmer, in dem Miss Young auf dem Sofa saß und sich die Nase putzte. „Miss Young, ich danke Ihnen. Ich kann Ihnen gar nicht sagen, wie sehr ich Ihnen danke."

„Vergeben Sie mir, Dr. Worsely, ich hatte zu große Angst. Die Arlingtons haben mich gezwungen, falsch gegen Sie auszusagen."

Erschüttert stand der Reverend in der Tür.

„Da ist noch etwas, das ich Ihnen sagen muss", schluchzte Miss Young erneut auf. „Es geht um eine Frau, eine Mrs. Angela Summer… ich weiß den Namen nicht mehr."

„Angela Summerset. Was ist mit ihr?" fragte Dr. Worsely alarmiert.

„Mr. Arlington will sie verschwinden lassen."
Die Angst packte Dr. Worsely so hart, dass er für einen Moment den Boden nicht mehr spürte.
„Was? Was hat er mit ihr vor?"
„Fragen Sie Lady Cumberland, ich weiß es nicht."

*

Angela hörte die Schritte näher kommen, dann öffnete sich die Tür und eine Frau trat ein. Die Laterne, die sie in ihrer Hand hielt, beschien ein Kleid, das mehr zur Schau stellte als verbarg. Das konnte nur eine … Angela wagte es nicht einmal zu denken.
„Du bist Angela, nicht wahr?" flüsterte sie. Angela nickte überrascht. „Woher kennen Sie meinen Namen?" Doch die Frau wischte Angelas Frage mit einer leichten Handbewegung fort. „Ich bin Cody."
„Wo ist mein Kind? Ich flehe Sie an, sagen Sie mir, wo mein Kind ist."
Cody zögerte.
„Bitte!" flüsterte Angela.
„Sie ist bei mir. Ich werde sie beschützen so lange ich kann."
Angela schrie gequält auf. Was wird mit ihr geschehen, wenn Sie sie nicht mehr beschützen können?"
„Ich weiß es nicht. Ich werde versuchen, sie fortzubringen, raus aus diesem Haus."
„Bitte, versuchen Sie, das Kind zu Dr. Worsely zu bringen. Bei ihm wäre sie gut aufgehoben. Können Sie mir das versprechen?"
„Ich kann dir versprechen, das zu versuchen. - Trink das, dann wirst du es leichter ertragen."
„Was ist das?"
„Mach schon! Wenn sie mich bei dir erwischen, bin ich die Nächste, die hier hängt."
„Was wird mit mir geschehen?"

„Das willst du nicht wissen. Trink jetzt! Schnell!“ Sie hielt ihr einen Becher an die Lippen, aus dem es beißend roch. Gehorsam trank sie. Es war offensichtlich starker Alkohol, denn es brannte höllisch in ihrem Mund. Als die Frau verschwunden war, spuckte Angela das Zeug wieder aus. Sie musste einen klaren Kopf behalten, um sich gegen die Ratten zu wehren. Und auch um Emily zu retten.

*

In Arlington Manor war die Feier scheinbar wieder in vollem Gang, als der Reverend seine Gemahlin ins Nebengemach rufen ließ. Wenige Augenblicke später stand Patricia im Raum. Krampfhaft versuchte sie noch immer, ihre Fassade aufrecht zu erhalten.

„Was habe ich mit all dem zu tun?“ fragte sie gebieterisch.

„Wo ist Angela Summerset?“ herrschte Dr. Worsely sie an.

„Ich kann es Ihnen nicht sagen. Sie wollte doch in Friarswell bleiben.“

„Wo?“ schrie Dr. Worsely und packte sie bei den Schultern.

„Wenn Sie uns jetzt helfen, Angela und Emily in Sicherheit zu bringen, dann werde ich Ihnen vielleicht verzeihen“, sagte der Reverend eisig.

„Geben Sie auf, Lady Cumberland. Es ist vorbei“, sagte Bischof Talbot. „Sagen Sie uns, wo Mrs. Summerset ist.“

„Sie ist im Hurenhaus.“

„Waffen! Sind hier irgendwo Waffen im Haus? Säbel, Pistolen?“

„Hier nebenan hängen Säbel an der Wand und ein paar Pistolen“, antwortete der Reverend.

Dr. Worsely stürzte hinaus.

„Mr. Pullings! Mr. Hamilton!“ schrie er kurz darauf durch den Saal. Die beiden setzten sofort ihre Teller ab und kamen auf ihn zu. Er warf ihnen die Säbel zu und schnallte sich selbst einen um, dann verteilte er die Pistolen.

„Es ist doch hoffentlich nichts Ernstes passiert?“ rief Mrs. Elridge. Mrs. Woodrow traute ihren Ohren nicht. Sie konnte nur hoffen, dass dieser Alb-

traum jetzt ein Ende nahm.
„Mrs. Woodrow, nach Hause!“ befahl der Doctor.
„Wollen Sie ihm etwa folgen?“ fragte der Reverend entsetzt, als auch der Bischof sich anschickte, zu gehen. „Wir sind Männer Gottes. Wir können doch nicht...“
„Seien Sie ein Mann Gottes und genießen Sie Ihr beschauliches Landleben. Ich bin ein Mann der Menschen.“ Er eilte den Männern hinterher. Im Vorbeigehen sagte er seiner Frau: „Ich bin gleich wieder da.“
„Wohin gehen denn die Männer?“ fragte die Frau des Bischofs.
„Ins Hurenhaus“, erwiderte Patricia mit einigem Hohn und wollte den Schrecken auf dem Gesicht der alten Lady genießen, doch Mrs. Talbot hob nur eine Augenbraue.
„Da ist immer viel zu tun. Aber wie ich hörte, macht sich Ihr Gemahl dort nicht die Finger schmutzig.“
Noch während Patricia über die Worte der Dame empört sein wollte, trat Mrs. Woodrow zu den beiden.
„Mrs. Talbot, möchten Sie mich ins Haus des Doctors begleiten? Ich denke, in diesem ehrenwerten Haus möchten Sie nicht bleiben, nicht wahr?“
„Sicher! Und wir sollten keine Zeit verlieren. Am besten nehmen wir auch Miss Young mit. Ich hatte den Eindruck, dass sie Angst hat“, erwiderte Mrs. Talbot und ging, um Miss Young zu holen.
„Schließen Sie besser Ihren Mund, Lady Cumberland, denn sonst sehen Sie genau so dümmlich aus, wie Sie tatsächlich sind!“ zischte Mrs. Woodrow und ging hoch erhobenen Hauptes davon.
Dieser Aufruhr beendete die Feier schlagartig. Niemand ließ sich von Patricia zurückhalten, die immer wieder die Gäste aufforderte zu bleiben und nach Musik verlangte. Als der Raum leer war, trat der Reverend auf sie zu.
„Sie haben das gewusst, als Sie mit mir vor den Altar getreten sind. Ich war eine Spielfigur, die Sie genau so benutzt haben wie Miss Young und Dr. Worsely. Sie haben meinen Namen, den ich in den letzten Jahrzehnten so mühsam wieder reingewaschen habe, erneut besudelt.“

„Vergeben Sie mir! Sie haben mir gesagt, Sie würden mir vergeben", flehte sie weinend.
„Ich sagte vielleicht." Brüsk wandte er sich ab und verließ mit den anderen Gästen Arlington Manor, um nie mehr einen Fuß in dieses Haus zu setzen.

*

Angela wusste nicht, wie lange sie schon in der Finsternis gefangen war. Kaum drangen Geräusche zu ihr, geschweige denn ein Lichtstrahl. Wahrscheinlich war es ohnehin noch Nacht. Die Ratten konnte sie sich vom Leib halten, indem sie immer wieder nach ihnen trat, wenn sie ihr zu nahe kamen. Da hörte sie wieder Schritte. Sie kamen näher. Das waren keine Frauenschritte. Ein Mann mit einem großen Kerzenleuchter in der Hand trat ein: Mr. James Arlington. Er hielt den Leuchter so dicht vor ihr Gesicht, dass sie vor den Flammen zurückwich, so weit es ihre Fesseln zuließen.
„Die tugendhafte Mrs. Angela Summerset!" sagte er genüsslich. „Keine Angst, die Flammen sollen Ihr Gesicht nicht entstellen - noch nicht", fügte er hinzu. „Ich wollte mir lediglich anschauen, welche Spuren Crawfords Zärtlichkeiten in Ihrem Gesicht hinterlassen haben. - Schrecklich. Aufgeplatzte Lippen, ein blaues Auge und … oh, ihre Wange sieht scheußlich aus. Da hat er wohl sehr fest zugeschlagen."
„Was haben Sie mit meinem Kind gemacht, Sie Teufel?"
„Ich gar nichts. Noch nicht. Im Augenblick kümmert sich Mr. Crawford um die Kleine."
„Nein!" schrie Angela. „Tun sie mit mir, was immer Sie wollen, aber lassen Sie mein Mädchen gehen."
„Wissen Sie, Mrs. Summerset", fuhr er fort, als sei er ein ehrenwerter Geschäftsmann, der ein Angebot unterbreite, „Sie sind nicht in der Situation zu verhandeln oder Bedingungen zu stellen. Wir haben Ihre kleine Emily. Und wir können mit Ihnen und mit ihr alles tun, was uns einfällt. Wir könnten Sie dabei zusehen lassen."
„Sie sind vollkommen wahnsinnig."

„Ach, aber da wir gerade vom Zusehen sprechen. Ich glaube, wir bekommen Zuschauer."
Tatsächlich hörte Angela die Schritte vieler Männer vor der Tür. Sie näherten sich. Angela konnte Mr. Arlington nur entsetzt anstarren.

*

Die vier Reiter näherten sich Devon.
„Dr. Worsely, lassen Sie uns die Polizei zur Verstärkung holen", sagte der Bischof. „In Hurenhäusern gibt es üblicherweise kräftige Burschen, die für Ordnung sorgen. Wenn wir jetzt da hineingehen und Unordnung machen wollen, ist es besser, noch ein paar Männer mehr zu haben."
„Sie haben recht, Bischof. Das wird uns zwar Zeit kosten, aber es ist sicherer für alle."
Vor der Polizeiwache zügelten sie ihre Pferde, und nur wenige Augenblicke später folgte ihnen Constable Rogers mit drei Männern.

*

Angela war kaum noch bei Sinnen vor Angst und Schmerzen. Konnte man vor Scham sterben? Da standen Männer vor ihr; Männer, denen man ansah, dass sie bei Tageslicht respektable Persönlichkeiten waren. Jetzt waren sie gut geschützt in der Finsternis; niemand half ihr. Sie hatte um Hilfe geweint, gefleht, gebettelt, aber niemand stand ihr bei, als Arlington sich an ihr austobte. Nur noch wie durch einen Schleier nahm sie seine Schläge wahr. Sie dachte an Emily. Ob es Cody gelingen würde, sie zu Dr. Worsely zu bringen? Ob Dr. Worsely sich um sie kümmern würde? Er konnte nicht zulassen, dass es Emily genau so erging wie ihr selbst.

*

Dr. Worsely stürmte mit gezücktem Säbel den Männern voran in das Haus; die Wächter, von denen der Bischof gesprochen hatte, wollten ihn aufhalten, wurden jedoch von Rogers und seinen Männern daran gehindert. Für einen Moment schaute sich Dr. Worsely in dem großen Raum um, dessen lüstern - schwüle Atmosphäre ihm Übelkeit verursachte. Verwundert stellte er fest, dass der Raum leer war. Er hätte hier wenigstens ein paar Kunden vermutet.

Hinter der Theke sah er diese Madame Lulu.

„Wo?“ herrschte er sie an. „Wo ist sie?“

„Aber ich weiß gar nicht, wovon Sie sprechen, liebster Herr Doctor“, flötete sie und sah sich hilfesuchend nach ihren Wächtern um, die natürlich nicht kamen. Die alte Frau schreckte zurück, als Dr. Worsely die Pistole zückte. „Wo ist Angela Summerset?“

„Folgen Sie mir!“ sagte eine junge Frau. Er tat es. „Cody, du bist gefeuert!“ schrie Madame Lulu ihr hinterher.

Die vier Männer folgten Cody eine Treppe hinunter, gleich darauf hörten Sie die Schritte des Constables hinter sich. „Die Kerle tun keinem mehr was.“

„Hier entlang“, sagte Cody. Dr. Worsely versuchte, einen kühlen Kopf zu behalten, auch wenn er zweifelte, dass ihm das gelingen würde. Die Frau stieß eine Tür auf, dann verlor Dr. Worsely augenblicklich seinen kühlen Kopf. Bilder seiner eigenen Gefangenschaft und Folter schossen ihm durch den Kopf. Er wusste nur zu gut, wie sich eine Peitsche anfühlte. Er feuerte seine Waffe ab, der Schuss ließ alle zusammenzucken. Er hatte in die Wand geschossen, obwohl er liebend gerne Arlingtons Schädel zerfetzt hätte. Er schlug ihm die Waffe ins Gesicht, sodass der Mann ohne einen Laut zu Boden ging. Dann reichte er die Pistole Mr. Pullings, der nun zwei Pistolen auf die Männer richten konnte, während der Bischof, Mr. Hamilton, und die Polizisten die sonderbare Versammlung unter Kontrolle hielten. Dr. Worsely ergriff Angelas Handgelenk und zerschnitt die Fessel mit seinem Säbel. Blutüberströmt und bewusstlos sank sie an seine Brust. Er drückte sie an sich, um auch die andere Fessel lösen zu können. Da zog der Bischof seinen Mantel aus, damit der Doctor Angela darin einhüllen konnte. Als er sie auf seine Arme genommen hatte, wandte er sich den Männern zu, die stumm

und wie hypnotisiert noch immer in der Finsternis standen, doch die Augen des Doctors hatten sich an die Dunkelheit gewöhnt, und er erkannte die Honoratioren der Stadt.
„Welch ehrenwerte Runde! Dr. Glenshaw, Richter Forbes, die Anwälte - Rogers! Sogar Ihr Vorgesetzter ist hier! Ein paar Stadträte und natürlich auch die Herren von der Bank. Ihr seid wirklich der armseligste, widerwärtigste, kranke Haufen Scheiße, der mir je begegnet ist."
Damit wollte er sich zum Gehen wenden, doch da hielt Dr. Glenshaw ihn zurück. Er hatte sich als erster wieder gefasst und trat auf Doctor Worsely zu. Dabei versuchte er, seine Hose zu richten. Dr. Worsely wurde übel.
„Mein lieber Herr Kollege! Ich muss Sie hoffentlich nicht an Ihre Schweigepflicht erinnern!"
„Ich bin nicht Ihr Kollege und Ihr ‚lieber' schon gar nicht. Ich bin hier nicht als Arzt, und Sie sind nicht meine Patienten. Zumal ich für Geistesstörungen, wie krankhafte Bigotterie, krankhafte Feigheit und eine derartig kranke, abartige Geilheit, gar nicht ausgebildet bin. Und ich rate Ihnen allen eines: Sie werden Mrs. Summerset in Zukunft mit ausgesuchtester Höflichkeit begegnen und sie behandeln als sei sie eine Herzogin. Wenn die Herren uns jetzt bitte entschuldigen würden! Ich habe leider nicht genug gegessen, als dass ich so viel kotzen könnte, wie ich bei Ihrem Anblick gerne möchte!"
„Gehen Sie nur, Dr. Worsely, wir werden uns um diesen Abschaum kümmern und keinen entkommen lassen", sagte der Bischof, indem er sich wieder zu den Männern umwandte, unter denen er auch den Reverend aus Devon erkannt hatte.

In der Halle angekommen, bettete Dr. Worsely Angela auf eines der Sofas, das ihm sauber erschien.
„Constable Rogers, würden Sie bitte Mrs. Summerset mit Ihrem Leben bewachen? Wir holen Emily."
„Natürlich!"
Cody führte sie nun eine Treppe hinauf und in ein Gemach, in dem ein

riesiges Bett stand. Die feinen, samtenen Vorhänge, der Kerzenleuchter, die Kristallgläser auf dem Tisch standen in bizarrem Gegensatz zu dem, was dort auf dem Boden lag. Mr. Crawford lag mit seinem Schädel in einer Blutlache, neben ihm die Kristallflasche, die ihren Inhalt mit seinem Blut vermischte. Die Frau öffnete einen Schrank. Dort kauerte Emily. Verängstigt und weinend, aber unversehrt. Dr. Worsely nahm sie auf seine Arme und drückte sie an sich, worauf sie ihre Ärmchen um seinen Nacken schlang.
„Emily, mein Schatz. Ich bin ja da. Jetzt ist alles gut. Nein, sieh nicht hin." Er legte die Hand über ihre Augen, als sie Mr. Crawford am Boden liegen sah. „Deine Mama ist unten. Wir reiten jetzt alle zu mir nach Hause, damit ich deine Mama wieder gesund machen kann."
In diesem Moment betrat Madame Lulu die Szene.
„Cody, du Mörderin! Der Galgen ist dir sicher!"
„Das mag sein, Madame, aber es war den Spaß wert", stöhnte Cody genüsslich.
„An den Galgen wird sie nicht kommen. Es war eindeutig Notwehr. Das hab ich genau gesehen", sagte einer der Polizisten. „Und Sie sollten sich über das Gefängnis Gedanken machen, denn Sie können uns nicht erzählen, dass Sie nicht wussten, was in Ihrem Keller vor sich geht."

Kapitel 21

Die Spätsommernacht war lau und klar. Emily saß vor Mr. Hamilton auf dem Pferd, spähte aber immer wieder hinüber zu ihrer Mutter, die von Dr. Worsely im Arm gehalten wurde.
„Meine Mama wird doch wieder gesund, nicht wahr?" fragte sie.
„Aber sicher, Emily. Das wird sie ganz sicher." Dann musste Dr. Worsely schweigen; die Stimme versagte ihm, denn er war keineswegs sicher, ob Angela durchkommen würde. Ihr Puls ging nur sehr schwach und sie war bewusstlos. Er hätte schreien mögen. Hier ritt er nun als freier Mann und

konnte nur eine bange Hoffnung nähren, dass ihm diese Freiheit noch nützen würde. Nein, er wollte nicht einmal daran denken, dass er so kurz vor seinem Ziel alles verlieren würde, was ihm so unendlich wichtig war.

Wie aus weiter Ferne nahm Angela wahr, was um sie herum geschah. Da waren Frauen bei ihr, und undeutlich erkannte sie die Stimme eines Mannes. Jemand weinte. Sie spürte Berührungen, warmes Wasser auf ihrer brennenden Haut, in ihren offenen Wunden. Wer waren diese Leute? Was hatten sie mit ihr vor? Wo war Emily? Sie versuchte, die Augen zu öffnen, doch sie waren so dick angeschwollen, dass sie nur einen kleinen Lichtschein erkennen konnte. Was hatte sie nun von diesen Menschen zu befürchten? Was würden sie ihr antun?

Es kostete sie unendliche Mühe, Emilys Namen auszusprechen. Da hielten die Menschen inne in ihren Handlungen und neigten sich über ihr Gesicht.

„Emily ist in Sicherheit. Sie sind in Sicherheit. Haben Sie keine Angst", hörte sie eine bekannte Stimme sagen. Dr. Worsely! Um Himmels Willen! Der Mann, dem sie niemals wieder hatte begegnen wollen, sah sie nun so tief gedemütigt! Wusste er, wo sie gewesen war? Hatte er am Ende gesehen, was man mit ihr getan hatte? Dass Männer dabei zugesehen hatten? Die Scham nahm ihr den Atem. Weinend wandte sie sich ab, nur weg von seiner Stimme, weg von ihm! Sie wollte sich erheben, aber ihr Körper gehorchte ihr nicht. Schon oft in ihrem Leben hatte sie sich hilflos gefühlt, doch die Art, wie sie nun dem Doctor ausgeliefert war, erschien ihr schlimmer als alles, was sie jemals erlebt hatte. Weshalb kümmerte er sich überhaupt noch um sie? Sollte er nicht bei seiner Verlobten sein? Ahnte er denn nicht, wie sehr die Nachricht von seiner Verlobung sie verletzt hatte ? - Schlimmer als James Arlingtons Peitsche!

„Emily!" flüsterte sie noch einmal, so leise, dass er es nur von ihren Lippen ablesen konnte.

„Mrs. Woodrow, würden Sie bitte Emily holen. Ich denke, es wäre gut für Mrs. Summerset, wenn sie wüsste, dass es ihrem Kind gut geht."

Angela spürte, wie Dr. Worsely ein kühles, nasses Tuch über ihre Augen legte. Offenbar wollte er nicht, dass Emily bei ihrem Anblick erschrak, denn als sich die Tür öffnete und sie die Schritte ihres Kindes hörte, breitete der Doctor auch ein Tuch über ihren Leib.
„Was ist mit meiner Mama passiert?“ hörte sie Emilys leise Stimme neben sich.
„Sie ist hingefallen. Sie wird aber bald wieder gesund“, sagte der Doctor, doch die letzten Worte wurden beinahe von seinen Tränen erstickt. Angela hörte, wie er sich räusperte, doch noch immer schwang unendlicher Schmerz in seiner Stimme mit, als er sagte: „Heute muss Mrs. Woodrow dich zu Bett bringen. Ich muss mich ganz und gar um deine Mama kümmern. Du darfst ihr noch Gute Nacht sagen.“
Angela spürte, wie Emily ganz sachte ihre Hand ergriff; es gelang ihr sogar, den Druck ihrer Hand zu erwidern.
„Gute Nacht, Mama! Mr. Hamilton und ich haben für dich eine heiße Schokolade gemacht, damit du bald wieder gesund wirst. Schlaf gut!“
Angela gelang ein kleines Lächeln. Dann hörte sie, wie sich Emilys Schritte gemeinsam mit Mrs. Woodrows entfernten.
„Heiße Schokolade ist noch nichts. Ich kann nicht sagen, wie es in ihr drinnen aussieht. Ein wenig Wasser wäre besser“, hörte sie den Doctor sagen und gleich darauf spürte sie, wie er Wasser zwischen ihre Lippen träufelte.
„Kümmern Sie sich um Emily!“ stieß Angela mühsam hervor. „Lassen Sie nicht zu, dass sie… dass sie…“
„Mrs. Summerset, ich liebe Emily wie mein eigenes Kind. Ich werde sie immer beschützen“, hörte sie ihn flüstern. Dann fiel ihr Kopf zur Seite und es wurde wieder Nacht um sie.
Sie hörte nicht mehr, wie er aufschrie. Sie spürte nicht mehr, wie er ihre Beine hoch lagerte, um ihren Kreislauf zu stabilisieren. Sie sah nicht die Verzweiflung in seinen Augen, als er panisch nach ihrem Puls tastete und nur noch ein schwaches Klopfen erahnen konnte, wie ein Echo aus einer anderen Welt.

Dr. Worsely wachte die ganze Nacht bei Angela, fühlte immer wieder ihren Puls, lauschte auf ihren Atem; beides blieb sehr schwach und leise, hörte aber nicht auf. Ihre Seele schien sich verzweifelt an die Überreste ihres Körpers zu klammern. So sehr hatte er sich danach gesehnt, sie einmal ganz für sich zu haben, sie überall berühren zu dürfen. Nun war sein Wunsch auf grausige Weise in Erfüllung gegangen. Wie liebevoll hatte er diese Lippen küssen wollen, die Mr. Crawford blutig geschlagen hatte. Vorsichtig strich er ihre Locken aus der Stirn, dann zog er sich einen Stuhl an ihre Liege und verharrte bei ihr mit gefalteten Händen. Immer wieder tauchten Bilder vor seinem inneren Auge auf. Angela, wie sie an Toms Bett wachte und weinte, wie sie mit Emily am Weihnachtsmorgen bei ihm in der Stube gesessen hatte. Ihr tiefes Erröten, als sie ihn und Mr. Pullings beim Fechten überrascht hatte… Er hielt den kleinen Lederbeutel mit ihrer Locke fest umklammert und dachte an den Abend, als Mrs. Elridge die beiden nach dem Unfall zu ihm gebracht hatte. Wie gerne hätte er sie damals schon einfach bei sich behalten. Aber Angela hatte sich erleichtert auf Mrs. Elridges Angebot eingelassen. Nicht nur, weil sie Avancen von ihm befürchtet hatte, nein, sie hatte sich auch offensichtlich vor sich selbst beschützen wollen, denn auch sie hatte ihn wahrscheinlich damals schon geliebt. Er verfluchte diese Konventionen, die Menschen dazu brachten, sich selbst und ihre Gefühle zu verleugnen, nur damit es keinen Skandal gab. Und nun? Könnte es einen größeren Skandal geben als das, was er gestern Abend erlebt hatte? Immer wieder schob sich dieser schreckliche Anblick in seine Gedanken: Angela, wie sie blutüberströmt in dem Keller hing. Stumm schrie er auf und ballte die Fäuste. Als die Kerzen heruntergebrannt und schließlich ganz erloschen waren, krochen aus den finsteren Zimmerecken seine schlimmsten Ängste. Könnte es einen größeren Schmerz geben als Angela nun zu verlieren? Sie musste, musste überleben. Sie durfte ihm nicht auch unter den Händen wegsterben wie Tom.

Die Dämmerung zog herauf, als Dr. Worsely draußen ein Pferd hörte. Kurz darauf klopfte jemand an die Tür. Es war Bischof Talbot, der seine eigene Kutsche neben dem Haus gesehen und daraus geschlossen hatte, dass er seine Frau sicher hier finden würde.
„Wie geht es ihr? Kommt sie durch?"
„Ich hoffe. Ich kann jetzt nur noch beten."
„Darin will ich Sie nach Kräften unterstützen. Aber ich will Ihnen auch sagen, was wir letzte Nacht noch alles herausgefunden haben. Constable Rogers hat alle Männer verhört - obwohl sein Chef, der Chief Constable unter ihnen war. Er hat sich von ihm nicht einschüchtern lassen. Außerdem war der Reverend von Devon dabei." Das Entsetzen schnürte ihm die Kehle zu, und er musste einige Male tief durchatmen. „Ein Mann Gottes! Schaut sich ein solches Gemetzel an! Ich habe schon viel gesehen, aber das noch nicht. - Die Polizisten sind noch dabei, den Keller umzugraben. Sie haben bereits drei Leichen gefunden und sind noch nicht fertig. Sie sagten mir, dass Sie ihnen immer wieder verschwundene Mädchen gemeldet hätten. Kein Wunder, dass der Chief Constable jegliche Nachforschungen abgewürgt hat. Das hat mir Constable Rogers erzählt."
„Ich möchte Angela nicht zu lange alleine lassen. - Wenn Sie bitte mitkommen würden?"
Der Bischof folgte ihm in das Behandlungszimmer, wo Angela noch immer schlief, und er erschrak, als Dr. Worsely ihn aus Augen anschaute, aus denen die nackte Angst sprang.
„Ist es nicht sonderbar, dass sich die Welt einfach weiterdreht? Dass der Regen einfach weiter zu Boden fällt, auch wenn unsere Welt vollkommen aus den Fugen geraten ist?"
„Weil es auch für uns weitergeht. Ich bin sicher, dass Ihre Angela durchkommen wird. Und wenn Sie möchten, werde ich Sie trauen."
Dr. Worsely konnte nur nicken.

Unendlich quälend zogen sich die Stunden dahin, in denen Angela sich nicht regte. Dr. Worsely hörte kaum, wie Mrs. Woodrow hereinkam und ihm ein Tablett mit Tee und Essen hinstellte.
„Danke, Mrs. Woodrow, aber Angela ist noch nicht bei sich; sie kann noch nicht essen."
„Ich weiß, Doctor, aber ich dachte, dass Sie selbst vielleicht etwas essen könnten. - Bitte!"
„Ja, gleich."
„Miss Young und die Talbots sind mit Mr. Pullings losgefahren, um ihre Sachen in Arlington Manor abzuholen. Sie werden am Nachmittag wieder hier sein."
„Gut! Ja, es ist gut, wenn Miss Young Beistand hat, wenn sie ihre Sachen aus dieser Schlangengrube holt. Gut, dass wir genügend Gästezimmer haben. Ich danke Ihnen, Mrs. Woodrow."
„Und essen Sie jetzt etwas!"
„Nun gut, Ihnen zuliebe", sagte er, ließ dann aber doch alles unberührt.

Drei Tage und Nächte vergingen auf diese Weise. Drei Tage und Nächte, in denen er nicht schlief, nicht aß. Drei Tage und Nächte, in denen er betete; in denen die Talbots, seine Angestellten und auch Miss Young sich immer wieder zu ihm setzten, um ihn in seinen Gebeten zu unterstützen. Drei Tage und Nächte, in denen er Emily immer wieder tröstete und kaum wagte, an seine eigenen Worte zu glauben.
Am dritten Morgen, als ein heftiger Regen die Reste der Nacht davon wusch, spürte er endlich ein Lebenszeichen in ihr. Sein Herz schlug ihm bis zum Hals. Ihre Augen waren abgeschwollen, sie blickte um sich und hob dabei sogar ihren Kopf.
„Mrs. Summerset!" rief er überglücklich und brach gleichzeitig in Tränen aus. „Mein Gott, ich hatte solche Angst um Sie!"
Sie versuchte zu sprechen, doch kein Laut kam über ihre Lippen.
„Hier ist Wasser. Sie sind sicher durstig. Ich habe Ihnen in den letzten Tagen

immer nur ein wenig Wasser in den Mund träufeln können. Nicht genug, um Ihren Durst zu stillen."

Er schob seinen Arm unter ihre Schultern und richtete sie ein wenig auf, damit sie trinken konnte. Dabei spürte er, wie unangenehm ihr seine Nähe war, denn sie stemmte sich gegen ihn - so schwach sie auch war. Trotzdem trank sie das Glas aus, das er an ihre Lippen gesetzt hatte.

„Würden Sie mir bitte erlauben, Ihnen ein paar Dinge zu erklären? - Es ist viel passiert in der Zwischenzeit."

Sie nickte, aber es war wohl eher ein resigniertes Nicken, weil ihr nichts anderes übrig blieb als ihn anzuhören. In diesem Moment klopfte jemand an die Tür.

„Herein!" rief Dr. Worsely, obwohl er gerade jetzt eine Störung ganz und gar nicht gebrauchen konnte, doch es war Miss Young, die eintrat und leise fragte, ob es Mrs. Summerset besser gehe. Als sie sah, dass Angela erwacht war, eilte sie an ihr Lager und rang weinend die Hände.

„Vergeben Sie mir, Mrs. Summserset. Ich bitte Sie, vergeben Sie mir. Ich kann Ihnen nicht sagen, wie erleichtert ich bin, dass es Ihnen besser geht. Oh, ich wäre meines Lebens nicht mehr froh geworden, wenn dieser Kerl Sie umgebracht hätte. Es ist alles meine Schuld. Meine Schuld!"

Angela schaute Miss Young verwundert an.

„Miss Young!" Dr. Worsely hob beschwichtigend die Hände. „Mrs. Summerset lebt, und mit Gottes Hilfe wird sie noch sehr lange leben."

„Wenn Sie, liebe Mrs. Summerset, erlauben, werde ich Ihnen erzählen, was vorgefallen ist und wie es zu dieser unsäglichen Verlobung kommen konnte."

Und unter vielen Tränen berichtete Miss Young der zwischen Entsetzen und Hoffnung schwebenden Angela, was sie zuvor schon Dr. Worsely gebeichtet hatte.

„So war das, Mrs. Summerset. Es war alles meine Schuld. Ich weiß nicht, wie ich Sie jemals um Vergebung bitten könnte."

„Miss Young, die Arlingtons haben Sie genauso benutzt wie mich auch", un-

terbrach Dr. Worsely ihr Lamento. „Wenn Sie erlauben, würde ich jetzt sehr gerne mit Mrs. Summerset alleine sein."
Angela sah, wie Miss Young verschwand und die Tür lautlos hinter sich schloss. Dann schaute sie Dr. Worsely an, der ihre Hand in seine genommen hatte.
„Mrs. Summerset, ich stehe als ein freier Mann vor Ihnen. Und als freier Mann frage ich Sie nun: Möchten Sie meine Frau werden?"
„Aber Dr. Worsely, Sie können doch nicht… Nach allem, was man mir angetan hat! Ich bin vollkommen entehrt. Wenn Emily nicht wäre, wünschte ich mir nichts sehnlicher als den Tod!"
„Angela! Angela!" rief er und kniete bei ihr nieder. „Auf Knien flehe ich Sie an, meine Frau zu werden. Für mich wäre es die größte Ehre, wenn Sie mich heiraten würden. Was geschehen ist, kann ich mir selbst nicht verzeihen. Ich kann mir nicht verzeihen, dass ich die Vorzeichen nicht richtig gedeutet habe. Ich habe Sie und Emily nicht beschützt. Ich hätte gleich wissen müssen, dass Sie in Friarswell nichts Gutes zu erwarten haben - nicht mit einer Patricia Arlington als Hausherrin. Vielleicht hätte ich Sie zwingen müssen, bei mir zu bleiben. Ich kann mir nicht verzeihen, dass ich das nicht getan habe. Ich bitte Sie, erlauben Sie mir, Sie für den Rest Ihres Lebens auf Händen zu tragen. Ich liebe Sie - mehr als ich sagen kann. Sie sind die Frau, mit der ich Kinder haben will. Ich kann mir keine würdigere Mutter für meine Kinder vorstellen. Ich kann mir keine bessere Gefährtin vorstellen als eine so mutige, starke Frau wie Sie es sind. Sie sind die Frau, mit der ich alt werden will. Erlauben Sie mir, Sie zu lieben, Sie zu ehren und zu beschützen - für immer. Haben Sie denn mein bescheidenes Werben gar nicht bemerkt?"
„Doch, aber ich dachte…"
„Dachten Sie wirklich, dass ich Sie zu meiner Geliebten machen wollte?"
„Dr. Worsely, Sie stehen so weit über mir, dass ich nicht einmal wagen dürfte, Sie anzuschauen!"
„Im Moment knie ich neben Ihnen. Und für den Rest meines Lebens werde

ich Ihnen zu Füßen liegen." Vergeblich wehrte sie sich gegen ein Lachen, was ihn zu einem spitzbübischen Grinsen veranlasste.
„Aber ich bin..." sagte sie leise, doch da schnitt er ihr das Wort ab: „...die wunderbarste Frau, die mir je begegnet ist. Für das, was man Ihnen angetan hat, müssen Sie sich ganz und gar nicht schämen. Die Kerle, die Ihnen das angetan haben, die sollten sich schämen."
„Sie haben mich tatsächlich... in dem Keller?"
„Ja, Mrs. Summerset, ich war es selbst, der Sie aus dem Keller geholt hat", sagte er sehr leise, wohl wissend, wie sehr sie dies schmerzen musste. „Aber ich liebe Sie. Ich bewundere Sie. In meinen Augen sind Sie nicht beschmutzt - ganz im Gegenteil."
Sie schaute in sein Gesicht und konnte nicht anders, als ihm zu glauben.
„Dann nehmen Sie meine Hand, Dr. Worsely. Wenn Sie den Mut haben, mich zu heiraten, dann will ich selbst auch nicht feige sein."
Behutsam drückte er ihre Hand an seine Brust, bedeckte sie dann mit Küssen und neigte sich schließlich über sie, um ihre Lippen zu küssen. Angela erschrak, doch er war so vorsichtig, so zärtlich, dass sie vertrauensvoll die Augen schloss und sich seinem Kuss hingab. Da hielt er plötzlich inne. „Ich sollte bei Emily um deine Hand anhalten, denn einen Vater oder Bruder hast du nicht. Sollen wir sie holen?"
Angela nickte.
„Ja, Liebes, ich will Emily holen, und alle anderen sollen es auch erfahren. Ich will es in die Welt hinausschreien, dass ich der glücklichste Mann bin, der je gelebt hat."

„Mrs. Woodrow, würden Sie bitte meiner Verlobten ein Frühstück machen? Tee und Haferbrei wären das Richtige."
Die alte Frau sah ihn an. „Das wurde aber auch Zeit, Doctor. Wenn Sie sie jetzt nicht gefragt hätten, dann hätte ich Ihnen den Kopf gewaschen."
„Es geht aufwärts mit ihr und ich bin sicher, dass sie es schaffen wird. Wir müssen nur Geduld haben. Wo ist Emily?"

„Sie schläft noch."
Mrs. Woodrow goss Tee auf und füllte den warmgestellten Haferbrei in eine Schüssel.
„Lassen Sie die Kleine ausschlafen. Ich will später noch die Sachen der beiden beim Reverend abholen. Und mit Miss Young habe ich eben gesprochen. Sie wird bei uns bleiben und Emily unterrichten, wenn wir nach York zurückkehren."
„Was? Habe ich richtig gehört? Sie wollen zurück in Ihr Schloss?"
„Ja, sobald es Angela so gut geht, dass sie die Reise leicht bewältigen kann. - Was hält uns noch hier? Meine Freundschaft mit dem Reverend ist ohnehin zu Ende. Er würde mich nicht mehr empfangen können, wenn ich Angela geheiratet habe, wie er mir sagte."
„Da wird mir übel! Dann kann er seine sauberen Arlingtons ganz alleine empfangen. Sie haben recht. Hier hält uns wirklich nichts mehr."
„Danke, ich bringe ihr das Frühstück selbst", sagte er und nahm ihr das Tablett aus der Hand. „Ich denke, nach dem Frühstück können Sie für Angela wieder das Gästezimmer richten."

„Guten Morgen, meine Liebste! Frühstück?"
Sie nickte. Er richtete sie ein wenig auf, damit sie Tee trinken konnte, dann gab er ihr den Haferbrei.
„Tut gut, nicht wahr?" Sie nickte, aber er merkte, dass es sie auch anstrengte, denn ihr Kopf sank an seine Schulter. Behutsam legte er sie wieder ab. Er musste im Kamin Holz nachlegen, denn Angela sollte nicht frieren, wenn er jetzt die Verbände wechseln würde. Sie ließ es geschehen, und er spürte erleichtert, dass sie ihm vollkommen vertraute, denn kein Zittern durchrann ihren Körper, sie lag vollkommen entspannt da.
„Es wird noch Wochen dauern, bis alles verheilt ist. Aber du wirst es schaffen. Du musst es schaffen für Emily - und auch für mich", fügte er leise hinzu. Glücklich fühlte er, wie sie seine Hand drückte.
„Wieso gibt es solche Menschen? Wieso gibt es Menschen, die so sind?"

Es war die Frage nach dem Bösen in der Welt; eine Frage, so alt wie die Menschheit.

„Es gibt diese Menschen, aber wieso es sie gibt, kann ich nicht sagen. Es gibt Menschen, die sich nehmen was immer sie wollen, die andere anschreien und absichtlich verletzen, aber nicht dulden wollen, wenn man ihnen auch nur andeutet, dass sie verletzend sind. Und es gibt Menschen, die für ihr eigenes Vergnügen andere Menschen foltern und töten. Ich habe den Eindruck, dass diese Menschen wahnsinnig sind. Und ich bin mir nicht sicher, ob ich diese Wesen als Menschen bezeichnen möchte. Ist der Mensch nicht das Ebenbild Gottes?" Leise strich er ihr übers Haar.

„Ich liebe dich!" flüsterte er. Ihr Mund zuckte zu einem leisen Lächeln. Er deutete es als ein ‚Ich dich auch.'

Kapitel 22

„Wo ist sie? Wie geht es ihr?" fragte der Reverend, als Dr. Worsely in das Arbeitszimmer in Friarswell trat. Er hatte sich erhoben und war ihm entgegengekommen. Die beiden verneigten sich voreinander, wie es die Etikette erforderte, auch wenn es Dr. Worsely in diesem Moment mehr als lächerlich erschien, denn das, was er gleich würde erzählen müssen, stand in so krassem Gegensatz zu jeglicher Etikette, dass Dr. Worsely zweifelte, ob der Reverend ihm überhaupt glauben würde.

„Konnten Sie sie retten?" fragte der Reverend leise.

„Ja. Sie hat es überlebt, auch wenn sie schrecklich zugerichtet wurde." In kurzen Zügen beschrieb er Angelas Verletzungen und wie er sie aus dem Keller befreit hatte.

„Und das war dieser Mr. Crawford?"

Für einen schweren Augenblick schwieg Dr. Worsely, dann sagte er: „Nein, es war James Arlington, der Angela ausgepeitscht hat und ihr noch Schlimmeres angetan hätte, wäre ich ihm nicht dazwischen gekommen. Und Angela war nicht die einzige Frau, die er in diesem Keller gequält hat. Das Schicksal von mehreren Mädchen, die aus dem Arbeitshaus verschwunden sind, hat sich nun aufgeklärt. Die Polizei hat den Keller umgegraben und dabei grauenhaft verstümmelte Leichen gefunden."

Der Reverend wandte sich erschüttert ab. „Nein, das kann nicht sein. Er war hier. Er war mein Gast. Er ist der Bruder der Frau, die ich geheiratet habe. Wie ist das möglich?"

„Wo ist Ihre Gemahlin? Sollte sie nicht erfahren, was passiert ist?"

„Sie ist in Arlington Manor. Ich wollte nicht dort bleiben und wollte auch nicht, dass sie mich in mein Haus begleitet." Er rieb sich die Augen, als wolle er die schrecklichen Bilder, die vor ihm aufgetaucht waren, fortwischen.

„Aber Ihre Gemahlin wird es erfahren. Spätestens, wenn sie ihren Bruder sieht."

Dr. Worsely hatte sich keineswegs vorgenommen, den Reverend zu schonen und tat es auch nicht, sondern berichtete, was er in dem Keller gesehen hatte, welche feinen Herren sich an dem blutigen Schauspiel ergötzt hatten. „Ich habe James Arlington die Pistole ins Gesicht geschlagen und ihm dabei einiges zertrümmert. Er wird für immer gezeichnet sein."

Als er sah, dass der Reverend sich schwer atmend erhob, bat er ihn, sich wieder zu setzen und ging selbst, um ihm einen Whisky einzuschenken. Diese Betäubung legte sich beruhigend auf den Geist des völlig schockierten Reverends.

„Was soll nun aus Mrs. Summerset werden? Aus dem Kind?" fragte er schließlich und trank die letzte Neige. Dr. Worsely sah ihm an, dass er - wie erwartet - nicht willens war, eine Frau, die solches erlebt hatte, wieder in sein Haus aufzunehmen. Angela war für ihn zu einer Unperson geworden, ohne dass sie etwas dafür konnte. Er konnte sie nicht mehr unter seinem Dach beherbergen, auch wenn er Mitleid mit ihr haben mochte. Es bereitete dem Doctor eine gewisse Freude, die Gesichtszüge des Reverends genau zu studieren, als er ihm erklärte: „Ich habe ihr heute morgen einen Heiratsantrag gemacht. Sie hat ihn angenommen und ich bin jetzt hier, um ihre

Sachen in mein Haus zu holen."
„Das können Sie nicht tun! Sie können Sie doch nicht heiraten!" antwortete der Reverend eindringlich, der mit einem Mal seine Kräfte wiedererlangt zu haben schien.
„Wieso kann ich das nicht? James Arlington konnte Angela auspeitschen, Dr. Glenshaw, Richter Forbes, sogar Ihr eigener Amtskollege aus Devon, konnten dabei zusehen. Wieso soll ich sie nicht heiraten können? Aber machen Sie sich keine Sorgen. Sie müssen sich nicht trauen, uns zu trauen. Bischof Talbot hat mir angeboten, uns zu trauen. Sobald es Angela wieder gut geht, werden wir heiraten und auf mein Schloss im Norden ziehen. - Hier hält mich nichts mehr." Er beobachtete, wie die Miene des Reverends sich verkrampfte.
„Bedeuten Ihnen denn gesellschaftliche Konventionen gar nichts? Die Ordnung dieser Gesellschaft beruht auf den scharfen Grenzen zwischen den Klassen."
„Sehen Sie denn nicht, dass diese Gesellschaft ein mit Zuckerguss überzogener Haufen Scheiße ist?"
Der Reverend zuckte bei diesen Worten deutlich zusammen.
„Ich persönlich schere mich einen Dreck um diese feine Gesellschaft. Ich werde Angela heiraten." Damit erhob er sich und ging ohne Gruß hinaus.
Gerade verstaute er Angelas Sachen in seinen Satteltaschen, da kam der Reverend heraus und bat ihn händeringend, sich die Sache reiflich zu überlegen.
„Es geht hier nicht nur um Sie allein. Wollen Sie die beiden wirklich diesem Skandal aussetzen? Dem Gerede der Leute? Ich kann nicht glauben, dass Sie sich das selbst und den beiden antun wollen."
Dr. Worsely schaute ihm für einen Moment so starr in die Augen, dass dieser erschrak. „Ja, ich werde sie einem Skandal aussetzen und dem Gerede der Leute. Aber was, wenn ich Angela nicht heirate? Ist Ihnen eigentlich klar, welches Schicksal die beiden erwartet, wenn ich Angela nicht heirate? Vielleicht sollten Sie ein Mal - nur ein einziges Mal - mit mir kommen, wenn ich meine Krankenbesuche in Devon oder in Friarswell mache. Wissen Sie ei-

gentlich, was in Ihrer Gemeinde vorgeht? Wissen Sie, dass es nicht nur hier, sondern überall in ganz England mehr als genug Menschen gibt, die keine Ahnung haben, woher sie das nächste Stück Brot nehmen sollen? Von Tee oder gar einer heißen Schokolade zum Frühstück müssen diese Menschen gar nicht erst anfangen zu träumen. Und wenn ich Angela nicht heirate, dann werden die beiden auf der Straße landen, in irgendwelchen schmutzigen Verschlägen schlafen, sich von dem Abfall ernähren, den die Ratten verschmäht haben. Wahrscheinlich würde irgendwann der Hunger und der Wille zu überleben siegen und Angela würde im Hurenhaus landen, wo sich dummgeile, kranke Scheißkerle wie Forbes, Glenshaw, Crawford, Arlington und wie sie alle heißen, über sie hermachen.
Und diese Kerle - nein, Sie hören mir jetzt zu! - diese Kerle würden sicher nicht warten, bis Emily alt genug wäre.“ Die letzten Worte hatte Dr. Worsely tonlos hervorgestoßen und dabei beobachtet, dass sie den Reverend wie Dolche getroffen hatten. Laut fuhr er fort: „Ja, lieber Reverend, es gibt deutlich schlimmere Schicksale, als mit mir verheiratet zu sein. Seien Sie versichert, dass ich die beiden auf Händen tragen und auf Rosen betten werde.“

*

Angela sah das Licht des Tages schwinden. Von draußen hörte sie die leisen Geräusche, die diesem Haus eigen waren: das Knarren der Dielen, der Wind, der an den Fenstern und Läden rüttelte, Mrs. Woodrow, die in der Küche hantierte; außerdem hörte sie Emilys Stimme, die sich mit Mr. Hamiltons Stimme abwechselte. Beide klangen bedrückt. Dann hörte sie die Hufe eines Pferdes. Offensichtlich kam Dr. Worsely nach Hause. Der Gedanke, dass sie nun selbst hier zu Hause war, ja sogar die Herrin dieses Hauses werden sollte, erschien ihr beängstigend und sonderbar zugleich. Dr. Worsely kam zu ihr als Bräutigam, der sie liebte, der ihr nahe sein wollte.
Und sie liebte ihn auch, wahrhaftig und von Herzen. Nur fühlte sie sich noch unsicher, ganz so als laufe sie mit glatten Sohlen über blankes Parkett.

Und immer wieder standen die schrecklichen Bilder vor ihren Augen, die Demütigung. Das, wonach sie sich so lange gesehnt hatte - seine Liebe und Nähe - machte ihr nun angst, denn er hatte sie dort gesehen - so vollkommen entehrt und beschmutzt.
In den Monaten zuvor war es viel leichter gewesen, ihn aus der Ferne zu verehren, zu wissen, dass sie sich nur unerfüllbaren Träumen hingab. Aber nun waren diese Träume wahr geworden, trotz allem, was man ihr angetan hatte. Ihr Herz klopfte bis zum Hals, als sie Dr. Worselys Stimme hörte, seine Schritte, die näher kamen. Da öffnete er die Tür und war auch schon bei ihr.
„Wie geht es dir, Liebste?“ seine sanfte Stimme, die Art, wie er nun ihre Hand ergriff, nahm ihr den Atem.
„Danke, Dr. Worsely, es geht mir gut“, flüsterte sie und wagte nicht, ihn anzuschauen.
„Aber Angela“, erwiderte er, indem er sich einen Stuhl an ihr Bett zog. „Bin ich denn noch immer Dr. Worsely für dich? Ich weiß, es ist üblich, dass sich Ehepaare mit den Nachnamen ansprechen, aber ich denke, dass wir beide uns näher stehen als die üblichen Vernunfts-Ehepaare.“ Ganz behutsam nahm er ihr Kinn, um ihr Gesicht zu sich zu wenden. Als er sich erhob, um sich über sie zu neigen, sah sie, dass er die Jacke trug, die sie geflickt hatte. Er war ihr so nahe, dass sie seinen markanten Duft wahrnahm.
„Kriege ich einen Kuss von meiner Braut?“ Sein jungenhaftes Lächeln war offen und liebevoll. Ja, er liebte sie und sie durfte ihn lieben. Das, was geschehen war, sollte nicht zwischen ihnen stehen. Niemals!
Lächelnd nickte sie nun und schloss die Augen. Da spürte sie seine Lippen auf ihren. Wie weich sie waren! Sein Kuss war behutsam, fast ein wenig schüchtern, und machte ihr Mut, ihn zu locken mit kleinen Bewegungen ihrer Lippen, die er erwiderte.
Da stürzte Emily ins Zimmer. Mit schuldbewussten Mienen, als hätten sie etwas Verbotenes getan, fuhren sie auseinander.
„Emily! Hast du schon gesehen, dass ich eure Sachen geholt habe? Deine

Mary ist natürlich auch dabei. Komm, wir holen die Taschen, dann können wir sie ausräumen."

„Ja. Und ich soll sagen, dass das Essen fertig ist." Damit sprang sie wieder davon.

„Bald sind wir verheiratet - und ungestört!" flüsterte er lachend, dann ging er Emily nach.

Am darauffolgenden Tag fuhr Dr. Worsely mit Emily nach Devon, um bei Mrs. Collins einzukaufen. Nun betrat er mit deutlich mehr Sicherheit ihren Laden als vor neun Monaten.

„Guten Morgen, Mrs. Collins."

„Dr. Worsely! Wie schön, Sie wieder hier zu sehen. Und Sie haben eine junge Dame mitgebracht", rief Mrs. Collins und neigte sich hinunter zu Emily, die ihre Puppe an sich drückte.

„Ah, ich glaube, ich erkenne die Kleider deiner Puppe."

„Ja, das ist meine kleine Emily. Ich möchte Kleider für sie kaufen und ein sehr spezielles Kleid für ihre Mutter, meine Verlobte, bestellen."

„Was hatten Sie sich denn vorgestellt?"

„Emily, du darfst dir aussuchen, was du möchtest. Schau dich nur um."

Und Emily bekam vier neue Kleider, einen Hut, einen Mantel, Stiefel, Wäsche, und sie brauchte lange, bis sie verstand, dass das alles für sie selbst sein sollte.

„Jetzt suchen wir noch Stoff für ein Kleid aus, das deine Mama tragen wird. - Ich habe Ihnen hier ein Kleid meiner Verlobten mitgebracht, damit Sie die Maße haben. Ich möchte außerdem einen dazu passenden Mantel und ein ähnliches Kleid für Emily."

„Danke, Doctor Worsely. Dann werden wir schauen, was ich für Ihre Verlobte zaubern kann."

Es war bereits Mitte September, als er alles abholen konnte. Sorgfältig verstaute er die Pakete in seinen Satteltaschen. So lange hatte er sich danach gesehnt, Angela ein solches Kleid zu kaufen. Jetzt ritt er damit zu ihr. Er sah sie am Fenster stehen und winken, als er absaß. Endlich trug sie das Kleid aus weißem Musselin, das er ihr schon letztes Jahr zu Weihnachten hatte schenken wollen. Was würde sie erst für Augen machen, wenn sie sah, was er ihr nun mitgebracht hatte! Er winkte zurück und schwenkte lachend die Pakete, die er aus seinen Satteltaschen genommen hatte.

„Ich hab dir was mitgebracht“, rief er ihr zu, als er in den Salon trat, wo sie sich gerade vom Fenster abwandte und auf ihn zukam. Sie erwiderte seine Umarmung und genoss diesen Moment, in dem sie ihr Gesicht an seinen Mantel schmiegen konnte. Wie sehr hatte sie sich danach gesehnt - damals, im Sommer, als sie seine Jacke geflickt hatte. Nun war es selbstverständlich, dass sie sich umarmten. Ob sie sich daran jemals gewöhnen würde und keine weichen Knie mehr bekam, wenn er sie umfing und küsste?

„Du hast mir etwas mitgebracht? Bis Weihnachten ist es noch eine Weile hin.“

„Setz dich hier ans Feuer, dann zeig ich es dir.“

Er rückte ihr einen Sessel näher an den Kamin und legte ihr das Paket, in dem er den Mantel wusste, auf den Schoß. Die anderen hielt er in Reichweite.

„Nun darfst du es öffnen.“

Vorsichtig zog Angela die Schnüre von dem Paket und faltete das steife Papier auseinander. Darunter kam feines Seidenpapier zum Vorschein, und darin eingefaltet ein Mantel, wie sie noch niemals einen besessen hatte. Aus hellem Samt, gefüttert mit Seide und einer großen Kapuze, die genau wie die Ärmel mit Fell verbrämt war.

„Danke, Jefferson! Ich weiß gar nicht, wie ich dir danken soll!“

„Mach die anderen Päckchen auf! Hier, zuerst das kleine.“

„So ein schönes Sonntagskleid für Emily! Es muss dich ein Vermögen gekostet haben. Wie hübsch sie darin aussehen wird. Ich will es ihr gleich anprobieren.“

„Warte! Hier ist noch ein Paket. Das ist für dich.“

In dem letzten Paket war ein Kleid, das ihr den Atem nahm. Sie hob es ein Stück an. Sie sah ein Oberteil aus heller Seide, aus Spitze, mit Perlenstickereien und schluckte.
„Aber… das ist ja ein Brautkleid!“ flüsterte sie.
„Ich denke, das kannst du sehr bald gebrauchen. - Bist du bereit, mit mir nach Nordengland zu ziehen?“
Sie nickte und schlang ihre Arme um seinen Nacken. Lange hielt er sie fest und wiegte sie sanft wie ein Kind. Als er merkte, dass sie weinte, strich er ihr übers Haar und drückte sie noch fester an sich.
„Du bist so gut zu mir. So unendlich gut. Ich habe manchmal Angst, dass ich aufwache und alles war nur ein schöner Traum.“
„Du träumst nicht, Angela. Und wenn du wieder ganz gesund bist, werden wir von hier fortziehen. Es ist ein schöner Ort, an den ich Dich und Emily bringen werde. Es wird euch beiden an nichts fehlen. Nie wieder.“
Etwas unsicher löste sie sich aus seiner Umarmung. „Eine Bitte habe ich aber trotzdem. Könnten wir nach London fahren und Toms Grab besuchen? Bitte, versteh mich nicht falsch; ich liebe Dich von ganzem Herzen…“
„… aber Tom war ein wichtiger Teil deines Lebens und schließlich ist er Emilys Vater. Ja, ich kann dich verstehen, dass ein Besuch an seinem Grab wichtig für dich ist.“
Dann verfiel er in Schweigen. Was sollte er ihr jetzt sagen? Unmöglich konnte er ihr die harte Wahrheit sagen. Er musste mit dem Bischof sprechen. Glücklicherweise waren die Talbots noch immer seine Gäste und hatten nur für einen Spaziergang das Haus verlassen.
Angela konnte sein Schweigen nicht deuten. „Bist du mir böse?“
„Aber nein, Angela. Ich werde morgen zu Dr. Glenshaw gehen und mich nach dem Friedhof erkundigen.“
„Ich danke dir. Ich kann dir gar nicht sagen, wie sehr mir das die ganze Zeit auf der Seele gelegen hat, nicht zu seinem Grab zu können, auch wenn es ein schönes Grab in London ist. Aber es war so weit weg. Das Trauern fällt leichter, wenn man einen Ort hat.“

„Bischof Talbot, kann ich Sie bitte für einen Augenblick sprechen?“ Dr. Worsely sah den alten Mann ernst an. „Wir können in mein Behandlungszimmer gehen, wenn es Ihnen recht ist.“
„Sicher, Doctor!“ Überrascht folgte der Bischof Dr. Worsely und nahm im Behandlungszimmer in einem der Ledersessel Platz, die am Kamin standen.
„Möchten Sie auch einen Whisky?“
„Wenn Sie einen mit viel Rauch und Torf haben, nehme ich gerne einen.“
Dr. Worsely lächelte. Er mochte den alten Mann und freute sich, dass sie sich sogar einig waren, was Whisky betraf. Dr. Worsely schenkte zwei Whiskys ein und reichte dem Bischof ein Glas, dann setzte er sich zu ihm.
„Cheers!“
„Cheers!“ Genießerisch schloss er die Augen, als der Whisky durch seine Kehle rann. „Nun, lieber Doctor, was haben Sie auf dem Herzen?“
„Wie Sie wissen, ist Angela Witwe. Ihr Mann Tom starb vor beinahe vier Jahren. Ich hatte Angela damals für eine Weile aus den Augen verloren, und als ich von seinem Tod erfuhr, war es schon zu spät, ihr bei der Beerdigung zu helfen. Glenshaw hat ihr ‚geholfen'.“ Dr. Worsely erzählte Glenshaws widerwärtige Lügengeschichte von dem Friedhof in London.
„Aber wieso? Was hat er mit Tom gemacht?“
„Er hat seinen Leichnam mit einigen anderen nach Oxford an die medizinische Fakultät der Universität verkauft.“ Er berichtete kurz von den schlimmen Zuständen und dem unwürdigen Verscharren der Überreste. „Ich weiß, ich hätte damals schon etwas dagegen unternehmen sollen, aber damals fehlte mir der Horizont. Die Jahre auf See haben meinen Horizont erweitert. Ich habe einmal einen hohen Offizier erlebt, der sich feige hinter einem Schiffsjungen verschanzte. Und ich habe gesehen, wie eben dieser Schiffsjunge seinem Kameraden das Leben rettete und dabei sein eigenes riskierte. Das hat mir die Augen geöffnet für den Edelmut in den Menschen, die Adlige oft als ‚einfach' bezeichnen.“
Bei diesen Worten schaute ihn der Bischof über den Rand seines Glases hinweg an.

„Sie sprechen mir aus dem Herzen, Dr. Worsely. Schließlich bin ich ein solcher Mensch. Ich habe als Kind und Jungendlicher auf der Erde im Schmutz geschlafen. Und an meiner Wiege hat mir weiß Gott niemand gesungen, dass ich einmal ein Bischof würde. Wenn ich auch nur den Wunsch geäußert hätte, Geistlicher zu werden, hätte mein Vater mich wahrscheinlich erschlagen, wenn er sich vorher nicht totgelacht hätte. - Aber das ist jetzt gleichgültig!“ sagte er und wischte die alte Geschichte mit einer Handbewegung fort. „Ich nehme an, Sie möchten mich bitten, für würdige Begräbnisse zu sorgen, nicht wahr?“ Dr. Worsely nickte. „Ich kann Sie beruhigen, lieber Doctor. Ich bin nun schon seit über zehn Jahren Bischof in Oxford. Ich muss zugeben, es hat eine Weile gedauert, bis ich alles gesehen habe, was in der Stadt vor sich geht, aber nach ein paar Jahren erfuhr ich, wie man sich der menschlichen Reste aus der medizinischen Fakultät ‚entledigt' und habe regelmäßige Beerdigungsfeiern abgehalten. Außerdem werden die Menschen jetzt auf dem Friedhof bestattet, wo auch ein Grabmahl für sie errichtet wurde. Ohne es zu wissen, habe ich dort also auch Tom bestattet.“

„Danke, Bischof. Ich kann Ihnen gar nicht sagen, wie erleichtert ich bin. Dass er seziert wurde, wird sicher schlimm genug für Angela sein, aber es hätte mir das Herz gebrochen, wenn ich ihr hätte erzählen müssen, dass er so unwürdig verscharrt wurde, wie es früher der Fall war. Ich bin froh, dass ich ihr das ersparen kann.“

„Wissen Sie, Dr. Worsely, wir einfachen Leute sind hart im Nehmen. Wir sind es gewöhnt, dass man mit uns so umgeht. Und ich kann Ihnen nicht sagen, wie glücklich ich bin, in Ihnen einen Menschen zu treffen, der arme Menschen wie Menschen betrachtet. Glauben Sie mir, Sie sind exotischer als eine weiße Krähe!“

Dr. Worsely bedankte sich für dieses Kompliment mit einer Verbeugung.

„Es ist schön, dass Sie noch so lange hier mein Gast sein können. Ich schätze Ihre Gesellschaft und die Ihrer Frau außerordentlich.“

„Und ich bin froh, dass wir Ihre Gäste sein dürfen. Hier bei Ihnen kann ich mich von den abscheulichen Dingen erholen, die ich in Devon noch zu erledigen habe. Den Reverend von Devon werde ich strafversetzen lassen - in eine üble Londoner Gegend. Der Chief Constable wird ebenfalls strafversetzt; seinen Platz nimmt Constable Rogers ein. - Es gibt bei all den Scheußlichkeiten also auch Gutes zu berichten.

Miss Cody hat Mr. Crawford übrigens nicht erschlagen, wie wir anfangs dachten. Dr. Glenshaw hat ihn wieder ins Leben zurückgeholt, aber ich bin mir nicht sicher, ob Mr. Crawford dafür dankbar ist. Sobald er sich von seiner Kopfwunde wieder erholt hat, wird ihm und James Arlington der Prozess gemacht. Ich nehme an, man wird die beiden in Richtung Australien verschiffen.

Die beteiligten Anwälte und natürlich auch der Richter verlieren ihre Zulassung, Dr. Glenshaw darf seine Approbation behalten - unter der Voraussetzung, dass er sich voller Hingabe um die Menschen im Arbeitshaus kümmert und in jeder Hinsicht Ihren Platz einnimmt. Mrs. Hudson wird uns beiden regelmäßig Bericht erstatten. Sie sind zwar weit weg im Norden, aber ich werde immer wieder mal ein Auge darauf haben.

Dr. Glenshaw wird auf meine Anweisung hin ein Zimmer im Arbeitshaus beziehen. Und ich habe ihm dringend geraten, sich vorbildlich zu führen."

*

„Angela, ich habe mit Bischof Talbot gesprochen", begann Dr. Worsely leise, als er am Abend mit ihr im Garten saß. Emily war schon zu Bett gebracht worden, alle anderen hatten sich zurückgezogen.

„Was hat er gesagt? - Dr. Glenshaw hat Tom nicht nach London gebracht, nicht wahr?"

Liebevoll strich er ihr eine Haarsträhne aus dem Gesicht. „Er hat ihn nach Oxford gebracht. Dort wurde Tom von Bischof Talbot beerdigt, denn dort gibt es tatsächlich einen Ort für die Armen, die sich keine Beerdigung leisten können."

„Tatsächlich? Aber wieso hat Dr. Glenshaw mir von London erzählt?"

„Ich glaube, wir wollen alle nicht wirklich wissen, was passiert wäre, wenn du in seine Kutsche gestiegen und mit ihm nach London gefahren wärst."
Angela schloss die Augen und wandte sich ab. „Um Himmels Willen! Ich hätte natürlich Emily mitgenommen!" Erschüttert barg sie ihr Gesicht in ihren Händen.
„Im Moment bist du noch zu schwach für die Reise; im Herbst werden wir aufbrechen und in Bath Halt machen, damit du dich in den Bädern dort erholen kannst. Von dort werden wir weiterreisen nach Oxford, um Toms Grab zu besuchen. Danach geht es weiter nach Norden in mein Schloss. Ich will, dass wir dort unser erstes gemeinsames Weihnachtsfest feiern. Aber dafür musst du erst wieder richtig gesund und stark sein. Ich will nichts riskieren. - Und in Bath habe ich eine besonders schöne Überraschung für dich."
„Was denn?"
„Wenn ich es dir jetzt schon verrate, ist es keine Überraschung mehr!" Er zwinkerte ihr geheimnisvoll zu. „Aber ich bin sehr sicher, dass es dir gefallen wird, meine Schöne!" Und dann nahm er ihr Gesicht in beide Hände und küsste sie so zärtlich, dass Angela ahnte, was in Bath passieren sollte... Sie sehnte sich danach, seine Frau zu werden!

Die Zeit mit den Talbots genossen alle sehr. Angela konnte sich nicht genug wundern über Madeleine Talbot, die mit unvergleichlicher Eleganz jegliche Etikette hinter sich ließ. Für diese Dame war es keineswegs verwunderlich, dass alle gemeinsam - alle, auch das Personal des Hauses - an einem Tisch saßen. Schließlich standen alle Gänge bereits auf dem Tisch, es gab also keinen Grund, dass noch jemand aufstehen müsste.
Mrs. Woodrow hatte ihr Bestes gegeben und die köstlichsten Gerichte aufgetischt. Allerdings gab es keine Skulptur aus Zucker, und auch den gebratenen Vögeln hatte sie ihre Federn nicht wieder aufgesteckt; aber derlei Kindereien wurden hier von niemandem vermisst. Mr. Hamilton hatte dafür gesorgt, dass viele Kerzen ihr mildes Licht und ihren Duft verströmten,

und sogar Mr. Pullings trug an diesem Tag einen feinen Anzug, den er sich sonst für Weihnachten und Ostern aufsparte. Man hätte meinen können, eine große Familie sitze zusammen bei einer kleinen Feier.
„Ich hoffe, Sie können mir verzeihen, dass es keine Prozession zum Tisch gab“, scherzte Dr. Worsely.
„Ah, mon Dieu!“ rief Mrs. Talbot aus. „Diese Prozessionen! Schrecklich! Wir sind doch nicht katholisch.“ Sie lachte so herzhaft, dass ihre feinen Löckchen bebten.
„Wann soll denn Ihre Hochzeit stattfinden?“ erkundigte sich nun der Bischof, während er sich ein weiteres Stück Braten auf den Teller legte.
„Wir haben noch keinen Termin festgelegt. Ich wollte abwarten, bis Angela wieder gesund ist“, sagte Dr. Worsely und drückte ihre Hand dabei liebevoll.
„Lange kann ich nicht mehr hier bleiben. Ich muss wieder zurück nach Oxford - damit dort nicht alles drunter und drüber geht“, fügte der Bischof mit einem Lachen hinzu.
„Sollen wir nach Oxford kommen?“ fragte Dr. Worsely.
„Ich kann Sie beide auch gleich hier trauen. Hier und heute.“
„Ja, wieso nicht!“ rief seine Frau. „Das wäre doch schön!“
Alle verstummten und schauten das Brautpaar an.
„Dann darf ich länger aufbleiben, oder?“ vermutete Emily augenblicklich, worauf alle lachten.
„Ja, Emily, du darfst so lange aufbleiben, bis wir verheiratet sind“, versicherte ihr Dr. Worsely. „Aber geht das denn so schnell, ohne weitere Vorbereitungen?“
„Eigentlich müssen solche Dinge vom Bischof genehmigt werden. Da ich aber selbst der Bischof bin, kann ich mir das ganz einfach selbst genehmigen. Sozusagen zum Nachtisch.“ Er zwinkerte Angela zu.
„Bist du einverstanden, Angela?“ fragte Dr. Worsely leise.
Sie nickte.

Nach dem Essen zog sich Angela mit Madeleine Talbot zurück, damit sie ihr beim Ankleiden helfen konnte.
„Was für ein schönes Kleid!“ rief die alte Dame aus, als Angela ihren Schatz aus dem Schrank des Gästezimmers hervorholte. „Es ist traumhaft!“
„Ja, nicht wahr! Dr. Worsely hat es für mich nähen lassen.“
„Er ist ein unglaublich guter Mann. Er hat eine Frau wie Sie redlich verdient.“ Angela antwortete nicht, sondern wurde sonderbar still.
„Was ist denn, Mrs. Summerset? Ich habe Sie doch nicht verletzt?“ fragte Mrs. Talbot besorgt, als sie in Angelas betrübtes Gesicht schaute.
„Eine Frau wie mich... Wissen Sie, das ist nicht leicht für mich. Dr. Worsely ist ein Gentleman und ich bin nur...“
„Sie sind eine wundervolle Frau, die diesem Mann alles bieten kann, wonach er sich sehnt. Er sehnt sich nach Liebe, nach einer Frau, die ihm im Kopf ebenbürtig ist, mit der er sich unterhalten kann. Worüber hätte er sich mit Amanda Arlington unterhalten sollen? Das Wetter? Schleifchen aus Samt?“
Nun musste Angela lachen. „Ich muss zugeben, dass er mir das so ähnlich auch schon gesagt hat.“
„Na, sehen Sie, Mrs. Summerset, Sie sind genau die richtige Frau für ihn. Mein Jack ist auch kein Adliger, aber das macht rein gar nichts. Aristokraten und Bürgerliche unterscheiden sich nämlich nicht voneinander. Es ist nur in den Köpfen der Leute, dass eine Ehe zwischen Aristokraten und Bürgerlichen ebenso unmöglich sei wie eine Ehe zwischen einem Igel und einer Hutschachtel.“ Befriedigt hörte Madeleine die junge Frau nun laut auflachen.
„Wie war das bei Ihnen? Wie haben Sie sich kennengelernt?“ fragte Angela.
„Das ist eine lange Geschichte, die in einem Schloss in der Normandie beginnt. In einem ruhigen Augenblick, wenn wir ein wenig Zeit miteinander haben, werde ich sie Ihnen erzählen.“
Angela zögerte einen Moment, dann sagte sie: „Aber was ist, wenn wir gemeinsam in einer Gesellschaft sind? Auf einem Ball? Ich kenne mich nicht aus. Ich weiß nicht, wie man sich verhält, wie man spricht, wie man...

Das alles ist mir so vollkommen fremd, wie eine andere Welt. Dr. Worsely möchte mit mir nach Bath fahren, damit ich mich dort noch weiter erhole. Aber ich habe Angst davor, ihn zu blamieren. Es wäre schrecklich für mich, wenn ich merkte, dass er sich für mich schämen muss."
„Ach, die feine Gesellschaft! Denken Sie an die Arlingtons. Ich fahre auch immer nach Bath, allerdings erst im Herbst, wenn diese unerträglich feine Gesellschaft wieder weg ist. Wenn Sie möchten, können wir uns in Bath treffen und wir machen uns eine schöne Zeit miteinander. Was halten Sie davon?"
„Das wäre zu freundlich von Ihnen, Mrs. Talbot."
„Und jetzt machen wir Sie hübsch für Ihre Hochzeit mit Dr. Worsely. Kommen Sie, ziehen Sie Ihr Kleid aus."
Die Wunden waren noch längst nicht verheilt, doch schon so weit geschlossen, dass Dr. Worsely die Verbände weglassen konnte. Auf Angelas Armen, ihrer Brust, ihrem ganzen Leib bis hinunter zu den Knien zeigte sich deutlich das ganze Ausmaß von James Arlingtons Grausamkeit.
„Dass der Doctor diesen Arlington nicht erschossen hat, ist ein Wunder. Ich hoffe, Arlington und der andere Mann werden in Australien Steine klopfen mit ihren bloßen Händen."
Angelas Schultern bebten; sie konnte ihre Tränen nicht zurückhalten.
„Aber Liebes, warum weinen Sie denn? Habe ich Sie schon wieder verletzt?" Mrs. Talbot strich ihr sanft über die Wange.
„Nein, nein, Mrs. Talbot. Wissen Sie, ich habe nur Angst, dass... dass ich ihm nicht gefalle, dass er mich nicht... Sie wissen schon... berühren will."
Mrs. Talbot war nun ernstlich entrüstet: „Mais quelle absurdité!" rief sie aus. „Dieser Mann liebt Sie, wie kaum jemals ein Mann eine Frau geliebt hat. - Ausgenommen mein Jack natürlich!" fügte sie lachend hinzu, worauf Angela auch ein wenig lachen musste.
„Sie gefallen ihm. Wenn er wüsste, was für dumme Sorgen Sie sich machen! Er würde Ihnen gehörig den Kopf waschen. Er selbst macht sich die größten Vorwürfe, dass er Sie nicht beschützt hat. Ich wette, dass er Ihnen das auch

schon gesagt hat."

Angela nickte. „Aber wissen Sie, ich bin jetzt achtundzwanzig Jahre alt. Mein ganzes Leben habe ich ganz unten verbracht. Es wird sicher noch eine Weile dauern, bis ich mich daran gewöhnt habe, so weit oben zu sein."

„In dieser Richtung fällt es wohl leichter als umgekehrt. Wenn man ziemlich weit oben war und sich an den aller untersten Platz gewöhnen muss, hat man so seine Schwierigkeiten." Für einen Moment schien die alte Dame in längst vergangene Zeiten zu blicken. Angela fragte sich, was diese Frau wohl erlebt hatte; vielleicht hätte sie noch Gelegenheit, darüber zu sprechen? Schon wollte sie sie fragen, doch da straffte sich Mrs. Talbot und sagte: „Aber nun sollten wir Sie endlich fein machen."

Geschickt warf sie ihr das Unterkleid über und schloss die Bänder mit lockeren Schleifen. Dann folgte das Kleid. Ganz langsam zog sie das Kleid über Angelas Haut, um die gerade verheilenden Wunden nicht aufzureißen. Schließlich hatte sie das Kleid geschlossen und schob Angela vor den Spiegel, aus dem ihr eine erschrockene Frau entgegenblickte, als könne sie es nicht fassen, dass sie das sein sollte: Diese Frau in dem kostbaren Gewand.

Mrs. Talbot fand als erste die Sprache wieder: „Ich sehe eine wunderschöne Braut, die ihrem Gemahl gefallen wird. Er wird sie für alle Zeiten mit seinem Leben beschützen und niemals zulassen, dass man ihr ein einziges Haar krümmt. Und ich sehe eine wundervolle Frau, die ihren Gemahl glücklich machen wird. Kommen Sie. Wir sollten die anderen jetzt nicht mehr warten lassen. Wenn ich die Geräusche der letzten halben Stunde richtig deute, haben sich alle fein gemacht und warten nur noch auf uns."

Als Angela mit Mrs. Talbot nach unten kam, war der Tisch, an dem sie alle eben noch gegessen hatten, in einen Altar verwandelt, vor dem Bischof Talbot, Dr. Worsely und Emily warteten.

„Mama! Bist du schön!" rief Emily aus und lief zu ihr.

„Du aber auch, mein Liebes", sagte Angela, als sie sich zu ihrer Tochter kniete. „Möchtest du bei Mrs. Talbot bleiben?"

„Komm, Emily, wir setzen uns ganz vorne hin; da können wir am besten sehen."
Mr. Pullings spielte auf seiner Flöte ein Hochzeitslied, in das alle einstimmten. Mrs. Woodrow und Mr. Hamilton standen mit feierlichem Ernst dabei, und Mrs. Woodrow konnte nicht umhin, hier und da ein Tränchen abzuwischen. Auch Miss Young sah man an, dass sie über die Wendung der Ereignisse höchst zufrieden war.
„Gott der Herr spricht: Siehe, ich mache alles neu!" begann der Bischof seine Ansprache. Er sprach lange und wohl auch sehr schön, denn Mrs. Woodrow musste so sehr schniefen, dass Mr. Hamilton ihr ein Taschentuch reichte. Dr. Worsely und Angela hatten nur noch Augen füreinander und hörten nur noch die Fragen, auf die sie beide laut und deutlich mit Ja! antworteten.
„Sie dürfen ihre Braut jetzt küssen."
Zärtlich nahm Dr. Worsely Angelas Gesicht in seine Hände und küsste sie behutsam. Als sie seinen Kuss erwiderte, wurde er mutiger und küsste sie mit einem kleinen Teil der Leidenschaft, die er schon so lange in sich verborgen hatte.

Es war schon spät, als Angela und Doctor Worsely sich zurückzogen. Mr. Hamilton und Mr. Pullings räumten die letzten Reste der Feier fort, Bischof Talbot und seine Frau schliefen schon im Gästezimmer. Ein so aufregender Tag war anstrengend für die alten Herrschaften. Emily hatte überglücklich ihr eigenes Zimmer mit einem Himmelbett in Besitz genommen, wo Miss Young ihr eine lange Gutenachtgeschichte erzählt und sich ebenfalls zur Ruhe begeben hatte. Alles war nun still.
Mr. Hamilton hatte in Dr. Worselys Schlafzimmer ein Feuer gemacht. Vor diesem standen die Frischvermählten nun und schauten in die Flammen.
„Darf ich dir aus deinem Kleid helfen?"
Sie nickte. Jefferson erwies sich als nicht besonders geschickt im Umgang mit Frauenkleidern, und es dauerte ein paar Augenblicke, bis sie im Unterkleid vor ihm stand. Schnell wandte sie sich ab, als sie ihr Unterkleid

gegen ein Nachtgewand wechselte. Dann nahm er sie auf seine Arme und trug sie hinüber zum Bett. Fröstelnd zog Angela die Laken dichter um sich und schaute verstohlen zu, wie Jefferson sich entkleidete und ebenfalls ein Nachtgewand überstreifte.

Angela schluckte und wandte sich ab, als er zu ihr ins Bett schlüpfte.

Mit klopfendem Herzen nahm sie seinen Duft wahr und spürte, wie seine Hand über ihr Haar strich.

„Angela, hab keine Angst. Du bist noch viel zu schwach. Möchtest du einfach in meinem Arm einschlafen?"

Sie nickte und kam näher zu ihm. Es war ein unglaublich schönes Gefühl, ihm so nahe zu sein, und sie schmiegte sich an seinen warmen, festen Leib.

„Wir werden noch viel Freude miteinander haben, meine Schöne, doch heute ist noch nicht der Tag - auch wenn es mir schwer fällt, wie ich zugeben muss", murmelte er, als er leise Küsse auf ihre Stirn tupfte.

„Was ist mit deinem Rücken passiert, Jefferson?"

„Das ist lange her... bei der Navy. Ich hatte mich auf einem Landgang zu weit entfernt. Die Franzosen haben mich erwischt und dachten, sie könnten aus mir etwas herausholen. Sie wollten, dass ich meinen Captain verrate. Aber er hat mich nicht im Stich gelassen. - Ich kann dir gar nicht sagen, was ich gefühlt habe, als ich dich dort in dem Keller hängen sah."

Sie legte ihren Finger auf seine Lippen. „Das ist vorbei. Alles. Jetzt ist jetzt. Und jetzt ist es schön."

Liebevoll strich sie über die Narbe auf seinem Gesicht; dabei schlug er die Augen nieder als schäme er sich für seine Hässlichkeit.

„Du bist ein schöner Anblick, Jefferson", sagte sie lächelnd. Da musste er lachen.

„Es war mir so schrecklich peinlich, dass du mich an jenem Nachmittag im Sommer so gesehen hast. Und ich stand zu allem Unglück mit dem Rücken zu dir und konnte dich nicht gleich sehen! Ich wäre am liebsten im Boden versunken!"

„Was denkst du, wie es mir erging! Ich wäre am liebsten tot umgefallen.

Mir war es schrecklich peinlich, dass ich dich angestarrt habe und meinen Blick nicht von dir wenden konnte, weil ich dich so schön fand."
Das gemeinsame Lachen löste ihre Spannung. „Jetzt sehen wir uns sogar ein bisschen ähnlich; was meinst du?" fragte er und zeichnete behutsam eine ihrer Narben nach.
„Ja, ein wenig. Aber wie gut, dass ich nicht so viele Haare auf der Brust habe."
„Ja, so gefällst du mir besser", bestätigte er lachend. „Du bist müde und musst jetzt schlafen. Als Arzt muss ich dir jetzt leider Ruhe verordnen", fuhr er mit spielerischer Strenge fort.
„Und was verordnest du dir?"
„Zurückhaltung!" seufzte er. Seine Männlichkeit verlangte schon seit geraumer Zeit nach ihrem Recht, aber er musste sich bezwingen - noch. Und so hielt er sie fest in seinen Armen und lauschte schließlich ihren gleichmäßigen Atemzügen, als sie an seiner Brust einschlief.

Kapitel 23

Nach wenigen Wochen war alles bereit für die Abreise. Der Abschied im Arbeitshaus fiel Dr. Worsely sehr schwer, doch er versprach, zu schreiben und verlangte ausdrücklich, dass Mrs. Hudson ihm regelmäßig Bericht erstattete über Glenshaws Benehmen.
Und eines Tages im frühen Oktober bezogen sie Logis in Bath, nahe der Therme, in einem schönen Haus, das Dr. Worsely für sie alle angemietet hatte. Auch Personal war vorhanden, sodass auch Mrs. Woodrow, Miss Young, und die Herren Hamilton und Pullings sich ebenfalls erholen konnten.
Angela war glücklich, dass Emily sich mit Miss Young so gut verstand. Die unaufdringliche Art der Frau gefiel ihr; außerdem war sie erschüttert gewesen, als Miss Young ihr offenbart hatte, was die Arlingtons ihr angetan hatten. Angela hegte keinen Groll gegen die Frau, denn sie wusste selbst zu gut, wie sehr man der Willkür der Dienstherren ausgeliefert sein konnte.

Sie wollte gar nicht wissen, wie es ihr ergangen wäre mit einer Herrin wie Patricia Arlington.

Mrs. Woodrow hatte eine Kur in Bath strikt abgelehnt. Derart neumodisches Zeug sei nichts für sie. Davon konnte sie auch nicht Dr. Worselys Hinweis, dass bereits die alten Römer in den heißen Quellen gebadet hätten, abbringen.

In einem der städtischen Kurräume lag ein Buch aus, in das sich alle Gäste einzutragen hatten. Daher gingen sie am nächsten Tag, um sich selbst einzutragen und zu sehen, ob Mrs. Talbot vielleicht schon angekommen war. Sie begegneten ihr bereits auf der Straße vor den Thermen.

„Welch eine Freude, Sie alle hier zu sehen!“ rief sie aus und begrüßte alle - auch die Angestellten - sehr herzlich.

„Und, Emily? Hast du schon gebadet?“ fragte sie, indem sie sich zu ihr hinabbeugte. Emily schüttelte den Kopf.

„Wir werden morgen baden. - Unter ärztlicher Aufsicht!“ antwortete Dr. Worsely für sie.

„Dann hätten Sie heute also Zeit für einen Bummel durch die Stadt und einen Tee?“

„Ja, sehr gerne, Mrs. Talbot.“

Nachdem Dr. Worsely die Formalitäten im Badehaus erledigt und Plätze für den kommenden Tag reserviert hatte, schlenderten sie durch die Oktobersonne. Angela staunte über die schönen Gebäude, die vielen Geschäfte, deren Schaufenster voll hübscher Dinge waren und die Teehäuser, aus denen es nach Tee, Schokolade und Kuchen duftete. Sie trug den feinen Mantel, den Jefferson ihr geschenkt hatte. Zuerst hatte sie sich in den schönen Kleidern wie verkleidet gefühlt, doch mittlerweile spürte sie, wie die Kleider ihr Sicherheit verliehen. Sie bewegte sich anders als in ihren alten Sachen. Sie dachte daran, wie Jefferson sie damals gebeten hatte, die feinen Kleider als Weihnachtsgeschenke anzunehmen - als Schutz. Nun erst verstand sie ihn wirklich - seine Sorgen, aber auch seine Absicht.

Den Lunch nahmen sie in einem kleinen Restaurant ein, das Mrs. Talbot bereits kannte. Zum ersten Mal bewegte sich Angela unter Menschen, die sie für eine reiche Dame hielten. Musste nicht jeder sofort erkennen, woher sie kam? Unsicher blickte sie sich um, ohne zu wissen, wonach sie suchte. Verächtliche Blicke? Leute, die mit dem Finger auf sie zeigen würden? Oder würde gar jemand kommen und ihr sagen, dass sie in dieser Gesellschaft nichts verloren habe und sich gefälligst davon scheren solle?

Jefferson bemerkte ihre Unsicherheit und legte seine Hand auf ihren Arm. „Ich bin bei dir, Liebste. Hab keine Angst. - Hast du schon in die Karte geschaut? Worauf hast du Lust?"

„Ich weiß nicht; viele dieser Dinge kenne ich gar nicht", flüsterte Angela.

„Das Roastbeef mit Gemüse ist hier ganz köstlich", empfahl Mrs. Talbot.

„Ja, Roastbeef wäre auch sehr gut für dich, Angela. Emily, magst du das auch? Miss Young? - Gut, dann Roastbeef für alle und dazu einen trockenen Rotwein. Mrs. Talbot, seien Sie unser Gast!"

Miss Young hatte in den letzten Wochen nicht nur Emily Unterricht erteilt, sondern auch Angela ein wenig Sicherheit auf dem glatten Parkett der Gesellschaft verliehen. Angela wusste, wie man hier zu sitzen hatte, wie das Besteck zu halten und die Serviette zu gebrauchen war. Miss Young lächelte ihr zu, als sie sah, dass Angela eine gute Schülerin war. Mrs. Woodrow und die Herren Pullings und Hamilton kannten ohnehin die Gepflogenheiten und genossen es sichtlich, sich einmal bedienen zu lassen.

„Ach, da kommen die Tilneys", flüsterte Mrs. Talbot und deutete auf ein junges Paar, das eben zur Tür hereingekommen war. Der Herr half der Dame aus dem Mantel, dann bot er ihr seinen Arm und ließ sich mit ihr zu einem freien Tisch bringen.

„Die beiden haben sich letztes Jahr hier in Bath kennengelernt - auch eine etwas ungleiche Verbindung. Mr. Tilney hat sich sogar mit seinem Vater überworfen, um seine Catherine zu heiraten, die längst nicht so reich ist, wie sein Vater es gerne gehabt hätte."

Verstohlen blickte Angela hinüber zu dem glücklichen Paar. Die Frau erwartete offensichtlich ein Kind.

„Vielen Dank, Mrs. Talbot. Sie sind so freundlich! Ich bin beruhigt, dass ich nicht vollkommen außergewöhnlich bin."
Zum Nachtisch gab es noch eine heiße Schokolade für alle, dann gingen sie wieder hinaus in die Sonne.
„Sind Sie denn schon eingedeckt mit allem, was Sie für das Bad brauchen?" fragte Mrs. Talbot.
„Ich weiß nicht. Was brauche ich denn fürs Bad?" erwiderte Angela und schaute Jefferson an.
„Ach ja, die Damen tragen hier im Bad lange Gewänder aus Leinen mit Ärmeln. Ein Unterkleid reicht also nicht aus. Mrs. Talbot, Sie können uns sicher ein Geschäft empfehlen."

Und nachdem sich alle mit dem Nötigen eingedeckt hatten, ging Dr. Worsely mit seinem gesamten Damenflor und den Herren ins Bad. Dort mussten sie sich leider trennen, denn Männer und Frauen badeten natürlich schicklicherweise nicht gemeinsam.
Angela konnte die riesigen Mengen warmen Wassers, die einfach so aus der Erde sprudelten, nur bestaunen. Und erst die Becken, in die sie sich ergossen! Mit Marmor waren sie ausgekleidet, von Marmorsäulen umrahmt, unzählige Leuchter erhellten den Raum und machten ihn zu einem magischen Ort. Emily liebte das Wasser. Sie juchzte vor Vergnügen und planschte so ausgelassen in dem Becken, dass Angela selbst staunte, wie fröhlich ihr Kind sein konnte.
Miss Young, die zunächst nicht ins Wasser gewollt hatte, ließ sich von Angela schließlich doch überreden und genoss die Wärme, die ihren Körper bald durchströmte. Auch sie konnte eine Kräftigung nach den schrecklichen Wochen bei den Arlingtons wahrhaftig gebrauchen. Voller Dankbarkeit schaute sie auf die Familie, die sie aufgenommen hatte - trotz allem.

Am nächsten Abend hatte Jefferson eine Überraschung für Angela. Es war schon dunkel, als er mit ihr ins Badehaus ging.

„Jefferson, was sollen wir hier? Es ist längst geschlossen!"
„Warte, ich habe die Badenixen bestochen. Sie machen uns auf." Und tatsächlich kam jemand und öffnete die Tür, als Jefferson klopfte.
„Es ist alles vorbereitet, Mylord!" sagte ein Diener und verneigte sich.
„Ich danke Ihnen. Ich brauche Sie dann nicht mehr." Der Mann zog sich zurück.
„Ich habe mein Badegewand nicht mit", gab Angela zu bedenken.
„Das brauchst du nicht. Es gibt nur uns beide hier. Niemand sonst wird dich sehen."
Jefferson führte sie in einen liebevoll ausgestatteten Raum, in dem der Diener Feuer gemacht hatte. Bei dem offenen Kamin stand eine breite Liege mit Kissen und Decken. Ein Kerzenleuchter beschien einen Tisch, auf dem Wein, Früchte und andere Leckereien angerichtet waren. Angela schluckte. Heute Abend sollte es also ernst werden!
Nachdem sie ihre Mäntel abgelegt hatten, standen sie für eine Weile eng umschlungen vor dem Kamin und genossen die Wärme des Feuers.
„Erlaubst du, dass ich dir aus deinem Kleid helfe?" flüsterte er nach einer Weile, worauf sie nickte. Band um Band, Schleife um Schleife löste er, bis ihr Kleid zu Boden raschelte und sie nur noch ihr dünnes Untergewand trug. Nun begann sie, ihn zu entkleiden, löste das Halstuch, öffnete Knopf um Knopf seiner Weste, seiner Hose und streifte sein Hemd ab. Für einen Moment wandte sie sich ab, als könne sie den Anblick seines virilen Körpers nicht ertragen. Da nahm er ihr Gesicht in seine Hände, damit sie ihm in die Augen schaute.
„Hab keine Angst, Angela. Ich werde dir nicht weh tun. Niemals."
Da entdeckte Angela einen kleinen Lederbeutel, den er an einer Schnur um den Hals trug.
„Was ist das? "
Er schaute sie an und räusperte sich, als habe sie ihn bei etwas ertappt.
„Du darfst es öffnen - aber bitte, sei mir nicht böse!"
„Wieso sollte ich dir böse sein?"

„Schau selbst nach."

Angela zog das Beutelchen auf. Als sie ihre eigene Locke darin fand, verstummte sie. Es bedurfte keiner Worte. Wenn sie geahnt hätte, wie sehr er sie schon die ganze Zeit geliebt hatte - so sehr, dass er ihre Locke stets an seinem Herzen getragen hatte! Mit einem wohligen Seufzer lehnte sie sich an ihn und spürte, wie seine Hände über ihre Arme zu ihren Händen wanderten, die er ergriff, um sie an seine Brust zu legen. Angela schloss die Augen und rang nach Atem. So lange hatte sie sich gewünscht, ihn noch einmal sehen zu können, ihn zu berühren, und nun fühlte sie unter seinem dichten Haar seine muskulöse Brust. Sie ließ es geschehen, dass er sie nun an sich zog; dabei schmiegte sie ihr Gesicht an die Stelle, wo sie seinen Herzschlag hörte; dorthin, wo die ganze Zeit schon ihre Locke gewesen war. Wie sehr hatte sie im Sommer den Duft seiner Jacke genossen, ihn eingeatmet, um ihn nie wieder zu vergessen - und nun spürte sie ihn ganz nah, ganz intensiv; seine herbe Seife, ihn selbst.

Sanft löste sie sich aus seiner Umarmung, um auch ihr Unterkleid auszuziehen. So oft hatte er sie in den letzen Wochen nackt gesehen, sie berührt, doch nun war alles anders. Er schaute sie nun mit anderen Augen an - nicht mehr als Arzt, sondern als Mann. Und zwar als ein sehr erregter Mann, wie Angela mit einem verstohlenen Blick feststellte.

„Ich kann dir gar nicht sagen, wie sehr ich mich danach gesehnt habe, Angela", flüsterte er heiser. „Wie schön du bist! - Komm!" sagte er dann, nahm sie kurzerhand auf seine Arme und trug sie in die Halle, wo das warme Wasser seine Nebelschwaden in den Raum schickte; wo der Schein unzähliger Kerzen den Dampf durchdrang und auf der schwarzen Wasseroberfläche glitzerte. Sie fester an sich drückend trug er sie ins Wasser.

„Und? Schöner als mit dem hochanständigen Badekleid?"

Errötend nickte sie und schmiegte sich an ihn. Das Gefühl seiner behaarten Brust auf ihrer nackten Haut war in dem warmen Wasser unglaublich intensiv.

„Ich wollte dich hier in diesem Bad ganz allein für mich haben, und nur dich,

ohne dein Badekleid. - Ganz unschicklich."
Er suchte ihre Lippen, die sie ihm bereitwillig darbot. Dann ließ sie ihren Kopf an seine Schulter sinken und überließ sich ihm und den Bewegungen des warmen Wassers ganz und gar. Lange lag sie in seinem Arm, ließ sich treiben und genoss das Gefühl des seidig weichen Wassers auf ihrer Haut. Ein Gefühl vollkommenen Vertrauens bemächtigte sich ihrer, und es war, als wasche das Wasser nun endgültig alles Schlimme, das sie jemals erlebt, jede Demütigung, die sie jemals erlitten hatte, fort.
Jefferson war so behutsam und zärtlich, dass sie sich endlich nach mehr sehnte. Und hier im Badehaus bekam sie eine Sehnsucht, die Jefferson nur auf eine Weise stillen konnte. Liebevoll strich sie ihm das nasse Haar aus der Stirn und flüsterte: „Ich will jetzt deine Frau sein, Jefferson. Ganz und gar. Ich will jetzt wirklich deine Frau sein und vollkommen zu dir gehören. Bitte!" flüsterte sie.
Da endlich brach sich die Leidenschaft Bahn, die er schon so lange gezügelt hatte. Seine Lippen hatten alle Scheu verloren und wanderten zärtlich-fordernd über ihr Gesicht, zu ihren Lippen. Seine Zunge spielte mit ihren Lippen, schlüpfte schließlich in ihren Mund, wo ihm ihre Zunge entgegenkam. Lange ließen sie ihre Zungen spielen, während ihre Hände ausgiebig ihre Körper erkundeten. Überglücklich hörte er, wie sie unter seinen Berührungen aufstöhnte, als verlange sie nach mehr, was er ihr gerne gab. Seine Hände glitten über ihre Hüften nach oben, hinauf zu ihren Brüsten. Noch waren ihre Brustwarzen ganz flach und weich, doch zwischen seinen Fingern wurden sie hart und reckten sich ihm entgegen. Da hob er Angela so weit aus dem Wasser, dass er ihre rosigen Knospen mit den Lippen erreichen konnte. Atemlos schlang Angela ihre Arme um seinen Nacken und dehnte ihm ihren Leib entgegen, als er ihre Brustwarzen mit seinen Lippen umschloss, um seine Zunge auf ihnen tanzen zu lassen. Leise stöhnte sie auf, während ihre Hände durch sein dichtes, dunkles Haar glitten. Als er sie zurück ins Wasser sinken ließ, schlang sie ihre Beine um seinen Leib. Sie hielt sich an seinen Schultern fest, und das Gefühl seiner sich bewegenden

Muskeln unter ihren Händen ließ ihre Augen vor Lust aufleuchten. Doch nichts, rein gar nichts hatte sie auf die Freude vorbereitet, die sie empfand, als er behutsam in sie eindrang. Diese nicht zu steigernde Nähe zu ihrem Geliebten war weitaus schöner als sie es sich jemals erträumt hatte. Konnte man vor Glück sterben? Sie lockte ihn mit leisen Bewegungen ihres Schoßes, bis er sie in sanftem Rhythmus hob und senkte, während sie einander in die Augen schauten. Als er sah, wie viel Lust er ihr bereitete, wurden seine Stöße mutiger. Sie begann gemeinsam mit ihm zu schweben, sah plötzlich nur noch seine Augen, spürte, wie Jefferson sie erfüllte und beglückte. Heftig atmend klammerten sie sich aneinander als hätten sie Angst, sich zu verlieren. Lange hielt er sie fest, und noch immer spürte sie ihn groß und hart in sich. Es war mehr als bloße Nähe, die sie zu ihm empfand, es war wirklich ein Verschmelzen. Sie waren nicht mehr zwei Menschen, sondern waren mit Körper, Geist und Seele zu einer Einheit geworden, so unterschiedlich sie auch sein mochten.

Noch immer in ihrem Schoß ruhend, trug er sie aus dem Wasser. Als er sie auf die Liege bettete, entglitt er ihr, und sie schaute ihn mit einem leisen Schrecken an.

„Keine Angst, meine Liebste. Wir haben noch viel Zeit. Lass mich nur schnell Holz nachlegen, damit das Feuer nicht erlischt."

In dieser Nacht musste Jefferson noch einige Male Holz nachlegen.

***

War je ein Weihnachtsmorgen heraufgedämmert, der mehr versprochen hatte? Worsely Castle lag tief verschneit zwischen Wäldern und Wiesen. Emily hatte ihre Eltern schon geweckt und genoss es, gemeinsam mit ihnen im Bett zu kuscheln. Dass Jefferson an Feiertagen heiße Schokolade ans Bett brachte, hatte sich schon zu einer kleinen Tradition entwickelt.

„Ich glaube, Father Christmas war schon da. Sollen wir nicht endlich hinuntergehen und nachschauen, was er gebracht hat?" sagte Emily, als sie wie

immer mit einem Schokoladenbart aus der Tasse auftauchte.
„Ja, das sollten wir, aber erst musst du dich ankleiden."
Emily lief los. Ihre Pantoffeln klapperten auf dem blank gebohnerten Parkett.
Jefferson sah, wie glücklich Angela ihrem Kind nachschaute. Auf ihrem Gesicht lag immer wieder ein ungläubiges Staunen, als könne sie noch immer nicht begreifen, wie sehr sich ihr Leben geändert hatte.
„Und du? Willst du nicht nachschauen, was Father Christmas dir gebracht hat?" fragte er und strich ihr dabei zärtlich über die Wange.
„Alles, was ich mir jemals wünschen könnte, habe ich schon hier oben bei mir", erwiderte sie. „Aber ich glaube, dass Father Christmas in diesem Jahr etwas ganz besonders Schönes für dich hat. - Allerdings müsstest du noch eine Weile darauf warten."
Er schaute sie fragend an.
„Jefferson, Father Christmas hat heute nur einen kleinen Vorgeschmack auf dein Geschenk, das im Sommer kommt."
Sie wandte sich kurz ab und holte unter dem Bett eine Schachtel hervor. Hastig löste er die Schleife, denn er ahnte schon, was sie ihm sagen wollte. Und richtig! In der Schachtel waren zwei winzige Schuhe. Er war sprachlos vor Freude, und selbst als er mehrere Male durchgeatmet hatte, versagte ihm die Stimme. Sie nahm seine Hand und legte sie auf ihren Leib, wo das neue Leben in ihr keimte. Da kam Emily zurück ins Zimmer gestürmt. „Wo bleibt ihr denn? Wir wollen doch gemeinsam in die Strümpfe schauen!"
„Ja, wir sind gleich da."
Und bald standen sie alle gemeinsam mit dem Schlosspersonal unten im großen Salon, den Mr. Hamilton und Mrs. Woodrow so festlich geschmückt hatten. Miss Young spielte Weihnachtslieder auf dem Klavier, begleitet von Mr. Pullings. Und endlich durften alle schauen, was für wunderbare Dinge Father Christmas ihnen gebracht hatte.

Epilog

Patricia und Amanda Arlington waren nach dem Tod ihrer Mutter nach Amerika ausgewandert, wie man hörte. Auf weitere Informationen über diese Familie legte Reverend Cumberland, der verbissener denn je versuchte, den Namen seiner Familie reinzuwaschen, keinen Wert mehr.

Im Sommer brachte Angela einen gesunden Sohn zur Welt, der auf den Namen William getauft wurde. Emily war eine sehr stolze große Schwester und half fleißig mit, wenn William gebadet und gefüttert wurde.
Jefferson fand auch im Arbeitshaus in York viele Missstände vor, die er gemeinsam mit Angela besprach und beseitigte.

Für viele Jahre sollte nichts das Glück der kleinen Familie trüben, doch James Arlington und John Crawford schufteten auf den staubigen Äckern Australiens und ernährten sich von Rachegedanken.

Imelda Arran

Frühling auf Huntington Castle

Eine Romanze aus dem alten England

Die junge Madeleine, Duchesse de Valmont, wächst wohl behütet im Schloss ihrer Eltern in der Normandie auf. Als die französische Revolution auch über die entlegenen Winkel Frankreichs hinwegfegt, ist Madeleine die einzige Überlebende ihrer Familie.
Der Diener Xavier nimmt sich ihrer an. Er bringt die als Junge verkleidete Madeleine nach England und verspricht, sie dort zu ihren Verwandten nach Huntington Castle zu bringen.
Zu spät erkennt Madeleine, dass Xavier seine ganz eigenen Ziele verfolgt…

Jack Sherman arbeitet als Knecht im Gasthaus seines Vaters. Von seinem Bruder verachtet und von seinem Vater gehasst, fristet Jack ein elendes Dasein. Nur seine Hoffnung, eines Tages dieser Hölle entfliehen zu können, hält ihn am Leben.
Da taucht ein Knecht auf, der für die Arbeit ganz und gar nicht zu gebrauchen ist. Trotzdem freundet sich Jack mit ihm an; aber nicht nur Jack kommt bald hinter das Geheimnis des hübschen Jungen…
Eine Geschichte über Verrat, Geheimnisse und eine alles besiegende Liebe.

ISBN: 978 - 3 - 937013 - 34 - 3; DIN A 5, 200 Seiten; € 10,-
Auch als eBook erhältlich.

Die junge Madeleine, Duchesse de Valmont, wächst wohl behütet im Schloss ihrer Eltern in der Normandie auf. Als die französische Revolution auch über die entlegenen Winkel Frankreichs hinwegfegt, ist Madeleine die letzte Überlebende ihrer Familie. Einzig der Diener Xavier nimmt sich ihrer an. Er bringt die als Junge verkleidete Madeleine nach England und verspricht, sie dort zu ihren Verwandten nach Huntington Castle zu begleiten. Zu spät erkennt Madeleine, dass Xavier seine ganz eigenen Ziele verfolgt. Plötzlich steht sie völlig mittellos da und muss sich als Knecht in einem Gasthaus verdingen - immer ängstlich darauf bedacht, ihre Verkleidung aufrecht zu erhalten.

Jack Sherman arbeitet als Knecht im Gasthaus seines Vaters. Von seinem Bruder verachtet und von seinem Vater gehasst, fristet Jack ein elendes Dasein. Nur seine Hoffnung, eines Tages dieser Hölle entfliehen zu können, hält ihn am Leben.

Da taucht ein Knecht auf, der für die Arbeit ganz und gar nicht zu gebrauchen ist. Trotzdem freundet sich Jack mit ihm an; aber nicht nur Jack kommt bald hinter das Geheimnis des hübschen Jungen...

Eine Geschichte über Verrat, Geheimnisse und eine alles besiegende Liebe.

ISBN 978 - 3 - 937013 - 34 - 3
DIN A 5; 180 Seiten € 10,-
Auch als eBook in allen Shops erhältlich.

England 1790: Lady Lydia Lowland ist der strahlende Mittelpunkt jeder Gesellschaft. Allerdings wird ihre Schönheit von ihrer Skrupellosigkeit bei weitem übertroffen. Wie ein Sturm fegt sie in das Leben Jean Pierres, der den Schrekken der Französischen Revolution nur knapp entkommen ist und sich bei seinen englischen Verwandten erholen will. Lady Lydia hat sich in den Kopf gesetzt, ihn zu heiraten - schließlich ist er der Erbe eines großen Vermögens .
Jean Pierre dagegen fühlt sich weitaus mehr zu der stillen Jane Dawson hingezogen, in der er eine Seelenverwandte findet. Als Lady Lydia die aufkeimende Freundschaft der beiden erkennt, greift sie zu drastischen Mitteln und schreckt auch nicht davor zurück, ein unschuldiges Leben zu opfern.

Constable Thomas Kent steht vor einer ganz anderen Herausforderung: Schon lange liebt er das Tinkermädchen Lilly, hat aber nie gewagt, sie anzusprechen. Die Gelegenheit, sie näher kennenzulernen, ergibt sich anders als erwartet: Er muss sie verhören - als seine Gefangene. Auf das Verbrechen, das man ihr zur Last legt, steht die Todesstrafe. Alle Hinweise sprechen gegen Lilly. Und Lilly schweigt.

ISBN Print: 978-3-937013-38-1
DIN A5; 212 Seiten, € 10,-
Auch als eBook in allen Shops erhältlich.

Eine Leseprobe finden Sie unter www.Frauenzimmer-Verlag.de.

Anja Zimmer
Auf dass wir klug werden
Das Leben der Herzogin Elisabeth zu Sachsen
Roman

46748382R00103

Printed in Poland
by Amazon Fulfillment
Poland Sp. z o.o., Wrocław